Johann Gruber

Bewerben Sie sich nie!

Impressum

Bibliografische Information der Deutschen Nationalbibliothek:
Die Deutsche Nationalbibliothek verzeichnet diese Publikation in der Deutschen Nationalbibliografie; detaillierte bibliografische Daten sind im Internet über http://dnb.dnb.de abrufbar.

Herstellung und Verlag: BoD – Books on Demand, Norderstedt

ISBN: 978-3-754359921

Erfolg 9

Verfolgung 60

Befriedigung 144

Erfolg

Normaler Wahnsinn

Dass Viktor kurz vor seiner Verhaftung steht, konnte er trotz seines moralisch nicht ganz einwandfreien Lebenswandels zum jetzigen Zeitpunkt nicht wissen. Im Stopp and go - Verkehr Richtung Innenstadt hält sein 5er BMW dank Stau-Assistent immer den richtigen Abstand. Auf dem Display meldet das Navigationssystem eine kurze Verzögerung und die gestreamte Musik kommt unterbrechungsfrei aus den Bose-Boxen: „The world is closing in and did you ever think, that we could be so close, like brothers". Viktor ist HR-Leiter (HR für Human Resources oder wie er es nie nennen würde Personalleiter) eines internationalen Industrieunternehmens namens 2B1 mit über 7.000 Mitarbeitern - To be number One. Bereits mit 28 Jahren war er in leitender Position tätig und wechselte vor drei Jahren zu seinem jetzigen Arbeitgeber. In zwei Monaten wird er seinen 37. Geburtstag feiern, wobei das Feiern von Geburtstagen nicht so seine Sache zu sein scheint, aber für seine Lebensgefährtin und ein paar Freunde ist das irgendwie wichtig. Er liebt Erfolge und genießt die Bewunderung, wenn Projekte nach seinen Vorstellungen zu Ende gebracht werden können. Bewerber, die dank seiner charismatischen - so zumindest seine Selbsteinschätzung - Überzeugungskraft sich für 2B1 entscheiden, erzeugen in ihm ein Wohlgefühl, das auch für andere leicht erkennbar ist, sie nennen es einen Anflug von Arroganz.

Kinder kommen in seiner Lebensplanung nicht vor, auch wenn er bereits seit acht Monaten gemeinsam mit seiner Partnerin einen Kurs für Pflegeeltern besucht, da seine Lebensgefährtin auf einen Zeitungsartikel gestoßen ist und nun den Mangel an Pflegeeltern etwas reduzieren möchte. Das Haus im Stadtteil Aigen mit Garten ist groß genug für Nachwuchs. „Was ist das auch für eine tolle soziale Sache!", waren ihre Worte und er hatte anfangs auch keine großen Gedanken darüber gemacht. Seither sitzt er alle zwei bis drei Wochen am Wochenende in einem Kurs und hört sich irgendwelche verzweifelte Geschichten von Paaren an, die keine Kinder bekommen können und deren Aussicht auf eine Adoption de facto nicht vorhanden ist. So bleibt die Pflege von Kindern in Krisensituationen über, die auch in eine Dauerpflege übergeleitet werden kann bzw. von Anfang auf Dauer ausgerichtet ist. Was für ein tristes Publikum, deren Lebensfreude von irgendwelchen kleinen, nicht unterentwickelten Schreihälsen abzuhängen scheint. Letzten Freitag berichtete er der Runde von einem tollen Frankreichaufenthalt, den er mit seiner Lebensgefährtin vor zwei Wochen verbrachte und einem kaum zu überbietenden Rosé-Champagner. Vielleicht war es das Wort Rosé oder doch das Wort Champagner - das konnte er nicht feststellen - aber Verständnis schien die Runde für die angenehmen Dinge des Lebens nicht zu haben. Nein, lieber kümmern sie sich um Gefühle und andere Nebensächlichkeiten und sprechen ausladend darüber. Allein die Frage der Kursleiterin zu Beginn nach dem eigenen Wohlbefinden treibt ihn regelmäßig zur Verzweiflung, wobei sie im Vergleich zu den anwesenden Paaren noch so etwas wie Erfolg ausstrahlt. So sind ihre roten Haare und ihr offenes Wesen auffällig anders und hätte sie einen richtigen Beruf so wäre eine Karriere durchaus machbar. Viktor schätzt Karrieren und Menschen meist richtig ein. Nur bei sich selbst scheint das manchmal nicht ganz so gut zu klappen. Trotz des Erfolges spürt er in letzter Zeit öfter ein leises Unbehagen, das sogar nicht zum äußeren Verhalten passt.

Um 08.10 ist er trotz der Mütter-Kinder-Bringdienste und Schrittgeschwindigkeiten vor den Schulen endlich im Büro angekommen. Seine Assistentin Veronika hat ihn schon gesehen und bereitet bereits den ersten Espresso vor. Sie ist 32 Jahre alt, trägt heute Jeans und weiße Bluse, was ihre schlanke Figur gekonnt betont. Das Gesicht deutet auf Zielstrebigkeit hin und ihr freundliches - fast schon dienendes - Wesen - ergänzt seine Dominanz, ohne diese nur ansatzweise zu gefährden. „Bereit für den ersten Espresso?" erklingt ihre Stimme, die ihn immer an einen 20-jährigen Whiskey mit feinem Abgang erinnert, was selbst an einem Montagmorgen noch ein angenehmes Gefühl erzeugt. Er tauscht sich mit ihr gerne aus. Selbst privat - sie möchte gerne eine neue Wohnung kaufen - scheinen sie einen ähnlichen Lebensentwurf zu haben. Kinder sind dabei kein Thema. Dafür hochwertige Einrichtungsgegenstände, klare Raumaufteilungen, schöne Rückzugsorte, interessante Bücher und Sportaktivitäten. Sie liebt ihr Fitnessstudio und genießt ihr Alleinsein. Zumindest sind für Viktor keine Anzeichen erkennbar, dass sie in nächster Zeit heiraten werde oder gar - noch schlimmer - ein Kind bekommt. Viktor schätzt ihre Unabhängigkeit und fühlt sich in ihrer Nähe wohl, was eine perfekte Assistentin auszeichnet. Auch umgekehrt scheint Veronika ein ausgezeichnetes Verhältnis zu ihrem Vorgesetzten zu haben. „Der CEO möchte sie heute noch sprechen", merkte Veronika beim Servieren des Kaffees an. Viktor liegt am regelmäßigen Austausch mit dem CEO DI Johann Kammerhofer sehr viel und das unterstreicht aus seiner Sicht die Wichtigkeit seiner Position. Er selbst ist neben zwei weiteren Kollegen Prokurist. Bei Abwesenheit des CEO kommt seit einem halben Jahr immer er zum Zug, wenn es um die Vertretung geht. Die gesamte Belegschaft sowie der gesamte Betriebsrat haben entsprechend Respekt vor ihm und seine verbindliche Art wird immer wieder lobend erwähnt. Viktor hat weiters einen guten Draht zu sämtlichen Hierachieebenen und selbst im Produktionsbereich wird seine Bodenständigkeit positiv bemerkt. Viktor muss diese Erdung und Bodenhaftung auch nicht spielen, sondern es handelt sich um einen ganz natürlichen Wesenszug. Im Gegensatz zu vielen Kollegen kann er Gefühle, über die er selber nicht gerne spricht bzw. diese auch nicht zeigt, trotzdem noch gut wahrnehmen und bemerkt schnell Missstimmungen im Team. „Am Nachmittag ab 13.00 ist sehr gut möglich, bitte stellen sie einen Termin in meinen Kalender", antwortet Viktor. An das hat sich Viktor erst gewöhnen müssen, dass andere über seinen Kalender verfügen. Anfangs war er wehrhaft und merkte an, dass nur Räume gebucht werden können. In großen Konzernen wurden seit längerem auch Menschen wie Räume gebucht. Diese Veränderung war erkennbar. Für Viktor blieb dabei immer ein schaler Beigeschmack, was ihn deutlich von den übrigen Führungskräften unterschied.

Seine Kollegen in der Geschäftsleitung Christian, COO - Chief Operating Officer / Produktion und der CSO - Chief Sales Officer - Vertrieb waren Techniker, die für HR nur wenig übrig hatten. Viktor konnte sich in der Vergangenheit bereits einiges technisches Wissen aneignen und wusste um die wesentlichen Geschäftsfelder und Produktionsabläufe zumindest rudimentär Bescheid. Wenn sich Viktor in den Management-Sitzungen technisch einbrachte, wurde er trotzdem oft nur müde belächelt. Umgekehrt war jeder seiner Kollegen ein Experte in Sachen Personal. Der letzte Vorschlag von Christian zur Produktivitätssteigerung betraf einen Schrittzähler. Dieser Schrittzähler wird mittlerweile in einer Pilotphase getestet und das Management ist Feuer und Flamme, was wohl auch dem Umstand geschuldet ist, dass der CEO seinen Schrittzähler Tag und Nacht, 365 Tage im Jahr, tragen möchte. Die von der App gezählten Schritte werden stündlich an den Firmenserver übermittelt, der ein entsprechendes Ranking erstellt. Die GPS-Funktion wurde nicht offiziell mitgeteilt, da diese nur für berufliche Zwecke genutzt werden sollte.

Wieviel Schritte gehen Produktionsmitarbeiter am Tag? Welche Wege werden zurückgelegt? Die Wegprofile sollen dann für entsprechende Verbesserungspotentiale - respektive weniger Schritte - genutzt werden. Außerhalb der Arbeitszeit sind die Schritte wieder zu erhöhen, um einen produktiven und gesunden Mitarbeiter zu gewährleisten. Bei Führungskräften hatte es bereits zu einer Verhaltensänderung geführt. Die Mittagspause wird nun für einen Spaziergang um das Headquarter genutzt. Der künstlich angelegte See wird dabei von den ganz Motivierten mehrmals umrundet. Im letzten Monatsranking gelang es Christian sogar Johann gefährlich nahe zu kommen. Viktor war Teil dieser Kultur, die etwas „ strange" wirkt und die Freizeit auch für berufliche Zwecke nutzen will. Wer hier an Revolution oder zumindest leichten Widerstand seitens der Mitarbeiter von unteren Hierachiestufen denkt, wird enttäuscht. Die Karrierewilligen prägen das Unternehmensklima und hüten sich penibel davor, irgendeinen neuen Trend nicht mitzumachen. Und tatsächlich finden sich in diesem Konzern immer noch unzählig viele, die sich über Laptop und Mobiltelefon freuen. Die völlige Ekstase löst dann das Firmenfahrzeug und das eigene Büro samt Führungsverantwortung aus. Viktor ist klar, dass er dieses System zu einem großen Teil mitträgt und für den Erfolg dieses Systems hart arbeitet. Der Zusammenhang zu seinem Erfolg ist für ihn offensichtlich und diesen gilt es unter allen Umständen zu verteidigen bzw. weiter zu vergrößern. Viktor beißt von seinem Apfel ab, den das Unternehmen in Obstkörben bereitstellt. Er sorgte neben dem Apfel auch für Bananen, Orangen, Nüsse, Joghurt und Karotten. Gesundheit soll bei 2B1 eine zentrale Rolle spielen. Die entsprechende von ihm geleitete betriebliche Gesundheitsförderung hat die ersten erfolgreichen Veränderungen gebracht. Mehr als die Hälfte der Mitarbeiter haben bei der letzten Befragung angegeben, dass sich durch dieses Projekt auch ihre private

Einstellung zur Gesundheit geändert hat. Die Kranken-
kasse unterstützte die Aktivitäten mit diversen Veranstaltungen und Förderungen. Warum diese gesunden Menschen dann mit nach unten gezogenen Mundwinkeln jeden Tag zur Arbeit fahren, konnte bzw. wollte auch Viktor
nicht beantworten.

Viktor beschäftigt sich privat mit vielen Fachbüchern. Sein
Wissen über Personal und HR muss - wie er es nennt -
„state-of-the-art" sein. Seit einiger Zeit interessiert er sich
aber auch für philosophische, wirtschaftskritische und fast
schon esoterische Ausführungen. Manchmal spürt er,
dass es noch mehr geben könnte als Karriere und Erfolg.
Kann Erfolg außerhalb eines großen Unternehmens überhaupt möglich sein? Wie definiere ich meinen persönlichen Erfolg? Warum ist meine Lebensgefährtin oft so dis-
tanziert? Fragen, die Viktor immer mehr beschäftigen…

Ein Kalendereintrag meldet sich zu Wort: „09.15 Vorstellungsgespräch mit Tabea Welser / Sourcing". Viktor konnte den vielen Gesprächen immer etwas Positives abgewinnen. Neben dem vorgegebenen Bewerbungsfragebo-
gen lernte er jeden Tag neue Menschen kennen, die versuchen, ihn zu überzeugen. Mit gewohnter Professionali-
tät stellte er zuerst das Unternehmen vor, zeigte den his-
torischen Werdegang, erwähnte die Erfolge und kam beim
Ausblick selbst ins Schwärmen. Das Wachstum für das
nächste Jahr war mit 15 % deutlich über dem Branchen-
schnitt und in drei Jahren sollte der Umsatz auf fünf Milli-
arden gesteigert werden. Tabea wirkte beeindruckt. Umgekehrt fand Viktor ihren Lebenslauf herausragend. Neben dem unglaublich guten Studienabschluss in Be-
triebswirtschaftslehre hatte Tabea tadelloses Auftreten
und mit ihren 27 Jahren bereits eine verantwortungsvolle
Stelle im Einkauf eines mittelständischen Unternehmens
bekleidet. Sie war eindeutig reif für einen Konzern dieses

Formats und legte überzeugend dar, warum diese Position für sie perfekt passen würde und Überstundenarbeit war in keiner Weise ein Problem. Die Fachkenntnisse im Bereich Elektronikeinkauf erfüllten das Anforderungsprofil in seltener Weise. Die soft skills - so die Einschätzung von Viktor - waren auf einem soliden Grundstock ausbaufähig. Eine Bescheidenheit, fast schon leichte Schüchternheit konnte Viktor erkennen und machte sie umso brauchbarer für die Unternehmensinteressen. Formbar war der in der Geschäftsführung gebrauchte Ausdruck. Mit ihrem Lächeln und ihrem hübschen Gesicht sollte auch der CEO zum Entschluss kommen, dass diese Bewerberin bei objektiver Betrachtung die Richtige war. Sourcing wurde als so wichtig eingestuft, dass sämtliche Bewerbungen - auch der unteren Hierachieebenen - vom CEO beurteilt wurden. Bei der ersten Begegnung würde dem CEO - so wie auch Viktor - wohl der angenehme Duft auffallen. Ein Duft, der vermutlich so weich wie ihre Haut war. Viktors Frage „What are your goals for the next five years?" konnte sie in ausgezeichnetem Englisch beantworten. Die Grundkenntnisse der italienischen Sprache waren nur ein weiteres Plus. Das Kostüm hat Tabea sehr gekonnt für das Gespräch gewählt, was Viktor bereits bei Gesprächstermin bemerkte. Viktor wusste, dass die meisten Entscheidungen bei Bewerbungsgesprächen in den ersten sieben Sekunden nach dem Kennenlernen fallen. Sieben Sekunden entschieden, ob jemand eingestellt würde. Was dann immer folgt ist unwichtiges Beiwerk. Bei Sympathie gibt es entsprechend angepasste Fragen und fast jede Antwort wird als großartig empfunden. Bei Nicht-Sympathie wird der Bewerber mit teils skurril anmutenden Fragen herausgefordert und aus der Reserve gelockt. Viktor könnte darüber viel erzählen, was die neben ihm anwesenden Führungskräfte an Schwachsinn kaum zu überbietenden Fragestellungen in den Raum knallen. Einer der Highlights war - und das ist wie Viktor betonte nicht gelogen - die

Frage, die Bewerberin solle ihm doch eine peinliche Frage stellen. Die Frage nach der Farbe der Unterhose schien die Richtige gewesen zu sein. Was immer der Zweck solchen Fragen war, Viktor konnte dem - darüber war er auch froh - nichts abgewinnen. Der Leiter Sourcing war von Tabea ähnlich wie Viktor beeindruckt. Jung, hübsch, anpassungsfähig gepaart mit Intelligenz stellten die Attribute für eine vielversprechende Entwicklung im Unternehmen dar. Der guten Form halber wurde ein zweites Gespräch angedeutet und man werde sich bis spätestens Freitag nächster Woche wieder melden. Bei der Verabschiedung sorgte bei Viktor ihr zarter Händedruck mit dem Lächeln, das ihn berührte, für angenehmes Kribbeln. Im Nachgespräch mit dem Leiter Sourcing wurde schnell Einigkeit erzeugt. Eine exzellente Bewerberin, umfassende Fachkenntnisse, ausbaufähig, passte gut ins Team, Gehaltswunsch hoffentlich in der Range und sympathisches Auftreten. Ihre zwei wohlgeformten Brüste, ihr kleiner straffer Po und ihre fast an einen Flirt erinnernde Konversation spielten weder bei Viktor noch beim Leiter Sourcing professioneller Weise wohl keine Rolle.

Als Viktor am Büro seiner Assistentin vorbeiging, erkundigte sich diese: „Wie ist das Vorstellungsgespräch gelaufen? Können wir bald mit der dringend benötigten Verstärkung im Sourcing rechnen?" Viktor unterbrach seinen schnellen Schritt, überlegte kurz: „Eine unglaublich kompetente Bewerberin, passt perfekt. Fachkenntnisse gepaart mit hoher Teamfähigkeit. Bitte vereinbaren Sie ein zweites Gespräch, Teilnehmer Herr Kammhofer und ich." „Das freut mich sehr", antworte Veronika ehrlich. „Ach ja, bitte wie immer noch ein paar Tage mit dem Anruf warten. Sie soll ja nicht glauben, wir hätten keine anderen geeigneten Kandidaten", merkte Viktor noch an. Veronika brauchte diese Hinweise nicht mehr, lächelte aber trotzdem ein „Alles klar".

Bei der Vereinbarung zu einem zweiten Vorstellungstermin war die Zeit nicht mehr so wichtig. Bei Absagen - vor allem wenn kein Bewerbungsgespräch zustande kommt - ist das jedoch von existentieller Bedeutung. An jedem Morgen erhält Viktor zwischen 40 und 100 Bewerbungen. Viktor ist aber nur für gehobenen Positionen wie Führungskräfte und Top talents zuständig. Der Auswahlprozess findet für diese Bewerbungen meist innerhalb einer Stunde statt. Jede Bewerbung erhält dabei kaum mehr als 30 Sekunden. Fehlende Unterlagen führen zur Aussortierung. Fehlende Fotos, Fotos mit Christbäumen im Hintergrund, Fotos im Bikini, Lücken im Lebenslauf, unübersichtlicher Lebenslauf, viele verschiedene Arbeitgeber und vieles mehr - Häckchen „Absage" in der Recruiting-Software. Die Bewerber haben bereits eine Mail als Eingangsbestätigung erhalten, dass sich das Unternehmen sehr über die Bewerbung und das Interesse freut und sich in Kürze melden wird. Durch den Mausklick auf „Absage" wird im Mailprogramm eine Nachricht kreiert, die automatisch nach 7 Werktagen versandt wird. Für den Bewerber wäre auch eine Absage innerhalb weniger Minuten bzw. Stunden unnötigerweise irritierend. Viktor führt dabei immer an, jeder Bewerber kann auch potentieller Kunde sein. Das war seine offizielle Version. Viktor hatte ob dieser altrömischen Daumen-nach-oben bzw. Daumen-nach-unten Vorgangsweise leichte Zweifel. Er wusste aus seinen vielen Seminarbesuchen und Teilnahmen an HR-Austauschtreffen, dass die anderen Personalabteilungen nach ähnlichen Kriterien vorgingen. Viktor stellte sich von Zeit zu Zeit die Frage, was wäre, wenn er die Auswahlkriterien nicht oder nicht mehr erfüllen könnte. Welche Art von Mitarbeitern werden wir in Zukunft überhaupt erhalten? Angepasste, Motivierte, Glatte oder gar nicht mehr Lebende? Die Angst spürte er kurz im Magen, das Gefühl verflog aber glücklicherweise schnell. Positiv denken hält

Viktor zurecht für wichtig und die richtige Einstellung war und ist für jeden seiner Erfolge notwendig.

Viktor startete sein Fahrzeug und besorgte auf dem Nachhauseweg eine kleine Jause vom Italiener. Tagsüber nutzte er die Betriebskantine nur wenig. Beim Mittagessen stehen erwachsene Menschen in einer Serpentinenschlange, um aus drei Menüs wählen zu können. Schnitzel-Tage führen dazu, dass die Schlange nicht in der Kantine endet, sondern weit hinten am Gang. Das freundliche, helle Ambiente kann nicht von der Massenfütterung ablenken. Die ersten Worte am Tisch behandeln das Essen. Wieso isst du heute keine Suppe? Die Forelle schmecke so ausgezeichnet, sodass über das Mühsal der Grätenentfernung hinweggesehen werden kann, ja gehts denn noch? Das Huhn ist sogar bio, hat mir der Koch vertraulich mitgeteilt. Geistige Ergüsse, auf die Viktor getrost verzichten kann. Vom Essen geht es ohne Überleitung zum Beruf. Was haben die anderen heute wieder für Fehler gemacht. Hast du gehört, dass Maria gekündigt wurde. Außerdem hat sich die Projektleiterin aus der Konstruktion - wie heißt sie denn nur - von ihrem Mann getrennt. Aber du weißt, wem ich meine. Die Führungskräfte geben sich auch heute wie immer besonders leutselig, was so authentisch wirkt, als wenn die promiskuitive Sekretärin des CSO von Treue spricht. Der Höhepunkt in der Kantine sind die Führungskräfteveranstaltungen, zu denen der Geschäftsführer lädt. Neben der vergangenen Erfolge - meist wird nur über Umsatz und nicht über das Ergebnis gesprochen - erfolgt ein Ausblick in die noch erfolgreichere Zukunft. Eine Zukunft, an der jeder hart arbeiten muss und sich für das Gesamte verantwortlich fühlen muss. Um die Rede nicht zweimal zu halten, wird sie nur in Englisch vorgetragen und per Videoaufzeichnung in die halbe Welt versandt. Das alles aus der Provinz, dort, wo die Konzernzentrale von 2B1 steht, wobei manch ein Politiker und

Berater bei dieser Provinz von einem neuen Silicon Valley spricht. Größenwahn ist kein Problem der Vergangenheit, sie ist mitten im Salzburger Land und im grenznahen Oberösterreich täglich Brot. Am schlimmsten wird es, wenn die obersten Vertreter der Muttergesellschaft anwesend sind. „Wir werden die Erwartungen der Muttergesellschaft nicht enttäuschen, nein, wir werden sie deutlich übertreffen. Das haben wir in der Vergangenheit geschafft und in Zukunft werden wir es noch besser schaffen. Das wollen wir versprechen. Jetzt stehen wir auf und klatschen!". 110 Führungskräfte sprangen von ihren Sesseln und klatschten frenetisch eine Minute. OK, auf Nordkorea fehlten ein paar Minuten Applaus, aber schon sehr nah dran. Auf der Bühne verbeugten sich die obersten Vertreter der Muttergesellschaft samt grinsenden CEO, der das Klatschen für etwas Echtes hielt. Es musste für ihn eine Gnade Gottes sein, dass er kein Popstar geworden ist, der auf ein Klatschen angewiesen ist, das nicht eingefordert werden kann, dachte sich Viktor.

Zuhause angekommen zog Viktor seinen Anzug aus, Krawatte trug er seit dem letzten Firmenerlass nicht mehr. Mit Jean und T-Shirt zeigte er seiner Lebensgefährtin seine Schätze vom besten Italiener der Stadt, öffnete den mitgebrachten Wein und fühlte sich ein wenig befreit von der Anspannung des Tages. Ein kurzer Gedanke an Tabea und ob sie für das Unternehmen gewonnen werden könnte, störte den Abend kaum. Für den Garten hatte er nur wenig Zeit, dieser wirkte trotzdem auf seine eigene, wilde Art und Weise schön. Wild war ein Attribut für ihn, dass er in seiner Jugend sehr schätzte. Angepasste Spießer mit nine-to-five-jobs wirken für Viktor noch heute grauenvoll, er kann doch gar nicht Teil davon sein. Ein zweites Glas Wein und seine gemeinsam mit seiner Lebensgefährtin erstellten Reisepläne - ein dreiwöchiges Abenteuer in der Wüste - bestätigte das erfreulicherweise zur Gänze. Das erinnerte ihn wieder an ein Gespräch von zwei Müttern, dass er zufällig beim Einkaufen - nur fast unabsichtlich - belauschte. Sie tauschten sich dabei über ihre letzten Urlaube aus. Während die eine seit sieben Jahren immer im gleichen Hotel in Bibione war, übernachtete die andere schon elf Jahre in der gleichen Unterkunft in Kroatien mit jeweiligem Partner. Es waren keine kurz vor oder bereits nach der Pensionierung gelegene Frauen, nein, diese beiden waren noch jung und das Leben breitete sich erst ganz vor ihnen aus. Was bewegte junge Frauen wie Männer immer in derselben Destination, ja am selben Platz, Urlaub zu machen? Viktor bekam während des Zuhörens bereits leichte Beklemmung. War es die Sehnsucht nach Kontinuität, nach Sicherheit und nach dem Bekannten. Lockte das Fremde diese jungen Familien nicht mehr? War nur mehr die Geborgenheit wichtig oder lag gar in der Geborgenheit eine Gefahr? Die Gefahr der Erstarrung schien nicht so groß sein wie anderweitige Unsicherheiten. Viktor hatte mal wieder eine komplett andere Vorstellung.

Viktor befand sich im üblichen Bürovormittag. Es gab wie immer wieder einige unvorhersehbare Unterbrechungen. „Langzeitkrankenstände müssen weiter reduziert werden." so Christian, der in der Produktion ein äußerst straffes Regiment führte, was ihm durchaus auch Anerkennung von Johann brachte. Johann achtete aber auch in diesem Fall darauf, deutlich die Schwächen von Christian im zwischenmenschlich-sozialen Bereich zu erwähnen, um die klare Nummer 1 - Stellung nicht auch nur ansatzweise zu gefährden. „Das ist wirklich ein Wahnsinn, diese Langzeitkranken kosten unglaublich viel Geld und ziehen die Krankenstandstatistik weit nach unten. Wir müssen hier endlich handeln. Ich erwarte von HR Vorschläge!", stellte Christian vehement in den Raum. Viktor verwies auf das laufende Projekt, das zumindest mittelfristig Entlastung bringen sollte. Weiters führte er aus, dass bei Kündigungen von Langzeitkranken keine Besserung der Lage erreicht werden kann, da die Ursachen zu bekämpfen wären und nicht die Symptome. Ob Christian dafür Verständnis hatte, konnte eher bezweifelt werden. Viktor hatte jedenfalls eine klare Meinung und pushte sein Projekt weiter voran.

13.55 Uhr. Die Telefonistin sagte Viktor Bescheid, dass Tabea soeben eingetroffen war. Tabea hatte beim Vereinbaren des zweiten Vorstellungstermins bereits ihren sehr guten Eindruck des Unternehmens erwähnt und ist mehr denn je an der Position interessiert. Viktor hatte im ersten Vorstellungsgespräch also alles richtig gemacht. Viktor kündigte bei Johann Tabea kurz an und erschien dann pünktlich mit ihr um 14.00 Uhr im Büro des CEO. Johann begrüßte Tabea „Hallo Frau Welser, es freut mich außerordentlich Sie heute kennenzulernen.". Sein Lächeln konnte Viktor bereits so deuten, dass die Einstellung von

Tabea klappen wird. Tabea stellte sich gekonnt nochmals vor und der Lebenslauf entsprach diesmal wieder einem roten Faden, der geradezu zur neuen Position führte. Ein Problem könnte - so Viktors Einschätzung - noch das machohafte Verhalten von Johann sein. Er bremste ihn aber insofern gut ein, als dass er das Gespräch fast zur Gänze an sich gerissen hat. Tabea wirkte nicht nur von der Bürogröße und der dunklen Eicheneinrichtung des CEO-Büros beeindruckt. Viktor hatte wieder kurz den Eindruck bekommen, sie würde mit ihm flirten. Viktor war das nicht unangenehm, wenn er auch Privates und Berufliches strikt zu trennen wusste. Der spannendste Teil des Bewerbungsgesprächs folgte am Schluss. „Was sind ihre Wunschkonditionen?". Viktor fragte bewusst nicht nach dem Gehalt, da bei vielen Positionen im Management weitere Wohlfühlfaktoren dazukommen.

In der Beliebtheitsskala bei zusätzlichen Goodies war bei Bewerbern das Firmenfahrzeug weit oben. Das Firmenfahrzeug war auch diesmal Viktors Trumpf im Gespräch. 2B1 zeigte sich hier äußerst flexibel. So konnte fast jede Marke geordert werden, was sich als unglaublicher Vorteil herausgestellt hatte. Für Viktor - er fühlte sich mittlerweile auch älter, nein erfahrener - war das teilweise völlig unverständlich. Bewerber, die seit 25 Jahren Mercedes fuhren und daher unter keinen Umständen wechseln wollten. Eine Bewerberin mit Dieselallergie war ebenfalls dabei, was zum ersten benzinbetriebenen Fahrzeug im Unternehmen geführt hatte. Leider hatte Viktor zu spät gegoogelt und sich auch nicht mit dem Betriebsarzt abgestimmt. Es war nicht nur das erste benzinbetriebene Fahrzeug im Unternehmen, sondern auch die erste festgestellte Dieselallergie weltweit. Neben dem Firmenfahrzeug konnte Viktor auch beim Mobiltelefon zwei angesagte Marken anbieten. Das Unternehmen verfügte auch über Firmenwohnungen, wobei die normalerweise nur zu Beginn des

Arbeitsverhältnisses genutzt wurden und für Entsendungen aus dem Ausland in das Headquarters.

„80.000 plus 20 % Bonus und Firmenfahrzeug", antwortete Tabea durchaus selbstbewusst. Tabea erwies sich hier als eine absolute Ausnahme. Selten hatten in der Vergangenheit Bewerberinnen einen Wunsch deutlich über dem gesetzlichen Mindestentgelt erwähnt. Die Standardantwort der Bewerberinnen lautete: „Sie haben das Gehalt in der Stellenannonce angeben. Das passt für mich als Einstieg." Tabeas Antwort war richtig männlich, was zu ihrer souverän klingenden Stimme gut passte. Viktor lächelte und antwortete: „Als mittelfristige Entwicklung ist das durchaus vorstellbar. Als Einstieg schlagen wir € 70.000,- vor, der Bonus beträgt 15 % und als Firmenfahrzeug kann ein Mittelklassefahrzeug für diese verantwortungsvolle Aufgabe zur Verfügung gestellt werden." „Welche Fahrzeugtypen stehen zur Auswahl?", fragte Tabea. Viktor führte als Erstes Audi A4, 3er BMW und Mercedes C-Klasse an und wusste bereits, dass Tabea das Angebot annehmen wird. Männlich zeigte sich Tabea auch in der Fahrzeugwahl mit dem 3er BMW. Es folgte die Klärung von weiteren Details und Tabea sagte bereits mündlich zu. Sie hatte sich aber den Vertrag mitgenommen und würde ihn zuhause unterzeichnen. Bei der Verabschiedung machte Johann eine leichte Verbeugung und lächelte sympathisch. Sein Blick fiel zum zweiten Mal kurz in die Bluse von Tabea und er schien nun von der Kandidatin restlos überzeugt zu sein. Viktor brachte Tabea nach unten, erwähnte dabei noch die angenehme Du-Kultur im Unternehmen und wies darauf hin, dass sie ihn jederzeit bei Fragen Tag und Nacht kontaktieren könne. Nach der Verabschiedung dachte Viktor beim Hochgehen der Stufen noch an ihre angenehme Art, ihre Fachkenntnisse und vielleicht auch kurz an ihren straffen Po.

„Veronika, wir haben Tabea für das Unternehmen gewinnen können. Ihre angenehme Art gepaart mit dem selbstbewussten Auftreten haben auch Johann überzeugt", teilte Viktor beschwingt mit. Veronika kannte diese Euphorie, die immer eher Bewerberinnen gilt. Bei Bewerbern war diese zwar auch vorhanden, aber sie unterschied sich doch in feinen Nuancen. Viktors Stimme war kaum merkbar gedämpfter und er wechselte dann meist schnell das Thema, um sich der nächsten Herausforderung zu stellen. Veronika schätzte Viktor sehr, wobei sie ihn hier nicht immer als objektiv wahrnahm. Veronika wechselte mit Viktor ein paar private Worte, was Viktor als angenehm empfand. Er war mit Veronika in jeder Hinsicht sehr zufrieden.

Um 16.30 Uhr verließ Viktor das Büro. Tabea ging ihm nicht ganz aus dem Kopf und er fuhr zu Angelique, um den späten Nachmittag noch angenehm ausklingen zu lassen. 100 Euro wechselten den Besitzer und Viktor startete nach einer halben, körperlich befriedigenden Stunde - Angelique hatte fast eine gewisse Ähnlichkeit mit Tabea, zumindest dachte er währenddessen an sie - seinen BMW Richtung zu Hause. Mit einer wie immer nach solchen doch regelmäßigen Abstechern fühlenden inneren Leere kam er an. Trotzdem gut gelaunt begrüßte er seine Lebensgefährtin, die noch bei ihrer Arbeit verweilte. Viktors Lebensgefährtin war Buchhalterin. Sie erledigte ihre Arbeit von zuhause und machte mittlerweile auch in Viktors Augen ansprechende Umsätze. Ihr Kundenstock hatte sich in den letzten Jahren kontinuierlich erweitert. Die Arbeit selbst aber erfüllte sie nicht mehr wirklich, Viktor wurde aus seiner Sicht manchmal Opfer dieser Unzufriedenheit. Sie hatten ausreichend Geld zur Verfügung - für Viktor könnte es natürlich mehr sein, obwohl die Statistik ihn mindestens in den oberen 2 % der Einkommenspyramide verortete. Auch die Freizeitgestaltung mit Freunden - erfreulicherweise alle ohne schreiende, nervige Kinder -

erwies sich als abwechslungsreich. Gemeinsame Ausflüge wurden traditionell immer mit Besuchen in den besten Restaurants abgeschlossen. Viktor genoss Essen und machte keine Kompromisse was Qualität und Freundlichkeit des Servicepersonals betraf. Meist übernahm er die Rechnung für seine Lebensgefährtin, da diese noch nicht in seinen Einkommensregionen angekommen war. Irgendetwas schienen die Zahlen und Belege aber in letzter Zeit mit ihr zu machen. Der Termindruck trug auch nicht zur Entspannung in der gemeinsamen Beziehung bei. Er unterstützte sie bei ihrer Arbeit und half bei ganz kniffeligen Buchungsfällen. Viktor hatte dafür aber oft nur wenig Geduld, was seine Lebensgefährtin von Zeit zu Zeit anmerkte. Am Abend sahen sie diesmal einen französischen Film - laut Viktor das einzige Land, aus dem erwähnenswerte Produktionen kommen - und genossen dazu etwas Knabbergebäck. Viktor merkte bereits beim Ansehen des Films, dass es am nächsten Tag unbedingt Zeit wird, einige Freunde von ihnen einzuladen. Er verfiel immer schnell in Unruhe, wenn er das für ihn bürgerliche Leben zu sehr pflegt. Es handelte sich um ein Kribbeln und er musste wieder unter Menschen sein. Von Zeit zu Zeit zog er auch mit einigen Freunden ohne Lebensgefährtin um die Häuser, um sich seiner Freiheit bewusst zu werden. Eine Freiheit, die für ihn etwas Wertvolles war und die es unter allen Umständen zu verteidigen galt. Angreifer gab es dabei sowohl im Unternehmen als auch im privaten Bereich. Im Unternehmen irritierten Viktor die Chips zur Zeiterfassung (er musste zwar nur die Beginnzeiten erfassen), die nicht von ihm fixierten Termine und das Lean-Office-Projekt, das ihm in seiner Arbeitsweise Vorgaben machen wollte. Privat konnte er mit der Aussage seiner Lebensgefährtin „Aber heute bleibst du zuhause. Der Freitag und Samstag soll uns gehören." nur schlecht leben und erfüllte den einen oder anderen Wunsch seiner Lebensgefährtin auch nicht, sondern begab sich mit Freunden ins nächtliche Abenteuer. Es waren meist dieselben Lokale, die sie besuchten. Da störte die Kontinuität Viktor nicht. Neue Bekanntschaften und aufregende Begegnungen waren doch das Ziel, was nicht nur einmal unerfüllt blieb. Manchmal ergaben sich nicht nachhaltige Flirts, die er brauchte, um sich weiterhin attraktiv zu fühlen. Es schien immer so, als könnte Viktor sich seines Selbstbewusstseins nur mit diesen Ausflügen sicher sein. Um zwei Uhr morgens stieg er ins Taxi und machte sich auf den Heimweg. Nächsten Tag war er wieder sehr froh in seiner bürgerlichen Welt und machte Pläne für zukünftige Treffen bzw. Reisen. Seine Lebensgefährtin konnte seinen Freiheitsdrang zwar nicht nachvollziehen zu können, lebte aber nun doch schon sehr lange damit.

Sabine

Der Vertrag von Tabea lag auf Viktors Schreibtisch. Bei Tabeas Unterschrift blieb Viktor kurz hängen und dachte wieder an die beiden Vorstellungsgespräche. Kurz lag auch ihr Duft scheinbar in der Luft. Viktor erwischte sich dabei wie er sich ein privates Treffen mit Tabea vorstellt. „Es gibt drei interessante Bewerbungen für die Prozesslei-terposition", unterbrach ihn Veronika. Er musterte sie im Schnellverfahren und gab bei zwei Bewerbungen die Ein-ladung frei. Veronika hatte ihm inzwischen seinen heiß geliebten Espresso serviert. Er gab ihr den Vertrag von Tabea mit den weiteren Bewerbungsunterlagen und bat sie um entsprechende Anlage im System. Veronika warf einen kurzen Blick auf den ausgefüllten Bewerbungsbo-gen mit dem Foto. Veronika befand Tabea als durchaus hübsch. Ihr Lächeln, die ausdrucksstarken Augen mit deutlich gekennzeichneten Wimpern und die bereits auf dem Foto erkennbare makellose Haut erfüllten für Veroni-ka die Merkmale heutiger Schönheit. Ob für die Position im Bereich Sourcing wirklich ein Studium notwendig war, bezweifelte Veronika aber. Veronika selbst war gut aus-gebildet, litt aber nach Viktors Einschätzung unter dem Umstand, dass sie keinen Uniabschluss hat. Manche Sperrspitzen in Richtung Akademiker unterstrichen Viktors Einschätzung. Viktor genehmigte Veronika die zwei ge-wünschten Fortbildungen „Kommunikation nach dem ZPT-Prinzip" und „Aktuelle Arbeitsrechtsentscheidungen". Das ZPT-Prinzip in der Kommunikation hielt Viktor zwar für entbehrlich, aber die gesamte HR-Community sprach von diesem Hype. Damit könnte im Vorstellungsgespräch die Kommunikationsfarbe erkannt werden. Für was das wie-derum gut sein sollte, wäre ebenfalls Inhalt des Seminars. Viktor hatte in letzter Zeit das Gefühl, dass die gesamte HR-Branche in esoterische Tiefen versank, während die Geschäftsleitung unter dem nachhaltigen, wertschätzenden HR-Mäntelchen Profite beinhart maximierte und sogenannte FTEs (full time equivalent = umgerechnete Vollzeitkräfte) weiter reduzierte. Der CEO der Konzernmutter berichtete von Einsparungen in Höhe von 35 Millionen Euro jährlich im Bereich der Verwaltungskosten. Das es sich dabei nicht nur um Tische, Stühle und PCs handelt, war nicht nur Viktor klar.

Neben Tabea hatte sich auch Sabine Reiter beworben. Sabine war 38 Jahre und verfügte über Erfahrung im Assistenzbereich Sourcing. Als verantwortliche Einkäuferin war sie noch nicht aktiv. Viktor hatte mit ihr alleine das Erstgespräch geführt und dem Leiter Sourcing kurz berichtet. Dieser reihte sie nach Tabea an zweiter Stelle, was auch der Einschätzung von Viktor entsprach. Sabine hatte schwarze, längere Haare, herbe, interessante Gesichtszüge und war schlank. Grundsätzlich hatte Viktor aus seiner Berufserfahrung gelernt, dass im Management schlanke, nach Möglichkeit gutaussehende Menschen arbeiten sollten. Das erhöhte die Zufriedenheit aller Beteiligter. Geschäftsführung und die direkten Führungskräfte kamen damit immer bestens zurecht. Johann hatte überhaupt die Auffassung, dass dickere Personen nicht den nötigen Biss hätten bzw. es überhaupt am sogenannten Mindset fehlt. Wobei diese Einstellung wohl auch eher auf die Bewerberinnen zutraf und bei Bewerbern manchmal ein Auge zugedrückt wurde. Bewerber, die zu Mitarbeitern werden, betraf das dann auch wiederum nicht mehr in diesem Ausmaß. Manch einer hatte sein mit der Managementposition verknüpftes höheres Einkommen erkennbar in viel gutes Essen investiert, wovon auch Johann merklich betroffen war, was aber an den Anforderungen wiederum nur wenig änderte. Schlank, sportlich, gutaussehend und leistungsorientiert waren die gewünschten Attribute. Wenn sie dann noch plumpe Flirtversuche seitens des Managements ertrugen, stand der steilen Karriereleiter wahrlich nichts mehr im Wege. Me-too war schon lange wieder vorbei und sorgte bei 2B1 auch immer eher für Kopfschütteln. Viktor grinste bei den in der rein männlichen Geschäftsleitung gemachten Witze über einzelne Mitarbeiterinnen müde mit. Die bei den Geschäftsführungssitzungen besprochenen privaten Verstrickungen und neuesten Klatschmeldungen waren immer wieder das Highlight. Für den Rest wie Ergebnisse, Umsatzzahlen und Strategie blieb meist nicht mehr die nötige Zeit. In Erfolgszeiten war das auch nicht von Belang.

Sabine hatte Viktor bereits vergessen, wäre Veronika nicht wieder auf ihn zugekommen. „Viktor, was machen wir jetzt eigentlich mit der Bewerbung von Sabine Reiter. Tabea Welser haben wir ja schon eingestellt", fragte Veronika. „Ja, genau, Sabine Reiter…die gibt es ja auch noch", überlegte Viktor laut „am besten wir laden sie zu einem zweiten Gespräch ein. Notfalls lassen wir uns noch eine Stelle von Johann genehmigen, wir haben ja noch Bedarf im Bereich Quality Management / Lieferantenentwicklung." Johann musste als CEO jede Stelle genehmigen, um den Personalabbau ja nicht durch unnötigen Aufbau zu gefährden.

Sabine kam pünktlich zum zweiten Vorstellungsgespräch. Viktor gefiel ihre direkte Kommunikation, ihre weiße Hose und der nicht vorhandene Kinderwunsch, den sie ohne Rückfrage selbst erwähnte. Seine Lebensgefährtin musste ihn unbedingt zu diesem belämmerten Kurs schleppen, dachte Viktor kurz. Sabine genoss ihr Leben mit ihrem älteren Partner und liebte Städtereisen. Viktor unterhielt sich mit Sabine über Paris, Rom und Bangkok. Bangkok fand auch Sabine so spannend wie Viktor. Allein der Beginn der Rushhour, der dem schon vorher kaum beherrschbarem Treiben die Krone aufsetzte, begeisterte Viktor immer wieder aufs Neue. Bangkok stand für Viktors

Leben wie keine andere Stadt. Abenteuer, geschäftiges Treiben, nette Mädchen und das Gefühl der Leichtigkeit an den Stränden waren für Viktor wie gemacht. Sabines Gehaltswunsch war wieder typisch weiblich, was Viktor positiv zur Kenntnis nahm. Er konnte am Ende des Gesprächs Sabine noch nichts versprechen, aber es wäre eine andere Position möglich, die Sabine ebenfalls sehr interessierte. „Wann werden Sie sich wieder melden?", fragte Sabine interessiert. „Spätestens in einer Woche kann ich ihnen Bescheid geben", antwortete Viktor routiniert. Er begleitete Sabine Reiter noch zum Ausgang und beide verabschiedeten sich mit einem festen Händedruck und Augenkontakt. Sabine hatte schöne türkise Augen, die ihn wieder an das Meer rund um Krabi erinnerten. Viktor holte sich seine Unterlagen aus dem Besprechungszimmer und atmete nochmals kurz den Duft von Sabine ein. Neben einem blumigen Parfum roch der Raum nach leichter Aufgeregtheit, was aber noch im angenehmen Bereich lag. Beim Verlassen des Besprechungsraumes ging Viktor beim Empfang vorbei, um die Telefonistin nach ihrem Eindruck zu fragen. Viktor war Profi und wusste wie wichtig das Verhalten der Bewerber am Empfang ist. Die Telefonistin hatte auch einen wunderbaren Einblick auf den Parkplatz und konnte so bereits viele Informationen liefern. Wie verhielt sich jemand auf dem Parkplatz? Parkte er korrekt auf dem Besucherparkplatz? Grüßte er vorbeigehende Personen? Wie schnell ging er zum Verwaltungsgebäude? Wie freundlich meldete er sich beim Empfang? Was machte er während der Wartezeit? Gerade diese vermeintlich von HR unbeobachteten Momente waren für Viktor wichtig. „Frau Reiter macht einen guten Eindruck", sagte die Telefonistin zu Viktor ungefragt. „Sie ist freundlich, wirkt motiviert und hat sich die Firmenbroschüre mitgenommen", führte sie weiter aus. Viktor konnte sich auf diese Einschätzung verlassen. Er formulierte im Anschluss eine offene Position, stimmte sich mit der QM-Leiterin ab und würde sie gleich morgen zur Geschäftsleitungssitzung mitnehmen. Die QM-Leiterin war eine weitere Vertraute von Viktor. Er hatte sie vor einem halben Jahr eingestellt bzw. handelte es sich um einen Wechsel im Konzern. Der für die Unit Electronics zuständige Leiter hatte sie Viktor empfohlen. Diese Empfehlungen von obersten Stellen hatten für Viktor und Johann meist etwas Verbindliches. Beide wollten es sich im Konzern nicht verscherzen und waren dann bei den Gesprächen noch freundlicher als sonst. Der positive Vertragsabschluss stand schon lange vor den Gesprächen bereits fest. Im Konzern waren neben diese Empfehlungen Familienangehörige der Geschäftsleitung immer bevorzugt zu behandeln. Hätte Viktor Kinder würden diese sicher nicht bei 2B1 arbeiten. Andere sahen das völlig anders. Compliance - Regelungen würden dem zwar leicht widersprechen, was aber die oberste Konzernführung nicht wirklich tangierte. Compliance betraf nicht die oberste Führungsriege, sondern alle anderen.

Verfolgungswahn

Tabea hatte gleich nach dem ersten Gespräch bei 2B1 ein gutes Gefühl. Sie fühlte sich in ihrer aktuellen Aufgabe nicht mehr wohl. Ihr Chef war oft launisch, ihre Aufgaben entsprachen nicht ihrem Ausbildungsniveau und auf die Kollegen konnte sie auch ganz getrost verzichten. Tabea wollte mehr und nicht so werden wie viele Mitvierziger, die bereits von Pension sprechen. Langweilige Jobs, gleicher Smalltalk und als Höhepunkt das Wochenende bzw. der Urlaub waren zwar Berufsalltag in diesem Land, aber Tabea wollte gestalten. Ihr Leben sollte ihr alles geben: Das Einkommen der oberen Konzernetagen, die Freiheit einer Künstlerin und die Sicherheit einer Familie. „Das kann doch nicht zu viel verlangt sein!", hatte Tabea unter Freunden schon öfter bemerkt. Tabea galt als offen, humorvoll, hübsch und willensstark. Sie war in einer gut situierten Familie aufgewachsen, hatte ein tolles Netzwerk, bekam zum 18. Geburtstag eine 95 m2 - Wohnung von ihren Eltern geschenkt und stand mit beiden Füßen im Leben. Mit den Eltern pflegte sie einen guten Kontakt, wenn auch persönlich meist nur einmal im Monat. Zoom erledigte den Rest des Kontakts. Tabea hatte ihren Eltern schon von ihrer Veränderung berichtet. Ihr Vater war sofort aufgeschlossen, er möchte seine Tochter einfach nur glücklich sehen, was auch für ihre Mutter galt. Ihre Eltern hatten noch einen gewissen Einfluss auf Tabea. Tabea könnte im Beisein ihrer Eltern noch selbstbewusster sein, hatte doch soviel bereits erreicht. Aber vielleicht fehlten ihr die echten Lebensherausforderungen, die zu bewältigenden Krisen und ein fester Freund an ihrer Seite. Sie schlief zwar hin und wieder mit dem einen oder anderen, was auch im Freundeskreis schon für leichte Irritation sorgte. Tabea verstand es aber, die Wogen wieder schnell zu glätten und das Ganze schadet ihrer Beliebtheit wenig, im Gegenteil manchmal steigt sie dadurch sogar. Beim Fortgehen stand sie nicht so gerne im Mittelpunkt, erzeugte aber gerade erst dadurch Aufmerksamkeit. Tabea wurde oft als erste von Fremden angesprochen und wusste daher um ihre Ausstrahlung Bescheid. Sie trug aber dabei keinen Stolz vor sich her, sondern band sofort ihre Freundinnen in Gespräche mit ein. So wurde der Freundeskreis langsam größer. Letzte Woche erhielt sie einen anonymen Anruf. Tabea ging grundsätzlich immer ans Telefon, was sie sogar selbst als „oldfashioned" bezeichnete. Eine verzerrte Stimme flüsterte leise: „Ich kriege dich. Ich kriege dich." Bevor Tabea etwas sagen konnte, legte der Anrufer wieder auf. Es war abends und Tabea dachte noch kurz vor dem Einschlafen an den Anrufer, der sich wohl verwählt haben musste. Am nächsten Tag war das Ganze auch schon wieder vergessen. Heute würde Tabea kündigen. Sie hatte das Schreiben zuhause bereits ausgedruckt und unterschrieben. Um 08.05 ging sie zu ihrem Vorgesetzten, der seine Türe wie alle im Unternehmen nach Möglichkeit immer offenhielt, was der open-door-policy entsprach. „Guten Morgen", eröffnete Tabea das Gespräch „Ich muss ihnen leider mitteilen, dass ich kündige. Bitte bestätigen sie mir den Erhalt des Schreibens." Ihr Vorgesetzter schaute nicht einmal vernünftig von seinem Schreibtisch hoch und fragte: „Wo soll ich unterschreiben?" Tabea zeigte mit dem Finger auf das Blatt und ihr Vorgesetzter unterschrieb ohne mit der Wimper zu zucken. „Wie lange sind sie noch da?", fragte er teilnahmslos. Tabea hielt die Kündigungsfrist von zwei Monaten ein, was ihr Vorgesetzter mit den Worten „Dann verbrauchen sie bitte ihren Resturlaub" quittierte. Tabea war richtig erstaunt, noch vor fünf Wochen lobte er ihre Leistung im Mitarbeiterfördergespräch deutlich und brachte seine Wertschätzung sehr herzlich gegenüber Tabea zum Ausdruck. Das Unternehmen wollte wie eine große Familie sein und Tabea wäre ein wichtiger Bestandteil. Eine Familie fragte sich Tabea? Eine Familie, die immer zu einem stand, die einen ziehen ließ, wenn die Zeit reif war, die da war, wenn ein Mitglied länger krank wäre? Nein, eine Familie, die nur wirtschaftliche Interessen im Auge hatte und das Wort Familie in einer schändlichen Art und Weise missbrauchte, um noch mehr Leistung der einzelnen „Familienmitglieder" sprich Mitarbeiter einfordern zu können. Am besten natürlich sollten sich die Mitarbeiter auch in ihrer Freizeit mit den Unternehmensherausforderungen beschäftigen. Sportaktivitäten und das gemeinsame Bier nach Feierabend wurden bewusst gefördert. Das Privatleben war von vielen Mitarbeitern so langweilig, dass sie sich auch nach Arbeitsschluss noch am Liebsten über die Firma unterhielten, was zwar auch langweilig war, aber eben nicht ganz so. Gemeinsame Sportaktivitäten dienten dann auch noch als Gesprächsstoff für einige Tage. Wer war als erster mit dem Mountainbike am Gipfel? Beim anschließenden Downhill musste es natürlich Verletzte geben, wie sollte auch ein Büromensch seine natürlichen Grenzen und die Art des Fahrbahnaufbaus auch richtig einschätzen. Tabea war richtig enttäuscht. So viele schöne Worte und so wenig wurde in der Praxis gelebt. Die Worte ihres Vorgesetzten, das Nicht-Beachten, es lag ihr förmlich in den Knochen. Sie tröstete sich aber schnell und schwenkte ihren Blick auf die neue Herausforderung und das neue Unternehmen, das sicherlich ganz anders war. Tabea reichte noch ihren Resturlaub von 17 Tagen ein, der in gleicher Ignoranz genehmigt wurde. Auf das Ausstellen eines Dienstzeugnisses konnte sie aber getrost verzichten, diesen Triumph mochte sie unter keinen Umständen ihrem Vorgesetzten überlassen.

„Ich werde dich kriegen. Du entkommst mir nicht. Ich will dich ganz.", war die Botschaft des zweiten Anrufs. Die verzerrte leise Stimme erkannte Tabea eindeutig als dieselbe. Hatte das etwas mit ihrer Kündigung zu tun? War da jemand in ihrem Unternehmen, der mehr von ihr wollte. Perverse gab es aus Sicht von Tabea auch dort zur Genüge. Auf der anderen Seite bemerkte sie auch im Freundeskreis jemanden, der sie immer mit den Augen fokussierte. Ullrich war vor fünf Monaten dazu gestoßen, hatte aber nicht Tabea, sondern ihre Freundin Angelika angesprochen. Ullrich ist 47 Jahre alt, was Tabea aber nicht als „zu alt" empfand. „Zu alt" gab es für Tabea eigentlich gar nicht, eher „zu uninteressant", „zu langweilig", vielleicht auch „zu arm". Ullrich hatte sich vor zwei Jahren scheiden lassen und sah seine beiden Kinder jedes zweite Wochenende. Das andere Wochenende konnte richtig abgefeiert werden. Ullrich spendierte Getränke, verfügte über ein ausreichendes Einkommen, es wäre sogar sehr gut, müsste er nicht Unterhalt leisten, hatte einen leichten Bauchansatz, wirkte trotzdem aktiv, sein Haarwuchs war dicht und selbst fand er sich unwiderstehlich, was Tabea ziemlich störte. Ullrich hatte trotzdem mit seiner Masche Erfolg und schien nie richtig aus der Übung gekommen zu sein, was wohl letztendlich zur Scheidung führte. Tabea bemerkte oft seine Blicke auf ihren Brüsten, sie war sich gar nicht sicher, ob er wusste wie sie sonst aussieht. Würde er bei ihr anrufen?

Tabea dachte nun doch etwas länger über den Anruf nach, vergaß diesen aber letztendlich doch wieder. Sie war einfach zu sehr beschäftigt, um sich irgendwelchem Müll zu widmen. Statistisch waren auch diese Anrufe kaum ernst zu nehmen, beruhigte sie sich weiter. Außerdem hatte er sich sicher verwählt. Tabea ging weiterhin ihrer Arbeit nach und freute sich bereits auf ihren Urlaub. Sie hatte sich vorgenommen, endlich die Wohnung aufzuräumen und ihren Haushalt weiter zu reduzieren. Tabea liebte die Klarheit von wenigen Gegenständen, die allesamt ihren Stammplatz hatten und von hoher Qualität sein mussten. Es fühlte sich für Tabea so aufgeräumt - innen wie außen - an. Es läutete an der Tür: „Hi Tabea", meldete sich die bekannte Stimme. „Hi Angelika", freute sich Tabea, „Komm herein". Tabea mochte Angelika sehr. Sie war immer für sie da, wenn sie Hilfe benötigte. Angelika war unglaublich humorvoll und sie hatten sich während des Studiums in den gleichen Typen verknallt. Der Typ war schnell wieder weg, die Freundschaft blieb. Angelika überredete Tabea: „Komm, lass uns shoppen gehen." Tabea antwortete: „Ja, ich möchte eh auf Capsule Wardrobe umstellen." „Capsule was?!", zischte Angelika, weil sie bereits wusste, dass Tabea dem nächsten Wahnsinn hinterherlief. „Capsule Wardrobe! Es steht für wenige Kleiderstücke, die sich aber bestens kombinieren lassen. Das hat Susie Faux in den Siebzigern erfunden. Die hatte sogar eine eigene Boutique.", antworte Tabea enthusiastisch, „Mittlerweile ist das auch seit Jahren ein Trend in ganz Europa.". „Was soll's!", dachte sich Angelika, Hauptsache sie würde mitkommen.

Mittwoch hatte Viktor sein wöchentliches Jour fixe mit Johann. Neben einigen Vertragsunterschriften, der Besprechung des Projektstatus und das Update der Personalkennzahlen legte Viktor Johann die Unterlagen von Sabine vor. Er musterte kurz die Bewerbung und fragte nach der Stelle. Die Stelle war bereits in der Personalsoftware angelegt. „Du musst nur mehr die Stelle genehmigen und schon könnte es losgehen", meinte Viktor bestimmt. „Aber wir haben dann eine FTE zu viel, die wieder abgebaut werden muss", antworte Johann mit etwas Stirnrunzeln. Viktor war das bewusst und er antwortete, dass im Produktionsbereich drei FTEs zusätzlich durch den letzten KVP-Vorschlag (KVP = kontinuierlicher Verbesserungsprozess) eingespart werden konnten. Viktor konnte in diesem Fall geschickt den Abbau mit Nicht-Nachbesetzungen kompensieren, um keine Kündigung aussprechen zu müssen. Kündigungen seitens des Arbeitgebers waren nicht Viktors Lieblingsbeschäftigung. Vor allem wenn es jemanden traf, der bereits jahrzehntelang im Unternehmen war und sich altersbedingt die Leistung langsam mindert. Viktor konnte dabei betriebsratsähnliche Argumentationen aufbauen, um kreativere Lösungen zu finden, die für alle Beteiligten dann auch tragbar waren. Johann sah es zwar nicht gern, dass der Abbau der Produktionsmitarbeiter den Aufbau von Verwaltungsmitarbeitern rechtfertigt, in diesem Fall sagte er aber schnell zu. Das Foto war wieder einmal einer der überzeugendsten Gründe, die für Sabine sprachen. Der Altersunterschied zu Johann - auch kein zu vernachlässigendes Kriterium - beträgt angenehme 15 Jahre. Johann wollte nicht unbedingt Frauen in seinem oder gar über seinem Alter, die ihn - das wäre dann überhaupt das Schlimmste - mit ihrer Erfahrenheit und mit ihrem Selbstbewusstsein auch noch auf die Nerven gingen. Johann konnte schnell genervt sein - von Mitarbeiterinnen, von seiner Frau, ja sogar von seiner

Geliebten. Die Geliebte war laut Johann nur ein Gerücht, was sich aber wohl zurecht hartnäckig hielt. Viktor teilte Veronika die weitere Einstellung mit. Veronika wirkte augenscheinlich froh, sie befand, Sabine passte noch besser zum Unternehmen als Tabea.

Viktor rief Sabine an, die sich sehr über das Angebot freute und bereits am Telefon ihre Zusage machte. Sabine erkundigte sich nach dem ersten Arbeitstag. Viktor erklärte ihr den „Welcome-Event", der seine Erfindung war. Es gab fixe Einstellungstermine und am ersten Tag fand der „Welcome-Event" statt. Dieser diente zur Sicherheitsunterweisung, Übergabe der Arbeitsutensilien, Umgang mit der Zeiterfassung, Bestellung des Mittagessens und beinhaltete eine IT-Schulung. Die Durchführung des Events oblag Veronika, die das professionell abwickelte. Veronika konnte durch ihre dienstleistungsorientierte Art ihre Vorteile gegenüber den Neuen voll ausspielen. Der Event wurde daher auch von allen Seiten gelobt.

Viktor hatte sich am Telefon richtig mit Sabine gefreut. Ganz leicht merkte er, dass er vielleicht tatsächlich nicht ganz so objektiv war, wie er sich oft selbst einschätzte. Er sprach mit Veronika nochmals über Sabine und seine eventuell vorhandene Subjektivität. Veronika beruhigte ihn schnell. Bald wechselten sie das Thema. Veronika wollte sich eine größere Wohnung kaufen. Bisher lebte sie in einer 50 m2 Mietwohnung, die nach Viktors Einschätzung für eine Singlefrau eigentlich reichen sollte. Veronika malte sich oft ihre Zukunft aus und hatte immer einen Plan. Sie hatte sich bereits über die Einrichtung der neuen Wohnung Gedanken gemacht. Viktor gab den einen oder anderen Kommentar ab und Veronika merkte, dass Viktor über einen ähnlichen Geschmack wie sie verfügte. Gerade auch deshalb lief ihre Zusammenarbeit derzeit bestens.

Tabea war nun mitten im Aufräumen der Wohnung. Bereits ein Drittel aller Gegenstände hatte sie zum nahegelegenen Recyclinghof gebracht bzw. über will-loswerden verkauft. Heute traf sich die Clique im neuen angesagten Lokal „Cool feeling". Tabea mochte dieses Lokal. Die Musik war rockig, modern und es gab keine volksdümmlichen Schnulzenlieder, die Tabea immer zur Weißglut brachten. „I sing a…" und schon suchte sie das Weite. Sie konnte niemanden verstehen, dem eine solche Musikrichtung nur annähernd gefiel und schloss wohl zu Unrecht auf eine politische Gesinnung, die nicht die ihre war. Interessanterweise lief Ullrich gerade bei diesen Liedern zur Bestform auf. „Cool feeling" hatte meist auch Livemusik im Programm und neunzehn verschiedene Biersorten, von denen heute zumindest die Hälfte verkostet werden musste. Tabea schminkte sich dezent, nachdem sie geduscht hatte. Ihre Lippen betonte sie gekonnt mit einem dunklen Rot, das Parfum trug sie dosiert auf. Ihr neuer BH bringt ihre Brüste noch besser zur Geltung, wie sie selbst befand, schließlich sollte Ullrich ja was davon haben, dachte sie sich in einer eher mitleidigen Art. Tabea würde ihn heute darauf ansprechen, sollte er sich wieder mit gesenktem Blick ihr nähern. Sie trafen sich alle um 19.30 Uhr bei Angelika, um nach zwei Getränken mit den Bus Richtung Innenstadt zu fahren. Um 21.45 Uhr kamen sie im „Cool feeling" an. Das U-förmige Lokal war bereits beim Eingang voll, wobei das Ende des „U" immer noch Platz bot. Die Runde startete mit dem ersten Bier bzw. zogen einige Gin vor. Tabea tanzte mit Angelika, bald gesellen sich drei weitere Männer dazu. Eine kürze Begrüßung erfolgte auf der Tanzfläche und anschließend wurde die Runde bereits erweitert. Die Stimmung war ausgelassen und heiter. Es folgten die Getränke fünf bis sieben, was für noch mehr Unterhaltung sorgte. Tabea fand jetzt schon jeden Satz amüsant und tanzte noch ausgelassener. Sie schloss immer wieder die Augen und genoss ihr Leben in vollen Zügen. Sie öffnete die Augen, schloss sie, öffnete sie. Plötzlich erschrak sie. War das Viktor…? Wie war noch der Nachname? Beim Vorstellungsgespräch hatte sie ihn zwar anders in Erinnerung, aber er trug diesmal keinen Anzug. Tabea wollte nicht, dass der Personalleiter sie in doch deutlich betrunkenen Zustand sah. Sie drehte ihren Kopf hin und her, konnte aber weit und breit keinen Viktor wie auch immer sein Nachname lautet entdecken. Bildete sie sich aufgrund des Alkohols das nur ein? Aber wie kam sie ausgerechnet auf Viktor keine-Ahnung-wie-sein-Nachname-lautet. Irgendetwas hatte sich bei Tabea in letzter Zeit verändert. Waren ihr doch die beiden Anrufe mehr zu Herzen gegangen, als sie zugeben konnte. „Tabea, das musst du probieren. Dieses Bier kommt aus Tschechien und ist eine Wucht bei 8,2 % Alkoholgehalt. Oder 8,4, 9,5… Egal. Probiere mal!", schrie Ullrich ihr ins Ohr. Die Feier ging weiter bis 03.45 Uhr. Die Clique löste sich vor dem Lokal auf und Ullrich hat Tabea gefragt, ob er sie nach Hause bringen soll. Auch hier schien er ihre Brüste nicht wahrzunehmen. Bildete sich auch das Tabea ein? „Nein, nicht nötig, ich gehe zu Fuß. Ich bin ein großes Mädchen.". antwortete Tabea.

Tabea ging die Straße hinunter….

Viktor wirkte privat nicht wirklich ausgeglichen. Er spürte momentan den Drang mehr alleine zu unternehmen. Irgendetwas hatte ihn seit einigen Wochen aufgewühlt, er dachte vermehrt über die Beziehung zu seiner Lebensgefährtin nach. Sie war genauso unternehmenslustig wie er, schien aber ihre eigene Zeit weniger zu benötigen als Viktor. Viktors Unruhe merkte seine Lebensgefährtin deutlich. Sie gab ihm zwar bereits mehr Freiraum, aber dies reichte noch immer nicht. Er war jetzt abends länger in der Arbeit bzw. war auch am Wochenende öfter mit Freunden bis in die Morgenstunden unterwegs. Sie fand, dass das Viktors Position nicht angemessen war. Sie vertraute ihm sicherlich uneingeschränkt, wobei das die eine oder andere Kontrollfrage in der Vergangenheit nicht ausgeschlossen hatte. Viktor ging diese Fragerei auf die Nerven. Wo seid ihr gestern gewesen? War es lustig? Über was habt ihr gesprochen? Wer war denn noch dabei? Viktor wurde bei diesen Fragen deutlich angespannt. Er hatte sogar davor Angst, dass sie ihn eines Abends noch damit vor seinen Freunden blamieren wird, indem sie zufällig in einen der Lokale auftauchte, die er regelmäßig besuchte. Das würde er ihr nie verzeihen. Ein Vertrauensbruch, der in die Geschichte eingehen würde, übertrieb Viktor gedanklich. Viktor war äußerst feinstofflich bei diesen Dingen unterwegs und fühlte sich schnell in seiner Freiheit beschränkt. In der Arbeit hatte er diese Beschränkung wohl oder übel zu akzeptieren, wenn auch hier der Revolutionsgedanke immer wieder in ihm hochkam. Doch privat wollte er keine Kompromisse eingehen, seine Freiheit galt es hier uneingeschränkt zu verteidigen.

Seine Lebensgefährtin hatte ein Tief im Pflegeelternkurs, was Viktor selbst aus seinem Studium kannte. „Was wir beginnen, machen wir auch fertig.", diktierte Viktor. Seine Lebensgefährtin hatte diesen bestimmenden Ton schon einige Zeit nicht mehr gehört, schon gar nicht was das Thema Pflegeelternschaft betraf. Sie war schnell wieder davon überzeugt, dass Viktor und sie mit der Übernahme eines Kindes glücklich werden. Seine Lebensgefährtin hatte Viktor sicherlich fehlinterpretiert. Viktor machte Dinge immer fertig, gerade auch dann, wenn sie ihn nervten, langweilten, absurd oder einfach nur völlig umsonst waren. Dieses Durchhaltevermögen hatte ihn auch durch sein Studium gebracht. Zu Beginn des Studiums war er mit seiner Lebensgefährtin bereits zusammen. Anfangs war sie völlig dagegen. „Das bringt doch nichts, du hast jetzt bereits eine interessante Aufgabe in der Firma, du bist außerdem viel zu alt!", waren ihre Argumente. Viktor hatte da bereits das Gefühl, sie würde ihm seine Freiheit nicht hundertprozentig gönnen. Leichte Eifersuchtssticheleien in Richtung Studentinnen waren natürlich dabei, die er wiederum genoss und sich so der Liebe seiner Lebensgefährtin sicher sein konnte. Er brauchte das Gefühl, dass immer Alternativen möglich wären. Für Viktor war die geistige Freiheit vorrangig. Er konnte viele Kompromisse eingehen, musste aber auch denken können, dass alles jederzeit veränderbar war und er alleiniger Herr über sein Leben sein konnte.

Viktor sah in diesem Pflegeelternkurs eine Fortbildung wie das letzte Führungskräfteseminar. Der Kurs würde abgeschlossen und irgendeine Urkunde oder Bestätigung anschließend zugesandt. Das Ziel dieses Kurses war aber nicht die Bestätigung, sondern die Übernahme eines Kleinkindes in die Dauerpflege. Viktor hatte den Abschluss und das Ziel des Kurses völlig aus den Augen verloren, nur die erfolgreiche Absolvierung war für ihn zurzeit wichtig.

Viktor verdrängte aber nicht nur das Ziel des Kurses, sondern vor allem auch die Heiratsabsichten seiner Lebensgefährtin. Während sie immer wieder auf das Thema zu sprechen kam, wurde sein Drang größer, eine gewisse Zeit für sich alleine zu haben. Früher reagierte er bei diesen Gesprächen mit Atemnot und Schweißausbrüchen. Die äußeren Symptome hatten sich zwar gelegt, innerlich sind die Gefühle unverändert. Viktor wird doch nicht auf Basis eines Gesetzes einen lebenslangen - was für eine schreckliche Vorstellung - Bund schließen, das eigentlich 1938 von den Nazis beschlossen worden ist. Was war das für eine Welt, wo Liebe rechtlich geregelt wird. Nur weil jemand verheiratet war und die Scheidung massivere Nachteile bringen würde, bleiben Paare zusammen? Für Viktor war das schlichtweg undenkbar. Liebe setzte für ihn absolute Freiwilligkeit voraus. Das Recht würde die Liebe in ferner Zukunft komplett erdrücken oder hatte es bereits geschafft. Viktor war in diesem Punkt rigoros. „Verliebe dich oft, verlobe dich selten und heirate nie!", zitierte er gerne im Freundeskreis aus einer Operette. Viktor konnte auch kaum glückliche Ehen in seiner Umgebung entdecken. Er spürte zwar, dass er in ein Alter kam, wo er auch in allen Belangen mehr Verantwortung übernehmen musste, aber noch war es nicht soweit, eher sogar nie. Vielleicht doch, aber in einer theoretischen, geistigen Art und Weise, die Praxisumsetzung konnte warten. Sein Verstand wusste sehr wohl, was richtig und was falsch war. Es gelang ihm jedoch manchmal nicht, dass der Verstand Oberhand behielt. Hinterher bereute er es, meist nicht lange. Sein wacher Verstand lieferte für kurze Eskapaden wunderbare Erklärungen. Das würde Schwung ins Liebesleben bringen, er wollte doch das Leben mit allen Sinnen spüren können, Perfektionismus wäre doch langweilig und Menschen mit Geheimnissen würden überhaupt doch viel interessanter sein. Viktor hatte einige Geheimnisse…

Vergnügt erwähnte Viktor gegenüber Veronika, dass nächsten Montag unter anderem Sabine und Tabea beginnen werden. „Viktor, passt du auf, dass Tabea nicht zu schnell Karriere macht und du sie nicht zu sehr pusht. Kannst du dich noch an Martina erinnern? Da ging alles ganz schnell und nach einem Jahr und drei Monaten schied sie plötzlich aus dem Unternehmen aus", erinnerte ihn Veronika. Martina, auf die Viktor in jeglicher Hinsicht große Stücke hielt, kam von einem Tag auf den anderen nicht mehr ins Unternehmen. Ein kurzes Schreiben, in dem sie ihr Ausscheiden ohne Einhaltung der Kündigungsfrist mitteilte, erreichte damals Viktor. Sie hatte es an ihn adressiert. Angaben über die Hintergründe zu ihrem Ausscheiden machte sie keine. Die Geschichte war generell seltsam. Es gab Gerüchte, dass sie sich längere Zeit verfolgt fühlte und angeblich unmittelbar vor dem Ausscheiden ein Unbekannter versucht hatte, sie zu vergewaltigen. Martina war ebenfalls im Sourcing tätig und übernahm nach acht Monaten bereits ein kleines Team. Damals gab es auch eine kurze polizeiliche Ermittlung im Unternehmen, im Zuge dessen auch Viktor kurz befragt wurde. Er konnte keine Hinweise geben und hatte nicht den Eindruck, dass der mögliche Täter in irgendeinem Zusammenhang mit 2B1 steht. Es gab zwar genügend Personen hier, die vor nichts zurückschrecken würden, wenn es um Macht und Geld geht. Aber Martina war erst in der unteren Führungsebene angekommen und so gesehen kein interessanter Spielball für irgendwelche höhere Interessen.

Viktor traf sich damals einige Male mit Martina in seinem Büro, was aber der üblichen Routine entsprach. Sie waren sich sympathisch, weshalb die Gespräche meist etwas länger dauerten. Gemeinsam mit dem Leiter Sourcing konnte er ihr relativ rasch die Teamleitung anbieten, was sie dankend annahm. Das plötzliche Ausscheiden hat Viktor richtig betroffen gemacht, weil er noch viele Pläne mit ihr hatte.

Tabea hatte tatsächlich Ähnlichkeit mit Martina. Viktor war sich dessen erst jetzt bewusst geworden und dankte Veronika für ihren Rat. Es durfte nicht der leiseste Zweifel an seiner Objektivität im Auswahlverfahren entstehen. Wie Hyänen warteten viele auf einen Fehler des anderen, um ihn dann köstlich auszukosten und für die eigenen Vorteile zu nutzen.

Das Spiel war sicherlich sonderbar. Viktor war Teil davon, selbst wenn er einmal an der Außenlinie stand. Viele Kriegs- und Gewalttermini prägen den Managementalltag. Da werden Menschen mit Jagdhunden verglichen, die bei Fehlleistung erschossen werden. Vergiftete Landschaft - hektarweise - ist dann maximal ein Kollateralschaden, den es im Zuge höhere Ziele in Kauf zu nehmen gilt. Die höheren Ziele lauteten stets Erhöhung des Aktienkurses, höhere Profite, geringere Personal- bzw. Materialkosten und mehr Marktanteile. Natürlich stand aber das Unternehmen 2B1 in vorbildlicher Weise für Nachhaltigkeit und Umweltschutz. An erster Stelle waren die Menschen und jede Aktionärsbotschaft begann mit den Arbeitsunfällen, die sie alle vermeiden wollten, zumindest jene die in der Statistik aufschienen. Emmission to zero war ein Wachstumsmarkt, auf den 2B1 natürlich auch setzte und damit die hohen Umweltziele der Länder unterstützte. Auf der anderen Seite wurden Produktionssteuerungen für offshore-Erdölförderungen geliefert, was auch lukrativ war, aber eben nicht für die Öffentlichkeit weiter interessant sein musste. Viktor hatte wieder diesen Sinngedanken. Wozu das Ganze? Für was? Für ein bisschen mehr an Geld und Luxus war die wenig befriedigende Antwort.

Tabea biegt um die Straßenecke und summt noch das letzte Lied, zu dem sie eben so ausgelassen tanzte, stumm in ihren Gedanken. Endlich eine österreichische Nachwuchsband, die sie schon lange als rockig und cool empfand. Bei „Eins, zwa, drei, vier, es ist so schön bei dir" denkt sie kurz auch an Ullrich, der ihr heute gar nicht mehr komisch vorkommt. Es sind nur noch wenige hundert Meter zu ihrer Wohnung. Ihre Schuhe hat sie bereits ausgezogen, um barfuß bequemer voranzukommen. Sie liebt das Barfußlaufen. Als sie noch bei ihren Eltern wohnte, ging sie so oft wie möglich ohne Schuhe. Tabea lief barfuß durch Wiesen, auf Schotterstraßen, durch Bäche und im Winter auch kurz zur Verwunderung vieler durch den Schnee.

Der Asphalt ist nass von einem kurzen Regenschauer, hält aber noch die Wärme des Tages. Selbst kleine Pfützen durch die Tabea geht, sind angenehm und laden fast zum Verweilen an. Plötzlich hört sie hart pochende Schritte, die schnell näherkommen. Tabea hat nie Angst, doch aufgrund der verdrängten Anrufe spürt sie diesmal schnell eine Beklommenheit und läuft langsam los. Vorher dreht sie sich noch kurz um, kann aber niemanden erblicken. Sie läuft schneller, hört weiterhin Schritte und spürt bereits, dass ihre Kräfte nachlassen. Nochmals versucht sie, das Tempo weiter zu erhöhen. Der eine oder andere Kiesstein bohrt sich nun leicht in ihre Fußballen, was sie aber jetzt gar nicht mehr wahrnimmt. Sie kann nicht mehr, bleibt keuchend stehen und rechnet mit allem. Vielleicht soll sie mehr Ausdauer trainieren, schießt es ihr in den Kopf, was jetzt nicht wirklich hilfreich ist. Ein Selbstverteidigungskurs wäre auch mal angebracht, ist ihr nächster Einfall, der sie jetzt auch nicht weiterbringt. Tabea dreht sich um, richtet sich auf und steht alleine mitten auf der Straße. Der Asphalt fühlt sich nun deutlich kälter an. Ihr Blick mustert die ganze Straße, das Trottoir, die Laternen, zwei kleinere Bäume an der Straße. Ihr Herz pocht, ihre Augen scannen hellwach jedes Detail. Nichts. Es ist nichts zu sehen, nichts zu hören, nicht einmal zu fühlen. Keine Schritte mehr, nur Herzklopfen und Atem. Tabea zittert leicht und beginnt rückwärts zu gehen. Langsam dreht sie sich um, versucht sich weiter zu beruhigen und nach einer kurzen weiteren Schrecksekunde, an der eine kleine, schwarze Katze beteiligt war, erreicht sie ihre Wohnung. Aufgewühlt dreht sie den Schlüssel hinter der Tür um und fühlt sich nun in Sicherheit. „Alles nur Einbildung", verhilft ihr in den Schlaf.

Veronika bereitete das Welcome-Event vor. Weiters beschäftigte sie sich bereits seit einiger Zeit mit der nächsten Veranstaltung, um das 40-jährige Bestehen der 2B1-Gruppe gebührend feiern zu können. In zwei Monaten war es soweit. 2B1 konnte auf 40 Jahre Erfolg zurückblicken. Die Location wurde bereits gebucht und hat sich bereits bei den letzten beiden Weihnachtsfeiern bestens bewährt. Firmenfeiern hasste Viktor abgrundtief. Viele Mitarbeiter waren so begeistert, dass Viktor fast dagegen sein musste. Die letzte Weihnachtsfeier war jedenfalls aus seiner Sicht desaströs.

Die nicht zu vermeidende Rede von Johann, die eine halbe Stunde zu spät um 20.45 startete, war die Ouvertüre. Da die Feier bereits um 19.00 Uhr begann, war aufgrund der kostenlosen alkoholischen Getränke (Bier, Hugo, Wein und Cocktails) die Stimmung schon am Kochen. Johann kam auf die Bühne und die Menge grölte, was Johann sofort als Zustimmung wertete. Er verlautete die Umsatzentwicklung - Gegröle, das Jahresergebnis - lauteres Gegröle, das Lob an alle Mitarbeiter - noch lauteres Gegröle und die neue Investition in den Ausbau des Firmengebäudes - unbeschreibliches Gegröle. Als er dann auch noch die Band „Die fidelen Zwergpudeln - Stimmung ohne Ende" ankündigte, wurde Viktor bereits nach einem ersten Schluck Bier fast schlecht. Viktor unterhielt sich mit dem CSO während Johann seine Runden durch das Gebäude lief, um möglichst viele kurz begrüßen zu können. Sein Gang wirkte nicht mehr ganz sicher. Viktor war bereits bei der Rede aufgefallen, dass er wohl auch schon etwas Alkohol oder andere bewusstseinsverändernde Substanzen konsumiert hatte. Dass bei Johann teilweise Drogen im Spiel waren, lag für Viktor auf der Hand. Eine Arbeitszeit von Montag bis Samstag von 04.30 bis 22.30 und Sonntagvormittag konnte in Johanns Alter keiner auf Dauer ohne „Push" aushalten. Im Management war beispielsweise Kokain nicht ganz unüblich. Viktor kannte Statistiken, die ein Viertel des Topmanagements als Drogenkonsumenten auswiesen.

Der CSO nutzte gleich nach dem kurzen Smalltalk mit Viktor die Gelegenheit, um mit seiner Assistentin zu tanzen. Der CSO, der sich selbstverständlich trotz seiner in einigen Jahren anstehenden Pensionierung nicht alt fühlte, tanzte ausgelassen und so aktiv wie möglich mit ihr. Viktor musste sich nun sogar auf die Zunge beißen, um nicht laut schreiend aus dem Saal zu laufen. Der CSO betonte oft, wie agil und fit er ist. Das war für Viktor ein eindeutiges Zeichen dafür, dass das Alter spürbar wird, es mit der Gesundheit bereits bergab geht und die ersten Zipperlein sich einstellen. Das wurde dann mit jungen Mitarbeiterinnen beim Tanz bestmöglich überspielt, was kurioser nicht sein konnte.

Ein eigenes Kapitel wäre der Abendgarderobe zu widmen. Viktor konnte es einfach nicht fassen. Von schon lange nicht mehr gesehenen Hemden mit Fliege, zu den vielen Miniröcken, über satte knallrote Kleider bis zur Lederhose war alles zu sehen. Ein kleiner weiblicher Teil, versuchte mit hochgespannten Brüsten und speziell gemusterten

Strumpfhosen die männlichen Besserverdiener - respektive die Führungskräfte, allen voran den CEO - von ihrer
Qualität für einen Abend überzeugen, was teilweise in allen Belangen auch der Fall gelang. Viktor fand es toll,
wenn sich Menschen elegant kleideten. Bei diesen Feiern
gelang das aber nur einer Minderheit. Vieles war einfach
zu nuttig und damit kannte sich Viktor nun mal wirklich
aus. Er fand nuttiges Aussehen auch gut, aber eben nur
bei Nutten, die aus seiner Sicht echte Verruchtheit ausstrahlen.

Wenn das Büromäuschen bzw. der Bürolangweiliger einen draufmachen, erinnerte das an spießbürgerliche
Grillabende, an denen der Gastgeber in einem von Thujen
umzäunten - oder noch besser von einem betonierten
Zaun, weil hält ewig - Häuschen Lieder von Freiheit auf
seiner Gitarre zum Besten gibt. Hier ging es nicht einmal
so zu tun als ob wie es im Fasching der Fall sein konnte.
Nein, Viktor wusste es genau, hier wurden Begriffe wie
Freiheit pervertiert. Der Spießbürger mit Swimmingpool
glaubte durch ein paar Gitarrengriffe tatsächlich, er wäre
frei. Er vergaß auf die Hypothek, die Leasingraten für das
Zweitauto, die Alimente im Falle einer eigentlich gar nicht
zur Debatte stehenden Scheidung, den nine-to-five-job
und auf seine undankbaren Kinder. Er sang von Freiheit
nachdem er sein eigenes Gefängnis durch einen selbst-
aufgestellten Zaun perfektioniert hatte. Möglichst sollte
kein Nachbar Einblick in den gutbürgerlichen Garten haben. Traurig nur, dass sich hinter den Zäunen nichts mehr
abspielte. Kein Sex mit der Ehegattin in lauen Sommer-
nächten, keine über Fitbook verabredete Orgie, kein Fick
der Ehegattin mit dem Nachbarn, ja selbst für Selbstbe-
friedigung reichte es meist nicht mal. Also wozu die ganzen Zäune, fragte sich Viktor öfter. Mit „The answer my
friend is…" wurde das nächste Lied auf der Gitarre ange-
stimmt.

Die Stimmung war gegen 22.30 Uhr bereits am Höhepunkt und es zeichneten sich die ersten Ausfälle ab. Gestützt links und rechts wurden die ersten Männer und Frauen zum Heimbringerdienst gebracht. Auch Bergungen aus der Toilette standen nun ab dieser Uhrzeit an. Johann irrte weiter leutselig umher, nun noch etwas wackeliger. Die Mitarbeiterinnen aus der Buchhaltung trauten sich jetzt auch auf die Tanzfläche. Die Abteilungen formierten sich bei Firmenfeiern nach gewohnten Mustern und eine Durchmischung fand maximal nur zu Nachbarabteilungen statt. Buchhaltung musste doch nicht fad sein, war das zu transportierende Motto, zumindest versuchten die Mitarbeiterinnen, sämtliche Klischees der Lüge zu strafen. Viktor bekam regelrecht Mitleid. Es war zu einfach zu durchschauen, keine Finesse, kein mystisches Spiel und keine Spannung. Nur eine Feier, die das bürgerliche Leben umso mehr festigte. Konnte hier von Leben noch die Rede sein, sinnierte Viktor leise vor sich hin. Als Höhepunkt hatte die verheiratete Mitarbeiterin aus der Buchhaltung mit dem Abteilungsleiter geschlafen, wobei sich beide kaum daran erinnern können und es zugunsten ihrer fixen Beziehungen auch nicht weiter versuchen werden, die Erinnerung etwas mehr auf die Sprünge zu helfen.

Ein Mitarbeiter übergab sich noch und Johanns Anzug wurde in Mitleidenschaft gezogen, was Viktor bewog um 23.45 die Feier schnellstmöglich erleichtert zu verlassen. Viktor hatte die dankbare Aufgabe von Johann erhalten, den Übeltäter - was für ein schönes Wortspiel in Viktors Augen - am Montag zur Rede zu stellen und im Wiederholungsfall den Ausschluss von Firmenfeiern zu verkünden, was für Viktor selbst ein Segen gewesen wäre.

Das 40-Jahr-Jubiläum würde wohl die Potenz hoch zehn zur Weihnachtsfeier aufweisen. Viktor bekam regelrechte

Atemnot, wenn er daran dachte. Veronika versuchte sicher das Beste daraus zu machen und bemühte sich zumindest den musikalischen Teil besser hinzubekommen als die Assistentin des CEO, die für die Weihnachtsfeiern verantwortlich war. Viktor unterbreitete Veronika einige Vorschläge zur Musik, wobei Veronikas Vorstellungen hier doch im Gegensatz zu anderen Angelegenheiten verschieden waren. Eigentlich aber egal, da es laut Johann ein Riesenbesäufnis werden sollte. Viktor wurde bereits jetzt schlecht.

Veronika holte sich die einzelnen Unterlagen der Teilnehmer des Welcome-Events. Sie musterte Tabeas Unterlagen nochmals und spürte, dass sie Tabea vermutlich doch nicht mögen würde. Diese motivierten, leicht überheblichen Frauen waren nicht Veronikas Fall. Jede mit Fachhochschule bzw. Uni und süßem Lächeln, aber wenn es um die tägliche Arbeit geht, wenig zu gebrauchen. Es benötigte ihrer Ansicht nach Durchhaltevermögen gepaart mit dem Willen, auch unangenehme Dinge bzw. Routinetätigkeiten zu übernehmen. Hier versagten - da liegt Veronika oft richtig - die netten Nachwuchskräfte. Führungskräfte hatten damit aber kein Problem, jung und süß Lächeln reichte bei 2B1 meist dann doch. Zumindest so lange bis die ersten kritischen Fragen von ihnen gestellt wurden. Kritik wurde generell nicht gerne gesehen, schon gar nicht von Nachwuchskräften. Absolute Unterordnung, Mittrinken bei Firmenveranstaltungen und die eine oder andere diskrete sexuelle Dienstleistung waren da schon gefragter im Konzern, natürlich nicht offiziell. Veronika lächelte Viktor an und sprach mit ihm über den heutigen Tag. Viktor berichtete dabei vom heutigen Managementreview, das wieder neue Abgründe zu Tage gefördert hatte. Die Diskrepanz zwischen dem Erfolg des Unternehmens und der Qualität des Managements machte Viktor wieder sehr nachdenklich. Wie lange war die aktuelle

Führungsmannschaft in der Lage, den Erfolg weiter zu prolongieren. Oder wurde der Erfolg aus der Vergangenheit durch ein unfähiges Management bereits nur mehr verwaltet, kurz bevor es richtig bergab ging? Vielleicht reichte heute auch Unfähigkeit für den Erfolg aus, weil viele kleine Rädchen das System am Laufen hielten. Viktor hatte wieder eine negative, wirtschaftskritische Kurzphase, die auch seinem Leseverhalten geschuldet war. Diese ganze Nachhaltigkeit und die Systemkritiker waren meist alles völlig erfolglose Besserwisser, kam Viktor schnell wieder zur notwendigen Klarheit. Veronika konnte ihn dabei gut unterstützen, sie sah alles positiv und kannte keine wirklich großen Probleme. Viktor wünschte sich auch manchmal, die Dinge so sehen zu können. Er war der nicht ganz demütigen Ansicht, dass ihm sein Intellekt dabei aber im Wege stand.

Kurz hatte Veronika das Gefühl, sie müsse auf Tabea eifersüchtig sein. Tabea hatte ein Studium, Viktor lobte sie bereits vor Beginn über den grünen Klee - wann lobte eigentlich Viktor sie das letzte Mal - und Tabea würde vermutlich im Unternehmen schnell Karriere machen. Ihre eigene Karriere war für Veronika zwar zurzeit nicht wichtig, was aber lange noch nicht heißt, dass sie über die anderen Karrieren der jungen Mitarbeiterinnen immer glücklich sein musste. Vermutlich würde Viktor mit Tabea auch ähnlich viel Zeit verbringen wie mit Martina, wobei das zu verhindern für Veronika nicht allzu schwer wäre. Viktors Karriere kann aus Veronikas Sicht noch weiter gehen. Er hatte aus ihrer Sicht Potential und könnte das Unternehmen als CEO besser als Johann leiten. Er würde die Führungskräfte richtig pushen, den einen oder anderen auch austauschen und die Strategie dem 21. Jahrhundert anpassen. Viktor hatte nicht nur die Unterstützung Veronikas, auch der Betriebsrat erkannte, dass Johann nicht mehr die Idealbesetzung darstellte. Ob Viktor als Nichttechniker ein solches Unternehmen wie 2B1 leiten konnte, war für den Betriebsrat ein großes Fragezeichen. Durch die oftmaligen Vertretungen stieg aber das Vertrauen in Viktors Fähigkeiten. Viktor stapelte bei etwaigen Nachfolgefragen aber stets tief. Insgeheim konnte er sich aber die Funktion des CEO gut vorstellen. Das wäre der Höhepunkt seiner bisherigen Karriere. Für was? Diese Frage würde sich dann vielleicht nicht mehr stellen.

Am ersten Montag des Monats begannen diesmal acht Angestellte und 21 Arbeiter. Das Welcome-Event der Arbeiter wurde nicht von Veronika organisiert, sondern selbständig durch das Factory Training durchgeführt. Das klappte die letzten beiden Jahre bereits sehr gut. Veronika begrüßte alle neuen Mitarbeiter und Mitarbeiterinnen um 08.30 Uhr im Besprechungsraum Zürich. Alle Besprechungsräume trugen Namen von weltweiten Städten, was anfangs regelmäßig für Verwirrung bzw. Staunen sorgte. Es gab immer wieder neue Mitarbeiter, die anfangs meinten die Besprechungen wären tatsächlich in diesen tollen Städten und nicht in Besprechungsräumen, die nur in den Augen der Geschäftsleitung fast ebenbürtig den Städten waren. Das konnte nur jemand meinen, der zwar in vielen Städten - meist beruflich - schon war, aber nichts außer andere Konferenzräume, Taxis und Hotels kennengelernt hatte. Die Internationalität veränderte Menschen. In Konzernen war die Geschäftsreise etwas ganz wichtiges, um den Rang und die eigene Wichtigkeit nach außen zu festigen. Selbst der CFO - chief financial officer / Finanzen rief regelmäßig bei Viktor an, um Nebensächliches zu fragen bzw. zu besprechen und gleichzeitig zu betonen, dass er gerade aus Shanghai, Tokio oder New York anrief und diesmal waren nicht die Besprechungsräume gemeint.

Das durch die vielen Reisen die Krankheitsanfälligkeit auffällig stieg und das oberflächige, mit Englischbegriffen versehene Kommunikationsverhalten gefördert wurde, stand für Viktor außer Frage. Englischbegriffe waren generell in der Management-Welt gern gesehen. Wie viele Manager hatte Viktor gesehen, die als Deutsch-Muttersprachler vorgeblich verzweifelt nach dem deutschen Begriff suchen mussten und es dann leider nur auf Englisch ausdrücken konnten. Was für ein Schwachsinn, dachte

Viktor oft. Viktor imponierte das nicht im Mindesten, er diagnostizierte eher ein Frühstadium von Alzheimer. In E-Mails war dieses Phänomen noch deutlicher zu beobachten. Selbst wenn alle Empfänger deutsche Muttersprachler waren, wurde diesem Hobby gefrönt, am besten mit Englischbegriffen, für die der Empfänger vorher das Online-Wörterbuch bemühigen musste. Noch besser waren eher nicht gebräuchliche Abkürzungen, für die der Empfänger schon mal mehr als eine Stunde zur Auflösung der Knobelaufgabe benötigte. Nachfragen war in einem solchen Falle selbstverständlich keine Option und zeigte ansonsten vom provinziellen Charakter.

Viktor reiste auch gerne. Er wollte aber beispielsweise bereits am Vortag anreisen, um ausgeruht zu sein, was viele nur belächelten. Der gute Manager stand um 03.30 Uhr auf, flog um 05.30 ab, um abends um 22.45 zu landen und um 1.05 zuhause zu sein. Selbstverständlich war er dann nächsten Tag um 07.30 Uhr wieder an seinem Arbeitsplatz. Für den eigenen Erfolg wurde immer Einsatz gezeigt. Der CEO lebte es vor und alle anderen machten mit bzw. versuchten ihn noch zu übertrumpfen. Viktor dachte, dass irgendwann auch entsprechende Wachdrogen zum Einsatz kommen würden bzw. einige nach dem Verhalten her bereits über diese ihr rauen Mengen verfügten. Fahrig, aufgekratzt, angriffig, süchtig in vielerlei Beziehung und ungesund nahm der eine deutliche größere Teil der Manager ihre Aufgabe war. Der andere Teil handelte völlig gegenteilig, natürlich aber auch komplett übertrieben. Sie ernährten sich nach einem genauen Ernährungsplan, zählten wie erwähnt Schritte, gingen zu diversen Vorsorgeterminen, machten regelmäßig Sport und lächelten kaum. Lebensfreude konnte bei beiden Teilen kaum beobachtet werden, maximal wenn das neue Firmenfahrzeug angeliefert wurde.

Veronika war bereits am Ende ihres ersten Vortrags angekommen. Tabea und Sabine hatte sie dabei genauer im Blickfeld. Beide erregten mit ihrer charmanten Art und Weise ihre Aufmerksamkeit. Viktor hatte ja wirklich einen guten Geschmack und ein gutes Gespür, was aber doch dem Geschmack etwas hinterherhinkte. Tabea war froh, dass endlich ein neuer Abschnitt begann und die merkwürdigen Ereignisse der vergangenen Zeit nun endgültig vorbei sein würden. Veronika begleitete die Neuen noch zum Fototermin - das Highlight des Welcome-Events - und ging anschließend zum Mittagessen. Beim Mittagessen stoß Viktor planmäßig dazu und begrüßte alle, um im Anschluss ein paar weitere Anmerkungen zu den Besonderheiten des Unternehmens zu machen. Diese wurden bei den Vorstellungsgesprächen bewusst nicht ausreichend erwähnt, um keine Bewerber unnötig zu irritieren. Viktor konnte das in einer sehr professionellen Weise darstellen, sodass sogar die Schattenseite des Unternehmens nach kurzer Verwunderung noch Sympathiepunkte einbringen konnte. So erfolgreich das Unternehmen nach außen war, so hinterwäldlerisch war der interne Ablauf, was Johann als CEO hauptsächlich zu verantworten hatte. Der manuelle Urlaubsantrag mittels Durchschreibeblatt war nur ein Highlight, was Viktor schon seit einem Jahr abzulösen versuchte. Nach dem Mittagessen konnte auch Johann beim Verlassen der Kantine kurz begrüßt werden. Tabea und Sabine hatten sich bereits am ersten Tag gekonnt in Szene gesetzt, wie Viktor bemerkte. Johann lächelte jedenfalls, ein gutes Zeichen.

Viktor nahm noch kurz am zweiten Vortrag von Veronika teil, um seine Wertschätzung für die Neuen weiter zu unterstreichen. Viktor gefiel die Art des Vortrags sehr. Veronika genoss die Aufmerksamkeit von Viktor und seinen Blick auf ihr. Hatte er wieder mit den Augen ihren Körper in allen Details gemustert? Für Veronika war das jedenfalls eine angenehme Vorstellung. Viktor verabschiedete sich nach einer halben Stunde mit den besten Wünschen für die ersten Arbeitstage von der Gruppe. Veronika übergab später die Neuen an die jeweiligen Führungskräfte, die ihnen dann das Team und den Arbeitsplatz vorstellten. Zurückgekommen an ihrem Arbeitsplatz sprach Veronika mit Viktor noch über Tabea und Sabine. „Ich finde, sie machen beide einen guten Eindruck, gefallen mir", meinte Veronika. Ihm gefiel heute Veronika ausgesprochen gut, der Vortrag war ausgezeichnet und ihre wie üblich getragene enge Jeans betonte die richtigen Stellen. Viktor genoss den einen oder anderen geworfenen Blick, blieb aber in der notwendigen Distanz und war in keiner Weise übergriffig. Seine meist strikte Trennung von Beruf und Privatem wollte er keinesfalls gefährden.

Veronika versorgte Viktor regelmäßig mit Informationen. Neben regelmäßigen modischen Neuigkeiten präsentierte sie auch immer wieder neue Ideen, um Viktor beruflich noch erfolgreicher zu machen. Die Karriere von Viktor konnte auch Veronika nicht schaden, im Gegenteil, wer weiß, was alles noch möglich war. Besonders interessierte sich Veronika für die Motivation von Mitarbeitern. Sie hatte sich hier psychologische Grundkenntnisse erarbeitet und diese vor allem bei sich selber angewandt. Veronika hatte durch und durch ein Weltbild von Chancen. Selbst wenn Dinge nicht so liefen, ihre Motivation war ungebrochen. Viktor bewunderte einmal mehr diese Einstellung. Er selbst hatte immer wieder Zweifel und seine Motivation konnte nach besonders anstrengenden Besprechungen deutlich sinken. Vor allem Besuche aus dem Konzern waren für ihn besonders mühsam. Wenn es darum ging, weiter Kosten zu sparen und wenn Viktor detaillierte Vorgaben gemacht wurden, wurde er spürbar unrund. Selbst da verstand es Veronika, Viktors Blick auf neue Dinge zu lenken bzw. selbst Negativem noch etwas Positives abzu-

ringen. Diese Gabe hatte Viktor im letzten Mitarbeiterge-
spräch gegenüber Veronika deutlich betont. Veronika
stellte sich in der Vergangenheit auch sehr gut auf die
einzelnen Gesprächspartner ein und holte sie gut ab,
ohne den Verdacht zu erwecken, sich anzubiedern. Der
Leiter eines Produktionssegments missinterpretierte ihre
Freundlichkeit insofern, als er sie auf einen privaten Se-
geltörn eingeladen hatte. Veronika zog sich gekonnt aus
der Affäre und selbst ihre Absage klang noch sehr charmant. Selbst Zusagen konnten aus Viktors eigener Erfahrung uncharmanter klingen. Nach der Einladung zum Se-
geltörn folgte noch die Einladung zum gemeinsamen
Wanderwochenende mit Übernachtung in einer abgele-
genen, aber sehr schönen Hütte. Nach diesem Fehlschlag
wurde aber dann doch aufgegeben. Veronika war stand-
haft, was nicht alle Mitarbeiterinnen beim oft auch privaten
Ansinnen von Führungskräften waren. Das galt selbstverständlich auch für Mitarbeiter, die nur allzu gerne private
Aufgaben bzw. Gefälligkeiten für ihre Führungskräfte -
männlich wie weiblich - übernahmen. Die Karriere im
Konzern geht für den einen oder anderen über alles, wäre
das diffizil vorgetragene Verlangte noch so ausgefallen.
Sollte irgendetwas tatsächlich mal ans Tageslicht im Konzern kommen, so passierten die Dinge auf völliger Freiwilligkeit bzw. war die Führungskraft dann selbst das verführ-
te Opfer. Die „me too - Debatte" führte im Management zu
einem eigenen Tagesordnungspunkt und wurde als Anschlag auf das normale Kommunikationsverhalten gewer-
tet. „Wo kämen wir da hin, wenn wir Gespräche gar nicht
mehr unter Vieraugen führen können und Angst davor haben müssen, dass unsere Gesprächspartnerin im Nach-
gang den Vorwurf einer sexuellen Belästigung äußern
würde", hatte Johann abschätzig ausgeführt. „Ja, wo kämen wir da hin…", dachte Viktor. Einige Führungskräfte
wiederholten im Grunde das Gleiche in anderen Worten,
was Johann bereits kundtat. Ein beliebtes Spiel, um selbst

auch etwas zu sagen und dem CEO wohlzugefallen und ihm Recht zu geben. Die dümmeren CEOs hielten dies auch noch für zweckdienlich und legten ihren Führungsstil genau auf dieses Verhalten in Form von Belohnungen aus. Johann kratzte hier gerade noch die Kurve, war aber zumindest immer wieder gefährdet weiter abzugleiten.

Am späten Nachmittag hatte Veronika noch einen Termin mit Tabea vereinbart, um das neue Firmenfahrzeug zu übergeben. Veronika hatte das Fahrzeug am Tag zuvor inspiziert und vom Händler übernommen. Tabea konnte ihre Freude über den sehr gut ausgestatteten 3er BMW nicht verbergen. Das war ganz normal und machte sie ihn keiner Weise unsympathischer. Die Unterschrift der Firmenfahrzeugrichtlinien komplettierten den Vorgang.

Verfolgung

Message an Tabea

Tabea genoss ihre ersten Arbeitstage. Endlich hatte sie wieder dieses aufregende Gefühl, dass das Unbekannte mit sich brachte. Tabea war aufgeschlossen, lernte schnell und hatte mit Viktor bereits das erste Gespräch, dass sich zufällig ergab. Sie hatte bei Veronika nachgefragt, wie sie ihr Zeitprotokoll online abfragen könnte. Tabea und Veronika schienen sich wider Erwarten gut zu vertragen. Viktor hat Tabea kurz in sein Büro gebeten, um die Gelegenheit zu ergreifen, sich nach den ersten Tagen zu erkundigen. Tabea berichtete, dass ihre Erwartungen zur Gänze erfüllt, wenn nicht gar übertroffen wurden. Ihr Vorgesetzter nahm sich die ersten beiden Tage viel Zeit für sie, das bestehende Team nahm sie offen und freundlich auf und Tabea hatte erste Aufgaben bereits selbständig lösen können. Viktor gefiel Tabeas offene Art der Kommunikation. Sie war von Viktors Stellung unbeeindruckt und ihre ungezwungene Art verzauberte Viktor neuerlich. Viktor spürte seine Sympathie deutlich, was wohl auf Gegenseitigkeit beruhte, wenn Viktor Tabeas Lächeln richtig einstufte. Tabea würde wohl noch viel gelingen im Konzern.

Tabeas erste Woche war nun bereits geschafft. Sie konnte auf eine aufgeräumte Wohnung, auf eine einfache Garderobe und die neue Stelle zurecht Stolz sein. Alles war noch perfekter als zuvor. Tabea hatte aber auch noch viel vor. Sie fühlte, dass das Leben für sie noch alles bereithält. Männer bzw. ggf. im Singular Mann, Führungspositionen - hier klar der Plural, gesellschaftliche Anerkennung und gar noch Kinder - plural - waren im möglichen Bereich.

Das Wochenende konnte kommen. Bevor sie am Freitag nachhause fuhr, erledigte sie einige Einkäufe. Sie holte sich vom Biohändler etwas Obst, kaufte Kosmetikartikel und löste in der Apotheke ihr Rezept ein. Tabea schlief zwar mit den Männern nur mit Kondom, verwendete zur Sicherheit aber zusätzlich die Pille. Tabea kannte keine Kompromisse. Beim Verlassen der Apotheke war plötzlich wieder das Gefühl da, das sie das letzte Mal außer Atem auf dem nassen Asphalt in der Nacht hatte. Warum war das plötzlich am hellen Tag ohne augenscheinlichen Grund da? Tabea konnte sich in der Vergangenheit doch immer auf ihre Gefühle verlassen. Auf der Straße war nur geschäftiges Treiben zu sehen. Tabea konnte keine bekannten Gesichter entdecken. Ihr Atem war etwas schneller. Ihr Blick kontrollierte das Geschehen. Als ihr Blick auf den neuen 3er BMW am Parkplatz fiel, beruhigte sie sich etwas. Das waren also die Nachwehen und diese würden nun hoffentlich wohl endgültig vorbei sein. Sie blickte nach links und rechts, querte die Straße und ging zum Auto. Das Auto glänzte in der Sonne und das Gefühl des Stolzes überkam sie förmlich. Sie war jung und hatte ein wirklich tolles Firmenfahrzeug, also „keep cool" sagte sie sich. Sie öffnete das Fahrzeug und stieg ein. Sie wollte gerade den Motor starten, als sie den Zettel unter den Scheibenwischern auf der Windschutzscheibe entdeckte. Mist, hatte sie wohl tatsächlich im Parkverbot geparkt. Das Wochenende fing ja gut ein. Sie stieg aus, nahm den Zettel, der nicht in Plastik eingepackt war und stieg wieder ein. Der Zettel war gefaltet. Mit zwei Handbewegungen hatte sie nun den A4-Zettel vor sich und beginnt zu lesen:

„Du entkommst mir nicht. Ich habe dich gesehen, habe dich gerochen und dich gespürt. Du bist so geil und ich werde dich bald ficken. Dir wird es so wie den Anderen gefallen, glaube mir. Du brauchst keine Angst zu haben.

Es wird unbeschreiblich schön sein. Genau so schön wie dein neues Auto…"

Tabea zittert. Verdammt, jetzt wird es wirklich ungut. Bisher hat Tabea das als Blödsinn abgetan, nun ist genug. Tabea überlegt. Sie wird die Polizei anrufen. Die Polizei wird nichts unternehmen. Es ist ein A4-Zettel. Ist das eine gefährliche Drohung oder wie das im juristischen Sinn heißt? Nein, die Polizei wird das als nicht ernstzunehmende Nachricht abtun und sich darüber ärgern, dass sie auch noch ein Protokoll schreiben musste. Wer kann ihr jetzt sonst helfen? Sie versucht mit ihren zittrigen Händen das Telefonbuch durchzuscrollen. Sie bleibt beim dritten Eintrag „Angelika" hängen und tippt darauf. Es klingelt, nach sieben Freizeichen meldet sich Angelika mit den Worten „Dies ist die Mailbox von Angelika. Sprich mir bitte deine Nachricht auf die Mobilbox, ich rufe dich verlässlich zurück. Liebe Grüße Angelika." Die Stimme von Angelika - wenn auch nur von der Mobilbox - beruhigt Tabea ein wenig. Sie wird zu Angelika fahren, vermutlich ist sie zuhause und hat einfach das Telefon überhört. Überall sind Menschen, was soll jetzt schon passieren. Tabea atmet ruhig und nach einer Minute startet sie das Fahrzeug. Angelika wohnt in einer befahrenen Straße und auch dort hat sie nichts zu befürchten. Sie startet das Fahrzeug. Das Navigationssystem begrüßt Tabea und das Radio spielt gerade „1, 2, 3, 4". Das lässt Tabea langsamer atmen. Sie fühlt, wie ihr Mut zurückkehrt. Langsam fährt sie retour, in der Rückfahrkamera geht ihr eine Frau gerade aus dem Weg. Sie fährt langsam aus dem Parkplatz und biegt auf die Hauptstraße ein. Tabea betätigt den Schalter für den Frontassistenten, um den Abstand zum Vorderfahrzeug automatisch zu halten. Der Spurassistent lässt das Fahrzeug dann teilautonom fahren. Für Tabea ist das in der jetzigen Situation eine deutliche Erleichterung. Tabea kann sich so auf die Umgebung konzentrieren. Im Rückspiegel ist nichts Verdächtiges zu erkennen. Die Fußgänger verhalten sich wie immer. Schnellen Schrittes ziehen sie an den Geschäften vorbei, ein typischer Spätnachmittag am Freitag. Tabea will jetzt nichts mehr als auch ein Teil dieses typischen Freitags sein, wobei ihr klar ist, dass dieser Freitag bereits jetzt anders ist. Ein A4-Zettel, der den Freitag von allen bisherigen Freitagen, unterscheidet. Ein A4-Zettel, den Tabea diesmal sehr ernst nimmt. Was ist das für ein Typ? Tabea hat keinen Verdacht während sie überlegt, ob sie nicht doch zur Polizei fahren soll. Sie hat nun die Autobahnauffahrt Richtung Angelika genommen und ehrlich gesagt, hat Tabea auch keine Ahnung, wo die nächste Polizeistation ist. Ihr neues Navi würde das zwar wissen, aber Tabea möchte zuerst mit Angelika sprechen.

Auf der Stadtautobahn scheint alles normal zu sein, erhöhtes Verkehrsaufkommen, kein Stau. Tabeas Aufmerksamkeit ist seit dem A4-Zettel erhöht, wenn nicht sogar von Alarmbereitschaft gesprochen werden muss. Seit ca. 45 Sekunden fällt ihr ein Fahrzeug auf, dass ihr Tempo hält. Wenn sie überholt, dauert es nicht lange, dass das andere Fahrzeug - Farbe schwarz - ebenfalls im Rückspiegel auftaucht, aber sich so einreiht, dass immer noch ein anderes Fahrzeug dazwischen ist. Sie wird verfolgt, eindeutig. Tabea erhöht die Geschwindigkeit, überschreitet die Höchstgeschwindigkeit um 25 km/h, blendet das Vorderfahrzeug an, betätigt den linken Blinker, alles um den Überholvorgang zu beschleunigen. Ihr Gefühl nimmt plötzlich panikartige Züge an. Sie verliert immer mehr die Kontrolle über die Situation. Das schwarze Fahrzeug ist deutlich im Rückspiegel zu erkennen, leider kann sie das Nummernschild nicht genau sehen. Tabea hat bisher immer vermieden, für ihre leichte Sehschwäche auf weitere Distanzen eine Brille zu kaufen. Kontaktlinsen sind für sie undenkbar, nur kein „Herumgefuchtl"e in den Augen. Vermutlich ist aber auch der Abstand zu groß, um überhaupt etwas zu erkennen. Wer sitzt hinter dem Steuer? Wer will was von ihr? Tabea sieht das Hinweisschild, das die geplante Abfahrt Mitte in zwei Kilometer ankündigt. Was soll sie tun? Polizei oder Angelika? Das schwarze Fahrzeug ist immer da, hält Abstand. Sie verringert die Geschwindigkeit, da sie gleich die Ausfahrt nehmen wird. Das Fahrzeug hinter ihr überholt nicht, hält weiterhin den Abstand. Die Ausfahrt beginnt, sie blinkt noch nicht, hält die Spur. Vor ihr ist ein Fahrzeug auf der Abbiegespur. Sie sieht in den Rückspiegel, das schwarze Fahrzeug hat sich hinter einem LKW eingeordnet. Sie gibt Gas, überholt das Fahrzeug auf der Abbiegespur, muss nun stark abbremsen, um die Abfahrt mit einer relativ starken Kurve noch zu kriegen. Das Fahrzeug hinter ihr hupt, der Fahrer zeigt mit einer Geste, was er von einem solchen Fahrmanöver hält. Tabea ignoriert das in ihrer Situation. Sie sucht im Rückspiegel nach etwas anderem. Wo ist der schwarze Wagen? Hat er die Ausfahrt nicht mehr gekriegt, hat sie ihn jetzt abgehängt? Nach der Autobahnausfahrt ist ein Kreisverkehr. Sie nimmt bewusst die Ausfahrt zu einem Fastfood-Restaurant und parkt sofort so, dass sie den Kreisverkehr einsehen kann. Ihr Herzschlag beruhigt sich leicht. Familenvans mit Kindern, ein Cabrio, zwei Kleinwagen, kein schwarzes, größeres Auto wie im Rückspiegel sind Tabeas Ausbeute. Tabea ist sich sicher, dass das alles andere als Einbildung war. Sie wird verfolgt, jemand will ihr Angst machen. Tabea hat keine Feinde, keine Idee, wer auf eine so hirnverbrannte Idee kommen kann. Hirnverbrannte Idee? Nein, das sind kriminelle Handlungen. Tabea fährt in den Kreisverkehr ein und nimmt die Hauptstraße. Sie steht nun vor einer Ampel und wird in einigen Minuten bei Angelika eintreffen. Ihr Blick fällt nochmals auf den A4-Zettel am Beifahrersitz. Es handelt sich um einen Ausdruck, vermutlich Tintenstrahldrucker. Er weiß, sie hat ein neues Auto. Er verfolgt auch andere Frauen.

Sie wird also schon seit einiger Zeit verfolgt, vermutlich macht das Schwein auch Fotos. Tabea wird bei der Vorstellung schlecht, dass sich jemand an ihren Fotos... kranke Wesen in einer kranken Welt, so hat es Tabea in der Vergangenheit noch nie gesehen, ihr Weltbild bestand aus Möglichkeiten und aus Entwicklung. Die Ampel wird grün und Tabea biegt in die Straße ein, in der Angelika wohnt. Angelikas Wohnung verfügt über eine Tiefgarage, die bei der Einfahrt über eine Klingel und Gegensprechanlage verfügt. Sie läutet bei Angelika, keine Reaktion. Sie läutet nochmals, endlich meldet sich Angelika: „Hallo?".
Tabea antwortet in schnellen Worten: „Hallo Angelika, ich muss sofort mit dir sprechen." Das letzte Mal als Angelika die Worte von Tabea in dieser Aufgeregtheit gehört hat, war, als es um den Typen während des Studiums ging. Diesmal ist Angelika sich keiner Schuld bewusst oder gibt es wieder einen, auf den die beiden gleichzeitig das Auge geworfen haben, ist Angelikas erster Gedanke. Angelika geht aus der Wohnung zum Lift, um Angelika dort abzuholen. Der Lift öffnet sich, Tabea fällt Angelika zitternd und weinend in die Arme.

Viktors Besuch

Viktor war weiter auf der Erfolgsspur. Tabea stellte sich als die perfekte Wahl dar und auch Sabine schien sich im Unternehmen gut einzuarbeiten. Er hatte heute mit Sabine einen Termin, um die Einarbeitung zu besprechen. Veronika spürte, dass Viktor auch Sabine sehr mochte, was sie auch gut nachvollziehen konnte. Selbst die Abende mit seiner Lebensgefährtin waren wieder harmonischer, wenn sie nicht gerade von Kindern sprachen. Der Kurs war in Ordnung, aber Viktor wollte nicht permanent darüber sprechen. Viktor könnte eigentlich glücklich sein, spürte aber wieder Unruhe. Spornten ihn die Gespräche mit Tabea und Sabine an? Er musste jedenfalls wieder Angelique besuchen. Angelique arbeitete in einem Laufhaus am Stadtrand. Es handelte sich um ein Gebäude am Stadtrand mit diskretem, abgeschirmtem Parkplatz und vielen Zimmer. Der Eintritt war frei, die Eingangstür unversperrt, die einzelnen Zimmer offen bzw. wenn besetzt geschlossen. Am Eingang selbst befand sich eine Anzeige der anwesenden Mädchen, was auch im Internet jederzeit nachgelesen werden konnte. Es war - was den arbeitenden Mädchen sehr gefiel - permanent Sicherheitspersonal anwesend, die das Geschehen in den Gängen überblickten und trotzdem nicht wahrnehmbar waren. Die Zimmer selbst verfügten über zwei Alarmknöpfe und dienten zur zusätzlichen Sicherheit der Mädchen. Es gab im Jahr meist eine Handvoll Fälle, wo dieser Knopf vor einem durchgeknallten Freier schützte. Diese Fälle wurden ebenfalls auf kleiner Flamme abgehandelt. Beruhigte sich die Person und verließ das Gebäude wieder, so wurde das als erledigt abgehakt. Selbst am zuständigen Bezirksgericht fiel auf, dass es mit dem Laufhaus im Gegensatz zum nahegelegenen Club kaum Strafverfahren gab. Wie groß war anfangs der Anrainerprotest gewesen, bis sich der eine oder andere männliche Anrainer selbst ein Bild nach der Eröffnung machte und zufrieden die Wirkungsstätte verließ. Probleme, die im Laufhaus auftraten, wurden in Eigenregie gelöst. Diese Lösungen folgten auch einem klaren Eskalationsbild und endeten für beide Seiten meist versöhnlich. Waffen waren zwar im Spiel, dienten aber zum Ernstgenommen werden und weniger dem Einsatz, was für viel zu viel Aufsehen sorgen würde. Ausnahme war vielleicht, wenn jemand aus 300 Meter Entfernung mit einem Lasergewehr auf den Kopf des Betreibers zielte, da dieser in der Regel meist nicht mehr reden wollte.

Die Anzeigetafel zeigte heute 21 anwesende Mädchen. Angelique war immer noch im Top 3 anwesend. Viktor mochte keine Terminvereinbarungen. Es war im letztendlich auch egal, ob Angelique, Melody, Sindy oder TS Vanessa. Nein, TS Vanessa würde zwar seine Fantasie beflügeln, aber das ging für Viktor in der Praxis noch zu weit. Er hatte sich zwar schon bei der Umsetzung seiner sexuellen Fantasien gesteigert, aber diesen aktuellen Hype in vielen Internetforen wollte er zumindest jetzt noch nicht mitmachen, auch wenn es in seinen Fantasien sehr spannend wirkte. Viktor genoss das Gehen durch die Gänge mit den einzelnen Bildern der Frauen und deren Vorlieben. Sollte das Bild und die Vorlieben entsprechen, so reichte ein zartes Klopfen an der offenen Tür und ein Vorgespräch konnte beginnen. Selbst Praktiken, die nicht angeführt waren, könnten bei Sympathie und entsprechenden Aufpreis doch vereinbart werden. Die Preise wurden zwar von den Mädchen vereinbart, waren aber in Wirklichkeit vom Betreiber vorgegeben. Der Betreiber hatte konsequenterweise ein hohes Interesse, dass die Preisgestaltung für die Kunden vorhersehbar war und wollte keine Konkurrenz unter den Mädchen erzeugen. Das kam auch den Mädchen zugute, die keine Angst hatten, dass sie plötzlich von einer Neuen unterboten werden. Es handelte sich um eine win-win-Situation, die rechtlich aber als

Zuhälterei eingestuft wurde und somit verboten war. Egal, dann hatten sich halt die Mädchen selbst auf einen Preis geeinigt. Viktor kannte die Branche zumindest als Kunde bereits recht gut. Sein angenehmes Gefühl beim Flanieren in den Gängen - bis zum Eingang in das Gebäude war es angespannte Hektik, ein nur nicht-gesehen-werden-Gedanke - wurde nur dann unterbrochen, wenn er auf einen anderen Besucher mit einem ähnlichen Gefühl traf. Aber selbst hier wurde die Diskretion hochgehalten. Beide Besucher drehten ihren Kopf etwas weg zur Seite, grüßten trotzdem und würden so selbst den Nachbarn nicht erkennen bzw. wenn doch die Situation, das Datum, die Uhrzeit und sonstige Begleitumstände sofort wieder vergessen. Es war eine natürliche gegenseitige Abhängigkeit, die selbst Singlemänner aufrecht hielten. Auch sie hatten kein Interesse, als Kunde in diesem Gewerbe wahrgenommen zu werden.

Viktor kam zu Angelique, die noch besetzt war. Ein leises Stöhnen war zu hören, er fand das Stöhnen von Angelique sehr erregend, richtig eingesetzt, nicht zu laut, echt, zumindest perfekt gespielt. Er ging nach einer kurzen fantasiebeflügelnden Verweilpause weiter. Das Flanieren Im Laufhaus hatte zwar nicht den großartigen Stil vergangener Jahrhunderte, das Laufhaus war aber trotzdem dafür geeignet. Die Sonne fehlte, aber viele andere Essenzen waren vorhanden. Die Entspannung stand im Vordergrund, gedankenvolle Muße war im Überfluss vorhanden, selbst Bewegung kam nicht zu kurz, der hier anders zu verstehende Spazierstock erleichterte das beschwingte Fortkommen genauso, schlichtweg einer der seltenen Gelegenheiten zum Lustwandeln wie in einer anderen Zeit. Er ging eine weitere Treppe hoch, das Gebäude verfügte über drei Stockwerke. Links und rechts bewegten sich seine Augen und verharrten nun bei den Serviceleistungen von Jana. Jana würde auch auf ein Kondom verzichten, was für Viktor nicht in Frage kam, er vögelte nur mit Schutz, selbst der sonst übliche Blowjob ohne Gummi war Viktor zu unsicher. Er klopfte bei der offenen Tür von Jana vorsichtig und hörte Schritte näherkommen. Jana erschien in Unterwäsche. „Hallo, wie heißt du und was kann ich für dich tun", hauchte Jana. Viktor antwortete: „Hallo, mein Name ist Norbert.". Viktor stellte sich aus Gründen der Vorsicht nie mit dem eigenen Namen vor. Auch wenn der Name im Liebesspiel vielleicht noch ein paar Mal vorkommt, nahm er das getrost in Kauf. Es war ja nur ein Spiel. Viktor liebte auch bei Jana diese schnelle, tabulose Kommunikation. Er konnte zwar beim Fortgehen sehr feinfühlig, charmant und langsam auf die jeweilige Gesprächspartnerin eingehen, hier war das nicht notwendig, was auch seinen Charme hatte, wenn auch in einer derberen Weise. Jana drehte sich kurz um, fuhr mit der Hand über ihren straffen, kleinen Po, nahm beide Hände, zog ihr Höschen bis zu den Kniekehlen nach unten und zog nun beide Pobacken leicht auseinander, sodass Norbert - respektive Viktor - ihre verborgenen Zonen schön sehen konnte. „Ich will dich. Was verlangst du?", sagte jetzt Norbert bestimmt. „Für eine Stunde ohne Extras 300 Euro", antwortete Jana sehr klar. Sie wusste, dass sie nicht mehr verhandeln musste. Nach über 1000 Freiern konnte sie den Blick von Männern richtig einschätzen. Ist der Blick zögerlich, so konnte eine kleine Preisreduktion oder die kostenlose Erfüllung eines Sonderwunsches hilfreich sein. Auch das Jana jemanden noch Komplimente machte bzw. auf ihre besondere Zärtlichkeit hinwies, trug schon oft zum erfolgreichen Geschäftsabschluss bei. Viktor stieg danach in die Brause. Jana lehnte noch nackt am Badeingang und meinte: „Schon einige Zeit nicht mehr aktiv gewesen, oder?" Viktor log: „Ja, ist schon wieder drei Tage her." In Wirklichkeit hatte er das letzte Mal vor zwei Wochen mit seiner Lebensgefährtin geschlafen, was aber sicher sehr stark auch an ihm lag. Er konnte ihr keine

Vorwürfe machen, er war selber zu angespannt und hatte bis jetzt kaum die Initiative zuhause ergriffen.

Viktor verabschiedete sich mit Wangenbussis von Jana und ging die Treppe hinunter. Er schaute kurz durch die Eingangstür, die Luft war rein und er ging zum Auto. Mit einem leicht melancholischen Gefühl machte er sich auf den Heimweg. Unterwegs besorgte er eine gute Flasche Wein, den er mit seiner Lebensgefährtin heute trinken wollte. Viktor war in diesen Momenten ganz klar bewusst, wie sehr er seine Lebensgefährtin liebte. Erlebnisse solcher Art waren für Viktor vielleicht aber von Zeit zu Zeit notwendig, um sich dessen bewusst zu werden. Wenn er sich wieder ausgetobt hatte, mochte ihr dieses bürgerliche Leben, die Doppelmoral konnte er nicht verdammen, er war schon lange ein Teil von ihr geworden.

Message an Sabine

Sabine hatte mir ihrem Freund zwei Wochen Brasilien mit dem Startpunkt Rio de Janeiro gebucht und in drei Monaten war es soweit. Sie hatte das beim Einstellungsgespräch mit Viktor besprochen und der Urlaub würde kein Problem darstellen. Mittlerweile wurde ihr Urlaub auch offiziell von ihrer Vorgesetzten genehmigt. Sabine hatte nicht alle Kenntnisse für die Aufgabe als Lieferantenbetreuerin im Qualitätsmanagement mitgebracht. Sie verfügte aber über ausreichendes technisches Wissen und konnte sich innerhalb der Mannschaft so bereits Respekt verschaffen. Die QM-Leiterin hatte bei Viktor gestern Sabine sehr gelobt. Allein bei einem ersten Lieferantengespräch konnten durch einfache Maßnahmen die Kosten bei gleichbleibender Qualität deutlich reduziert werden. Sabine spielte ihre Erfolge aber nicht hoch, im Gegenteil. Sie verharrte in einer fast schon unheimlichen Bescheidenheit, was für Führungskräfte der Idealfall ist. Viel arbeiten, wenig fordern, keine Probleme machen und seine eigene Meinung eher gering schätzen bzw. nicht äußern - so funktioniert doch 2B1 bestens.

Sabine schätzte ihren Freund. Dieser war um vierzehn Jahre älter, was sie aber nie störte. Sie fand ihn sehr attraktiv, sportlich und erfahren in jeglicher Hinsicht. Sabine war zuvor einige Jahre verheiratet, was leider nicht funktioniert hat. Sehr schnell kam Routine auf und ihr damaliger Ehemann suchte sich eine jüngere Freundin. Vielleicht gefiel Sabine deshalb ihre Rolle als junge Freundin eines älteren Partners so gut. Sie musste aus ihrer Sicht keine Bedenken haben, weil ein noch größerer Altersunterschied wohl hoffentlich auch aus männlicher Sicht nicht noch mehr Vorteile bringen würde. Ihr Freund schätzte Sabine mit ihrem Esprit und sie hatten ähnliche Hobbys. Sie reisten beide für ihr Leben gern, genossen dieselbe Lieblingsserie auf netflix, bevorzugten Jeans und liebten die Gartenarbeit. Einzig beim Sport gingen sie getrennte Wege. Während Sabine so gerne joggte, bevorzugte ihr Partner das Rennrad. Rennräder wurden in der Regel von älteren Männern gefahren, die mit hohem Tempo zu zehnt die Straßen unsicher machen. Es handelte sich meist nach dem Gesichtsausdruck zu urteilen um Semiprofis auf dem Weg zum Vollprofi. Die Trikots waren voll mit bezahlter Werbung, wobei das Geld hier den umgekehrten Weg ging, da die Trikots tatsächlich werbebedruckt noch von Männern wie Sabines Partner teuer gekauft wurden. Die Räder selbst wurden von Woche zu Woche leichter, sobald wieder ein neuer Carbonteil aus dem Internet via Versand eintraf. So handelte es sich nach ca. einem Jahr oft um ein völlig neues Rennrad, was aber dem Alten noch im Aussehen fast gleicht. Ein neues Rennrad um einen klar fünfstelligen Eurobetrag anzuschaffen, würde ansonsten die (Ehe-)Partnerin nie erlauben. So hatten auch die semi-professionellen Rennradfahrer ihre Geheimnisse. Schneller wurden sie übrigens dadurch meist nie, da die Gewichtsreduktion des Rades durch viele Einkehrmöglichkeiten meist auf der anderen Seite wieder zunichte gemacht wurde.

Heute ging Sabine wieder Laufen. Sie zog ihre Laufdress an, eine schwarze Dreiviertelhose, ein enganliegendes T-Shirt und ein in der gleichen Farbe zum T-Shirt passender Haargummi. Selbst die Laufschuhe hatten neben einem schicken Blau die Farbe des Haargummis mittels Streifen getroffen. Es handelte sich um ein richtig modernes, ja cooles Outfit. Das passte wiederum perfekt zu 2B1. Dort gab es eine Runner-Gruppe, die in ihrer Freizeit genauso dem Leistungswahn frönten wie tagsüber in der Arbeit. Die Strecke wählte Sabine wie üblich. Sie machte nur bei ganz starkem Regen bzw. im Winter Ausnahmen, da dann einige Abschnitte zu matschig waren. Der Weg führte eine schmale Anrainerstraße entlang. Ein kleiner maximal von

Traktoren befahrener Weg führte durch den Wald. Am Ende des Waldes befand sich eine kleine Sitzbank, die Sabine für eine kurze Verschnaufpause und ein kurzes Stretching nutzte. Von dort waren es bei normaler Laufgeschwindigkeit noch ca. fünfzehn Minuten bis nach Hause, zuerst eine Strecke am Waldrand entlang, der zu einer Straße führte, diese wiederum kreuzte die Wohnstraße von Sabine. Von der Sitzbank aus konnte Sabine die ganze Gegend wunderbar beobachten.

Gerade kommt Sabine aus dem Wald, sie kann bereits die Sitzbank erkennen und freut sich auf die kurze Regeneration. Sie schwitzt. Sie gibt ein Bein auf die Bank und zwar so, dass sie nicht mit den Schuhen die Bank berührt. Sabine achtet penibel darauf, dass die Bank in guten Zustand verbleibt. Als sie ihren Oberkörper Richtung Vorderfuß bewegt, bemerkt sie ein kleines Kuvert mit der Aufschrift „Für Sabine". Ihr Partner ist - wie sie weiß - sehr aufmerksam und hatte bereits in der Vergangenheit sehr tolle Ideen. Er konnte sie öfter schon überraschen. Er wird sie doch nicht heiraten wollen? Nein, das Kuvert hat keinen Inhalt, zumindest ist keine Erhebung erkennbar, die ein Ring verursachen würde. Sabine nimmt es in die Hand und macht es auf. Sie entfaltet den Zettel und liest: „Hallo Sabine, schön dass du das Kuvert gefunden hast. Du kennst mich und weißt trotzdem nicht wer ich bin. Mir gefällt dein Outfit heute sehr gut. Deine Jogginghose liegt so eng an deinem Hintern, deine Brüste kommen durch dein T-Shirt voll zu Geltung, selbst deinen Haargummi finde ich sexy. Dein Geruch macht mich so gierig. Du wirst sehen, wir werden uns bald noch näherkommen und es wird dir gefallen, wenn ich bei dir bin." Sabine muss loslachen. Was ist das für ein Blödsinn! Blödsinn, nicht ernst zu nehmen, vermutlich handelt es sich um einen Jungenstreich. Die pubertierenden Jungs aus der Nachbarschaft ist sowas durchaus zuzutrauen. Ihre Blicke fixieren jeden weiblichen Körper zwischen 14 und mindestens 65. Sie haben auch gar keine großen Anforderungen was Schönheit bzw. Eleganz betraf, Hauptsache weiblich.

Sabine wollte gerade das Kuvert zusammenfalten und in den Abfalleimer neben der Bank werfen, da fiel ihr etwas auf. Das Kuvert roch nach einem bekannten Duft. Sie atmete noch ein paar Mal tief ein und war sich sicher. Das war ihr Parfum, das sie sich vor zwei Wochen gekauft hatte. Sicher gab es das Parfum öfter als einmal auf dieser Welt, aber das war doch mehr als merkwürdig. Ihre Leichtigkeit und das Lachen waren schlagartig weg. Jemand kannte ihr aktuelles Parfum, das sie regelmäßig verwendete. Er hatte sich die Mühe gemacht und es auf dieses Kuvert gesprüht. Ein verwirrter Jugendlicher würde wohl kaum 120 Euro für ein Parfum ausgeben, um es in diesem Sinne zu verwenden. Sabine nahm das Kuvert samt dem Zettel in ihre Hand und lief ohne Pause weiter. Sie hatte beim Laufen nie ein Mobiltelefon dabei, da ihr dieses ganze Lauftracking und Pulsmessen gehörig auf den Zeiger ging. Sie dachte an Zwanzigjährige, die nichts Besseres zu tun haben als durch die Gegend zu laufen. Wäre das noch nicht schlimm genug, so müssten sie auch noch ihre Laufstrecke hochladen und mit ihrem Wochenpensum ihren Bekanntenkreis nerven. Sabine wünschte jetzt ihr Mobiltelefon herbei.

Sie ist beunruhigt, läuft den Waldrand entlang. Sie kann dabei die anschließende Wiese gut überblicken und kontrolliert mit einem Blick auch alle paar Meter den Wald. Ist er vielleicht noch hier? Sie sieht bereits die Straße, die zu ihrer Wohnung führt. Plötzlich ein Knacksen im Wald, wenige Meter von ihr entfernt. Mit lautem Rascheln entfernt sich etwas. Sabine blickt nervös in den Wald, schreit und kann es plötzlich kurz sehen. Es sind die Hinterläufe eines

Rehs. Sabine erreicht die Anrainerstraße und ist in weiteren drei Laufminuten bei ihrer Wohnung angekommen.

Ihr Partner lag auf dem Sofa und blätterte in einer Ausgabe von „Rennrad heute", das er vor einiger Zeit abonniert hatte. „Hallo, sieh dir dieses klassische Rennrad an. Wirklich cool", waren die ersten Worte, als er Sabine an der Wohnzimmertür erblickte. Er schaute Sabine an und fuhr weiter fort: „Ist was passiert, du bist ja ganz bleich." Ihr Partner hatte ein gutes Gefühl für Sabine und das schätzte sie so. Ihr früherer Partner hätte nicht mal hochgesehen und gefragt, wann endlich das Essen fertig wäre. Wenn Männer nur wüssten, was sie mit einfachen Dingen bewirken konnten, dachte sich Sabine oft. Sabine zeigte ihrem Partner das Kuvert mit Inhalt und erklärte ihm genau, wo sie es gefunden hatte. Ihr Partner sah sich das kurz an, las das Schreiben, roch daran und zögerte nicht eine Minute. Er nahm Sabine bei der Hand, sie gingen nach unten und fuhren los.

Sabine wollte ihren Partner beruhigen und außerdem würde die Polizei das niemals ernst nehmen. Beruhigen konnte sie sich selber doch auch, also dafür brauchte es doch keine Polizei. Ihr Partner blieb bei seiner Meinung: „Wehret den Anfängen, wir müssen sofort etwas dagegen unternehmen, für was gibt es denn die Polizei?", waren seine Worte. Nach sieben Autominuten waren sie bei der Polizeistation angekommen. Es handelte sich um die Polizeilandesdirektion. Sie betraten einen größeren Raum und gingen zu einem Beamten, der abgeschottet hinter einer Glasscheibe saß. Ihr Partner zeigte auf das Kuvert und schilderte den Sachverhalt. Der Beamte öffnete die Tür daneben und bat beide herein. Sabine war überrascht, wie ernst die Angelegenheit genommen wurde. Zuerst wurden die Personalien aufgenommen, dann kam Kuvert und Zettel getrennt in eine Asservatentasche. Vorher wurde das Kuvert und der Inhalt noch mehrmals fotografiert. Sabine wurde nach dem Fundort genau befragt. Weiters erkundigte sich der Beamte, ob sie sich in letzter Zeit beobachtet fühlte, was Sabine verneinte. Abschließend wurde auch das nähere Umfeld von Sabine beleuchtet: „Wie sieht der Bekanntenkreis aus? Könnte jemand in der Wohnung gewesen sein? Wo arbeitet sie? Gibt es dort auffälligere Kollegen?" Es folgten noch weitere Fragen und Sabine war am Ende richtig erschöpft. Nach über einer Stunde fuhren sie nach Hause. Sollte ihr noch etwas einfallen, könnte sie sich jederzeit melden. Umgekehrt sollte sie auch für Nachfragen zur Verfügung stehen. Die Aufnahme des Protokolls hatte Sabine wieder aufgewühlt. Ihr Partner hatte wohl recht, das war ernst zu nehmen. Sabine spürte nun ein Unwohlsein in der Magengegend. Zuhause angekommen nahm die Übelkeit wieder ab. Sie sprachen noch einige Zeit über den Vorfall und überlegten, wer für eine solche Aktion in Frage kommen könnte. Hatte sie jemand beim Kauf des Parfums gesehen? „Du hast dir ein Parfum gekauft und ich habs gesehen. Zu viel Duft auf deinem Körper. Du hast gesagt mach mich nicht an, aber du warst durchschaut. Sabine, quick livin' on dreams", sang ihr Partner flapsig in schlechter Tonlage einen alten Tophit und machte aus dem Lippenstift ein Parfum. Das brachte Sabine auf ganz andere Gedanken. „Du kannst deine Sabine jetzt haben", sagte sie und zog ihre Laufhose samt Höschen aus. Sie hatte in der Hektik ganz vergessen, sich vor der Fahrt zur Polizei umzuziehen. Der noch leicht vorhandene Geruch nach kaltem Schweiß störte ihren Partner nicht, sondern war wohl noch ein zusätzlicher Kick. Er öffnete seine Hose und Sabine setzte sich auf ihn. Nach drei Minuten lief im Radio Jeanny von Falco, was für beide in einem langanhaltenden Lachkrampf endete, happy ending sozusagen, noch besser als ein Orgasmus, wie beide befanden. Nach

einem gemeinsamen Fernsehabend schliefen sie entspannt ein.

Viktors Fortbildung

Am Morgen teilte Viktor mit, dass er nächste Woche am Dienstag nach Wien fahren würde und erst am Freitag wieder im Büro zurück wäre. Es fand das jährliche betriebliche Gesundheitsforum statt und Viktor war die letzten beide Male bereits dabei. Es war eine sehr interessante Veranstaltung mit vielen Praxisimpulsen. Letztes Jahr waren zwei Gastredner anwesend, die beide an Burnout erkrankt waren und diese Krankheit überwunden hatten. Viktor war damals beeindruckt von der Offenheit der Aussagen. Ein Ex-Banker, der nach vier Jahren Krankheit wieder zurück in eine Bank ging, zwar mit weniger Verantwortung, aber doch wieder zurück. Er konnte auf die Hilfe seiner Familie zurückgreifen. Er bezeichnete sich aber dennoch als Prostituierter, er machte den Job für Geld. Es machte ihm keine Freude, aber er musste Geld verdienen. Sämtliche finanzielle Reserven waren in der Zeit der Krankheit draufgegangen und er war froh, wieder über ein regelmäßiges, wenn auch bescheideneres Einkommen zu verfügen. Auf der anderen Seite war jemand, der nachdem er fast ein Jahr nur auf dem Wohnzimmerboden gelegen hatte, noch weitere fünf Jahre zurück brauchte. Er verlor dabei seine Ehefrau und das Sorgerecht für das gemeinsame Kind. Zuvor war er der erfolgreichste Verkäufer des Konzerns und hat eine Geschäftssparte fast im Alleingang hochgezogen. Irgendwann kam die Sinnfrage, merkwürdige Angstzustände und dann war es auch schon zu spät. Es ging verdammt schnell, die Rückkehr war unglaublich schwierig. Eine Rückkehr in den Sales Bereich schloss er zur Gänze aus. Der Verkauf sinnentleerter Dienstleistungen und Produkte sollten in Zukunft andere machen, nicht einmal als Käufer würde er mehr zur Verfügung stehen. Solange es lief und der Erfolg da war, war er stets im Mittelpunkt. Die interne Firmenzeitung berichtete regelmäßig von seinem Erfolg, der Chef war begeistert und erwähnte ihn immer als Vorbild für alle anderen. Niemand fiel auf, dass er zunehmend unrunder wurde. Er war schneller aggressiv, arbeitete noch mehr und trank regelmäßig. Erst als er bemerkte, dass er den Fahrstuhl im Unternehmen nicht benutzen konnte, weil der Platz ihm zu eng erschien, er sofort Panik verspürte und nach einigen Tagen bereits beim Betreten des Firmengebäudes ähnliche Attacken vorkamen, holte er sich ärztliche Hilfe. Die Ärztin schrieb ihn sofort krank. Anfangs hatte er noch ein paar Mal Kontakt mit seinem Unternehmen, Genesungswünsche seines Chefs blieben nach kurzer Zeit aus. Dieser meldete sich nach drei Monaten und teilte ihm mit, dass das Unternehmen ihn leider kündigen müsse. Sie dankten ihm für die Mitarbeit und wenn er gesund ist, könne er sich ja wieder mal melden. Vielleicht hätten sie dann ja zufällig eine Aufgabe für ihn. Das schockierte ihn völlig und warf ihn noch weiter aus der Bahn. Er berichtete, wie er nach so langer Zeit wieder hochkam. Der Beginn war eine Ausbildung zum Waldpädagogen. Die Zeit draußen tat ihm sehr gut. Er fing an, sich wieder zu erden, spürte die verschiedenen Jahreszeiten und die Hoffnung kehrte langsam zurück. Mittlerweile betreute er Kinder, die ohne Mobiltelefon und Internet einige Zeit mit ihm im Freien verbringen. Übernachtungen, Grillen am offenen Feuer, Messerschnitzereien und viele Gespräche machten alle Beteiligten Spaß, einfache Dinge, die nicht einmal viel Geld kosteten. Für Viktor stand der Wald für die Wildnis, die Wildnis außen färbte nach innen ab. Die Lebendigkeit dieses Vortrages war untrügliches Zeichen dafür. Er spürte das Maskuline in einer schönen Art, nicht machohaft. Der Waldpädagoge würde auch Kurse für Erwachsene anbieten, erfuhr Viktor in einem Gespräch während der Pause von ihm. Für Viktor war das ein reizvoller Gedanke, Motto „Er und die Wildnis". Viktor überlegte, ob er eine Veränderung ohne große Krise schaffen würde. Vielleicht - so sein spontaner Gedanke - war er ja bereits mitten in der Veränderung, ohne es wirklich zu wissen.

Viktor spielte selbst ja auch manchmal mit dem Gedanken, den bisherigen Job an den Nagel zu hängen. Das letzte Mal war Johann beteiligt. Der Spartenleiter hatte mal wieder alles besser gewusst und Manieren waren ihm auch diesmal fremd. Der Konzern wäre bei den bisher geleisteten Einsparungen nicht zufrieden und außerdem würde die Einbindung der Belegschaft nicht gut funktionieren. Es gäbe dafür kein Kommunikationskonzept. Kein Kommunikationskonzept? Viktor hatte Johann angesehen, der das Gesagte wieder mal einfach über sich ergehen ließ. Nicht so Viktor. Viktor korrigierte den Spartenleiter klar und legte ihm die Kommunikationskanäle offen. Mitarbeiterzeitung, Betriebsversammlungen, Infobildschirme, Teamsitzungen, Einzelgespräche und weitere Maßnahmen sorgten für umfassende Information. Daraufhin erhielt Viktor die Aufgabe, den Personalabbau doch darzustellen und ein Konzept der dazu passenden Kommunikation zu erarbeiten. Johann unternahm nicht einmal ansatzweise den Versuch, den Spartenleiter zu beruhigen bzw. Viktor Recht zu geben. Johann wollte einmal mehr seine Position in keiner Weise gefährden. Viktor hätte an diesem Tag schon fast ganz spontan seine Kündigung abgeben. Veronika konnte ihn aber beruhigen und er verwarf bzw. zumindest verschob sein Vorhaben. Als junger Manager kündigte er bereits einmal unüberlegt und wollte das nächste Mal jedenfalls anders machen.

Veronika besprach mit Viktor die nächsten Tage. Es lag nichts Besonderes vor und Veronika war absolut in der Lage, das HR Department ohne Viktor einige Zeit zu führen. Meistens hatte sie in Viktors Abwesenheit kreative Einfälle, die sie ihm per E-Mail mitteilte. Manchmal waren auch private Inputs dabei, die sich meist um positives Denken drehten. Nette Geschichten, die Viktor amüsierten und aufmunterten. Er bedankte sich dann bei Veronika persönlich oder kurz per Mail.

Viktor packte am Montagabend seinen Rucksack, er hasste Koffer. Er wollte immer noch studentisch unterwegs sein und liebte den legeren Stil. Seine Lebensgefährtin war ebenfalls noch mit Arbeit beschäftigt. Viktor kontrollierte noch seine Mails am Mobiltelefon. Als er damit fertig war, benötigte seine Lebensgefährtin noch eine halbe Stunde, um die Kundenbuchhaltung abzuschließen. Diese Zeit nutzte Viktor, um sich um die Freizeitoptionen in Wien zu kümmern. Das Hotel, die Zug- und U-Bahn-Tickets hatte er im Vorfeld bereits gebucht und die Belege für die Reisekostenabrechnung ausgedruckt. Wien bot alle Möglichkeiten. Kulinarische Genüsse, tolles Schauspiel und Opern sowie viele andere Vergnügungen, die Viktor interessierten. Es waren vor allem diese anderen Vergnügungen, die Viktor auf erokontakt.wien suchte. Er sah sich einige Hostessen im 2. Bezirk an und studierte die Angebote. Wiens Angebot war in dieser Beziehung äußerst vielseitig und die Preisgestaltung im Gegenzug aufgrund der Konkurrenz angenehm niedrig. Für Viktor war das zwar nicht wesentlich, aber so manche Absteigen mit tollem Serviceangebot und hübschen Mädels hatten für ihn einen besonderen Reiz. Er stoß auf der Internetseite auf eine Veranstaltung, die seine Aufmerksamkeit zur Gänze in Anspruch nahm. Es handelt sich um einen Gangbang in einem Swingerclub im 2. Bezirk. Daran nahmen zwei jüngere Frauen teil. Eine war blond und eher schlank, die andere hatte rote Haare und war etwas molliger, aber entsprach immer noch Viktors Vorstellungen. Er war bereits bei einem Event dieser Art vor einem Jahr und es gefiel ihm außerordentlich gut. Anfangs schaute er sich das Treiben an und nach einiger Zeit griff auch er aktiv ein. „Ich bin fertig!", unterbrach seine Lebensgefährtin die Erinnerungen. Er lächelte und freute sich, dass sie nun endlich für ihn Zeit hatte. Es ist für Viktor ein tolles Gefühl von Sicherheit. Egal was passiert, seine Lebensgefährtin würde für ihn da sein. Auf sicheren

Boden konnte Viktor seine Freiheit, seinen Mut und seine Unabhängigkeit voll entfalten. Alleine wäre Viktor wohl verloren. Es würde beim Hemdenbügeln anfangen und das gänzliche Scheitern führt über seine nicht vorhandenen Kochkenntnisse.

Am Morgen verabschiedete sich Viktor nochmals ausgiebig von seiner Lebensgefährtin. Diese würde die nächsten beiden Nächte alleine verbringen müssen. Sie hatte manchmal Angst, alleine zu sein. Auf der anderen Seite berichtete sie oft danach, dass sie nun endlich mal Zeit für sich hatte. Ein Besuch bei ihren Freundinnen stand ebenfalls bei diesen Gelegenheiten an. Im Büro klärte er mit Veronika einen komplexen arbeitsrechtlichen Fall, der wider Erwarten aufgetreten war. Es ging um die Berechnung der Kündigungsfrist und ab welchem Zeitpunkt sich diese erhöht. Ist der Ausspruch der Kündigung entscheidend oder muss bereits die längere Frist genommen werden, wenn bei Beendigung das Arbeitsverhältnis bereits fünf Jahre gedauert hat. Viktor konnte es nach kurzem Nachlesen Veronika erklären, die seine Schnelligkeit bewunderte. Viktor konnte selbst in dicksten Schmökern nach kurzer Zeit die relevanten fachlichen Informationen hervorzaubern. Als Viktor ihr das Fachbuch auf den Schreibtisch legte, berührte Veronika kurz Viktors Hand und bedankte sich. Mittags verabschiedete sich Viktor nach dem Gespräch mit Johann von Veronika Richtung Wien. Veronika wünschte ihm eine gute Reise und mit einem Augenzwinkern viel Spaß. Viel Spaß würde Viktor jedenfalls in Wien haben.

Viktor kam um 17.25 bereits in Wien an. Von dort nahm er die U3 und die U1 Richtung Leopoldstadt, wo sich sein Hotel befand. Viktor checkte ein, es war eine kleine, familiär geführte Unterkunft. Seine Daten lagen bereits auf, die Firmenadresse für die Rechnung war ebenfalls bekannt.

Viktor genoss den Charme einer fast schon vergangenen Zeit. Er hatte sich unterwegs etwas Süßes gekauft, was er nun genüsslich aß. Er nahm eine Dusche und machte sich wieder frisch. Statt einem Hemd zog er ein T-Shirt an, nahm den Schlüssel samt relativ korpulenten Anhänger mit zur Rezeption und gab ihn dort ab. Dann ging er auf die Straße und holte tief Luft. Das Abenteuer konnte beginnen. Er zog an einige Bars vorbei, auch die eine oder andere mit erweiterten Dienstleistungen. Das Hotel lag sehr zentral und eignete sich perfekt als Dreh- und Angelpunkt für Viktors außerehelichen - oder wie immer das bei einer Lebensgemeinschaft heißt - Eskapaden. Ein Thai-Massagecenter war die zufällige erste Wahl. Er ging ein paar Treppen hinunter und stand in einem asiatisch geschmückten Barbereich mit drei verschiedenen Mädchen. Begrüßt wurde er von der Chefin, was Viktor aufgrund der fehlenden Jugend und nur in diesem Fall auch Schönheit gekonnt feststellen konnte. Ihm gefiel Mädchen Nr. 2 und so begab er sich mit ihr aufs Zimmer. Viele Thai-Massagen endeten auch in Wien mit mehr als einer Massage. Viktor wollte noch nicht mehr und nahm daher die halbe Stunde. Die Massage war äußerst gekonnt und Viktors Rücken war wirklich verspannt. Er spürte die Härte des gezielten Einsatzes von Ellbogen, Knie und Finger. Die Kraft der Ausführung trotz zierlichen Körpers überraschte ihn immer aufs Neue. Auch wenn die Qualität der Massage nicht ganz an die Verhältnisse in Bangkok herankam, so war es doch für Viktor eine Wohltat und er fühlte sich gleich um ein paar Jahre jünger. Viktor gehörte zu jener Generation, die sich in seinem Alter bereits alt fühlten und größte Bedenken hatte, dass sie nicht mehr als attraktiv wahrgenommen werden. Dafür machten sie sämtlichen Unfug mit, um noch jung zu wirken. Idealerweise stimmten sie die Kleidung auf eine jüngere Generation ab, eigneten sich deren Sprachelemente an und gaben sich noch sportlicher als ihnen meist guttat. Ein Teil von Viktors

Generation machte aber auch etwas ganz anderes. Sie bauten sich ein Häuschen, heirateten und bekamen Kinder - das Ganze in beliebiger Reihenfolge. Und dann passierte vermutlich ein Gehirnumbau, ähnlich einer zweiten Pubertät. Sie begannen Versicherungen abzuschließen, waren auf ihren sicheren Job ganz stolz, vögelten mit ihren Frauen / Männern immer weniger und ihre Bäuche wuchsen. Mit spätestens vierzig würden sie dann schon von der Pension träumen, sind ja auch nur mehr 25 Jahre bis 30 Jahre bis dahin. Die Selbstgefälligkeit trugen sie dabei noch gekonnt zur Schau. Wenn dann ihre Kinder pubertieren, begann das große Drama. Noch waren sie so lieb und machten fast alles, was ihnen gesagt wurde. Über Nacht war alles anders. Die Kinder lebten intensiv und hatten es mit scheintoten Eltern zu tun. Die Pubertät ist nicht das Problem der Kinder, nein durch den Gehirnumbau mussten bei Erwachsenen zwischen 27 und 40 beachtlich viele Gehirnzellen abgestorben sein. Viktor hatte zwar das in einem von ihm gekauften Buchs eines bekannten Gehirnforschers so nicht bestätigt bekommen, aber er hatte eine Theorie, die auf eigenen empirischen Untersuchungen bei Bekannten basierte. Der Scheintote nahm seine Arbeit wahr, grillte am Wochenende und wusch sein Fahrzeug regelmäßig. Er traf sich regelmäßig mit anderen Scheintoten und besprach dabei die neue bauliche Adaptierung des Gartenhäuschens. Auch erste Krankheiten konnten bereits Thema sein. Viktor fragte sich, wie Tote eigentlich krank sein konnten. Aber selbst die Scheintoten hatten noch Hoffnung auf Leben und spürten vielleicht den einen oder anderen lebendigen Moment - ein kurzer Windhauch, aber die Angst war einfach zu groß. Die Kinder mussten folglich um ihr eigenes Leben fürchten und begehrten gegen die Scheintoten auf. Das Aufbegehren benötigte einen Umbau des jugendlichen Gehirns. Die Hirnforscher lagen aus Viktors Sicht falsch, es war ein Henne-Ei-Problem. Die Kinder mussten gegen Scheintote kämpfen, die schon da waren und wurden dadurch gezwungen, sich entsprechend auf die Herausforderung hin anzupassen. Das Aufbegehren wurde als Problem der Jugendlichen dargelegt und es wurde versucht sie über diese schwierige Zeit zu bringen und die Anpassung an die Erwachsenenwelt zu erreichen. Diese Anpassung hatte aber einen sehr hohen Preis, den das Leben nahm ab. Anfangs unmerklich, doch in der Lebensmitte ganz spürbar. Viktor hatte dafür eine Gegenstrategie. Er würde, sollte er tatsächlich noch so etwas wie Vater werden, versuchen, sich an den Jugendlichen zu orientieren. Nicht in einem Nachäffen oder um wieder jung zu sein, vielmehr war das pralle Leben das Ziel. Eine innerliche Stärke bis zur Unkontrollierbarkeit, Freiheit, Unbändigkeit, Tiefen, Höhen - alles war im wahrgenommenen Leben zu spüren. Selbst der Tod konnte thematisiert sein, aber er war nicht da, sondern nur ein Hinweis darauf, dass alles jetzt lebendig wäre. Viktor wollte sich jetzt lebendiger denn je fühlen. Keine Routine, Spiele, Erotik, Geld, vielleicht auch Macht waren seine Ziele. Die Massage wurde gekonnt abgeschlossen, die Masseurin umklammerte zärtlich Viktors leicht erregten Schwanz und fragte „Hier auch massieren?". Viktor lehnte ab, obwohl der Gedanke daran durchaus reizvoll war. Er bedankte sich für den tollen Einsatz, bezahlte 45 EUR und verabschiedete sich. Viktor ging weiter die Straße entlang. Zwei kleinere Etablissements waren auf der linken Seite zu sehen. Die Frage, wo das Schatzi denn hinginge, kannte Viktor bereits gut. Je öfter ein Mädchen das Wort „Schatzi" gebraucht, um so mehr suchte Viktor das Weite. Die Steigerung „Schatzi, willst du ficken" war selbst Viktor als Anbahnungsgespräch auf offener Straße zu kurz, wo er doch sonst diese direkte Konversation so liebte. Eine Bar sah sehr einladend aus. Eine süße ca. 25-jährige Frau sprach ihn auf Englisch an und er lud sie auf ein Getränk an. Ein Mineralwasser und ein Picollo-Sekt war es Viktor wert, die Konversation mit der aus der Ukraine stammenden Schönheit zu führen. Sie unterhielten sich längere Zeit über die politische Lage in der Ukraine und den wirtschaftlichen Möglichkeiten. Viktor interessierte sich sehr für fremde Länder und vor allem für die Menschen. Mila versuchte mehrmals Viktor auf ein anderes Thema zu lenken, um ihn zum Zimmergang zu überreden. Viktor blieb auch diesmal hart. Hart blieb er ja oft, aber diesmal war nur die Willensstärke gemeint. Er verließ die Bar und peilte noch das am Vortag eruierte Ziel an. Er tippte die Adresse in sein Mobiltelefon und drückte auf Start. 40 Minuten zu Fuss, das passte für Viktor. Frohen Schrittes ging er den vom Mobiltelefon vorgegebenen Weg entlang. Unterwegs bemerkte er noch den süßen Nachgeschmack der in der Bar genossenen Schokolade. Dieser Geschmack musste nun einem deftigen Döner mit einem Cola weichen. Auch diese Art der Beschäftigung konnte richtig hungrig machen. Er bog die Straße ab und kam in der Zielgasse an.

Er sah bereits das Schild „Swingerclub". Sein Herz pochte etwas schneller und er ging zügig zum Eingang. Nach Bezahlung des Eintritts, der den Event inkludierte, betrat Viktor zuerst den Barraum. Er bestellte sich ein Mineralwasser und sah sich etwas um. Es gab neben vielen Filmen, die Viktor noch nie interessiert haben, auch Toys. Auch hier war Viktor eher konservativ, zumindest was den Einsatz an seinem Körper betraf. Es waren ca. 25 Männer anwesend und die beiden Hauptdarstellerinnen tranken an der Bar noch ihr Getränk aus. Viktor wechselte gemeinsam mit seinen Mitstreitern den Raum. Der Eventraum war ausreichend groß, verfügte über einen großen Fernsehbildschirm und war mit einem 5 x 5 m großen Bett in der Mitte des Raumes versehen. Viele der Anwesenden zogen sich zur Gänze aus. Viktor behielt sein T-Shirt an, war aber sonst ebenfalls bereits entkleidet. Kondome konnten von mehreren Tassen frei entnommen werden. Der Geruch war angenehm, die Männer haben wohl kurz zuvor noch geduscht. Es gab auch im Club die Möglichkeit zur Nasskörperpflege. Wenn jemand neuer dazukam, wurde kurz gegrüßt. Es war eine offene Gemeinschaft. Endlich kamen die beiden Mädels in den Raum. Sie waren nackt und begrüßten alle mit einem netten Lächeln. Sie schienen sich wirklich über die Anwesenden zu freuen. Die Fotos im Internet waren zwar wohlwollend, aber es handelte sich trotzdem um zwei attraktive Frauen, wenn auch vielleicht nicht ganz so jung. Die Blonde erklärte kurz die Spielregeln: „Wenn ihr mit der anderen Frau ficken wollt, wechselt das Kondom, Ficken nur mit Kondom, Blasen auch ohne, unsere Ärsche sind tabu. Und jetzt lasst uns Spaß haben!", eröffnete die Rothaarige den Gangbang. Interessanterweise waren die Männer fast ausschließlich am oralen Verwöhnen interessiert. Ein deutliches Indiz, was ihnen zu Hause fehlte. Meistens ist es das Fehlen, was hier im Versuch kompensiert werden sollte. Viktor hatte ein spannendes Buch vor einiger Zeit gelesen, in dem ein Bordellbetreiber, konkret betrieb er einen FKK-Club mit Prostituierten, seine Erfahrungen zu Papier brachte. Es handelte sich um einen Akademiker, der seine Beobachtungen über längere Zeit machen konnte. Er hatte allerhand erlebt, so auch aufgebrachte Ehefrauen, die das Fahrzeug des Gatten am Parkplatz zufällig oder aufgrund einer dezidierten Nachschau nach eingetretenen Verdachtsmomenten entdeckten. Ihm fiel dabei auf, dass die Ehegattinnen die Wahl der Prostituierten massiv beeinflussten. Waren die Ehefrauen dickleibig, so hatte der Ehegatte sehr dünne Mädchen ausgesucht. Große Ehefrauen hatten kleinere Prostituierte zur Folge, junge Gattinnen machten Lust auf ältere Semester. Diese Regel wäre beliebig fortsetzbar. Es ging Männern nicht darum, die Ehegattin durch eine andere zu ersetzen. Wenn Ehemänner auf der Straße anderen Frauen nachsehen, die nicht dem Typ der eigenen Ehefrau entspricht, hatte es nach Viktors Gedanken nicht damit zu tun, dass der Gatte seine Frau nicht mehr in der Form attraktiv findet. Nein, er suchte das Gegenteil, zumindest das Fehlende. Frauen könnten nicht schlank und dick, klein und groß, blond und schwarz gleichzeitig sein, wobei blond und schwarz in Viktors Fantasie eventuell zu lösen wäre. Männer könnten das übrigens auch nicht, wobei hier der Bordellbetreiber keine Studien vorweisen konnte. Interessant im Buch war noch, dass sich einige Prostituierte durchaus Luxuswohnungen und ähnliches in wenigen Jahren „ervögeln" konnten. Das kam aus Viktors Sicht bei dem Thema Prostitution zu wenig vor, alle berichten vom Zwang, Gewalt, Ausbeutung und Menschenverachtung, was leider Teil dieser Branche sein konnte, aber Viktor lieber verdrängte - bzw. wo es offensichtlich war - auch vermied. Viktor liebte generell auch hier die Erfolgsgeschichten.

Trotz der großen Anzahl an Männern herrschte kein Gedränge. Selbst wenn zwei Männer zur gleichen Zeit auf die Idee kamen, dieselbe Frau zu beglücken und nun wie bei einem Parkplatz die Frage zu klären hatten, wer zuerst da war, wurde erstaunlich entspannt damit umgegangen. Keine Schreiduelle, kein ich bin drinnen, suche dir halt eine(n) Neuen, keine vulgären Gesten, nichts von alledem war bemerkbar. Beide gaben einander den Vorrang und einigten sich schließlich lächelnd. Viktor fragte sich, was der Unterschied zwischen Pussys und Parkplätzen war? Eng konnten beide sein, Viktor schmunzelte bei dem Gedanken. Das Publikum war generell entspannt, höflich, führte auch ansprechende Konversationen, schaute auf die Anderen und trug so seinen Teil zu einer gelungenen Veranstaltung bei. Sie hörten auch auf die beiden Mädchen. Wenn es der einen zu viel wurde, kam sofort das Aus und die Männer gönnten ihr eine kleine Pause. Das zarte Vorgehen berührte fast. In diesem Raum gibt es keine Staaten, keine Herkunft, keine Religion, kein Aussehen, keine Neigung, kein Alter, keine unterschiedlichen Fußballclubs, die auch nur ansatzweise zu einem Problem führen konnten. Geld, Macht und Besitz spielten in diesem Raum auch keine Rolle. Und das ganz ohne Gerede von „diversity" in einer einfachen Art und Weise. Viktor stimmte das sehr zuversichtlich. Was hier gelingen würde, könnte doch auch in einem größeren Kreis funktionieren, wenn er hinter die Geheimnisse dieses Raumes kommt. Was war in der Welt da draußen anders? Zu wenig Frauen? Nein, hier waren nur zwei Frauen für 25 Männer zuständig, was beim normalen Fortgehen sehr schnell zu Aggression führen würde.

Das blonde Mädchen lächelte Viktor an. Lächeln überzeugte Viktor immer. Er fühlte sich nun wohler. Sie hauchte: „Du machst das gut.". Viktor war zwar auf solche Aussagen nicht angewiesen, aber die Bestätigung war trotzdem hilfreich. Er kam schnell. Das Mädchen schien seinen Orgasmus ebenfalls zu genießen, was auch sie wiederum als Bestätigung vielleicht brauchte. Die beiden Mädchen brachten viel Geduld auf, um alle zufrieden zu stellen. Die Veranstaltung selbst dauerte inklusive einer halbstündigen Pause drei Stunden. Viktor nahm sich vor bis fast zum Schluss zu bleiben, es wartete ja noch das andere Mädchen auf ihn. Viele Neigungen waren zu sehen, ein älterer Herr nahm gar das Ejakulat eines Vorgängers, das sich auf den Brüsten des blonden Mädchens verteilte, in sich auf. Einige Männer stießen ein paar Laute der Bewunderung aus. War das pervers? Ja, vielleicht, aber es tat keinem weh und somit fand es hier aus Viktors Sicht zurecht seinen Platz. Eine weitere Dame stoß als Besucherin dazu. Diese Dame hatte ihr eigenes Klientel mitgebracht. Einer der Herren dürfte ihr fixer Partner gewesen sein. Sie war mollig und begann den mitgekommenen Herren die Hose zu öffnen. Zwei, drei fremde Herren gesellten sich noch zusätzlich dazu und wurden dabei auch willkommen geheißen. Selbst ältere Semester zeigten hier, was noch alles möglich ist. Natürlich ist das ohne Hilfsmittel nicht mehr ganz so hinzubekommen, aber die Dame bewies, dass es trotzdem gut und für alle Beteiligten äußerst befriedigend funktionierte. Es herrschten für Viktor fast paradiesische Zustände. Er nahm noch ein Getränk zur Stärkung, um zu neuen Höhenflügen laut Getränkehersteller ansetzen zu können. Mit dem zweiten Mädchen und einem weiteren Mitstreiter konnte Viktor auch eine lang gehegte Fantasie umsetzen.

Viktor zog sich anschließend mit einem Lächeln an und ging zur Bar, wo nach einiger Zeit auch die Mädchen eintrafen. Viktor unterhielt sich noch etwas mit ihnen. Sie bestätigten seine Erfahrung, dass hier alle so zuvorkommend und freundlich sind. Die Mädchen hatten mit zig Veranstaltungen immer die gleichen Erfahrungen gemacht. Nachdem er sein zuvor bestelltes Bier ausgetrunken und sich verabschiedet hatte, ging er zurück in sein Hotel. Während des Gehens machte er sich nochmals Gedanken, warum die Welt in diesem Raum so anders ist. Mehrere Autos fuhren an ihm vorbei, es waren auch um diese Uhrzeit noch viele Fußgänger unterwegs, sogar noch Konflikte zwischen Rad- und Autofahrer beobachtbar. Viktor sah bereits den Hoteleingang und war nun in wenigen Metern endlich bei der Unterkunft. Plötzlich fiel ihm der Unterschied auf. Es war sonnenklar, was in diesem Raum anders war als sonst. Das hätte ihm doch auch viel früher einfallen können. Manchmal ist das Offensichtliche nicht mehr erkennbar. In diesem Raum waren alle nackt. Sie hatten nichts an und konnten keinen Makel verbergen. Sie wurden in dieser Nacktheit akzeptiert. Keiner machte sich um Bäuche Gedanken, selbst die Schwanzlänge war dort egal, rasiert, unrasiert, teilrasiert, sogar gefärbt. In seiner bzw. ihrer Nacktheit waren sie angreifbar. Die Angreifbarkeit bzw. Verletzlichkeit führte aber zum Gegenteil, zur Rücksichtnahme. Angreifbar. Viktor fand dieses Wort so schön. Jemanden anzugreifen auf der nackten Haut war etwas so Wertvolles, was Viktor auch in einem Artikel vor kurzem lesen konnte. „Wir müssen wieder angreifbar werde!", dachte Viktor. Unser ganzer Schutz in Form von Kleidung, hat eine gegenteilige Wirkung. Je mehr wir uns schützen, desto aggressiver werden wir angegriffen. Sind wir schutzlos, so können wir mit Anteilnahme und Rücksicht rechnen. Darum würde Viktor seine Freiheit nie zugunsten der Sicherheit aufgeben. Wer die Freiheit zugunsten der Sicherheit aufgibt - so kann es einem wohl nur vermutlich von Benjamin Franklin stammenden Spruch entnommen werden -, wird am Ende beides verlieren. Genau das scheint den erwähnten Scheintoten passiert zu sein. Sie wollten die Sicherheit, immer mehr davon und verloren im gleichen Zug - ja Zug um Zug - ihre Lebendigkeit. Der Pakt war geschlossen und konnte nur schwer rückgängig gemacht werden. Nein, der Teufel war nicht im Spiel, es war die eigene Bequemlichkeit, die Sicherheit, das Gewohnte. Die Rückführung zur Lebendigkeit konnte gelingen, wäre aber ein Prozess, den jeder selbst zu verantworten hat. Das Zugehen auf das Fremde, im Fremden das Eigene erkennen und der Alltag würde wieder auf seine Art spürbar lebendiger, eine Lebendigkeit, die in Viktors Augen nichts ersetzen konnte. Nackt waren Adam und Eva auch im Paradies - im Garten Eden. Das Essen vom Baum der Erkenntnis hatte für Viktor nun eine zweite Komponente bekommen. Viktor war sich sicher, dass das Essen vom Baum der Erkenntnis die Bewusstseinserlangung des Menschen beschrieb. Der Mensch war sich ab diesem Zeitpunkt im Vergleich zu allen anderen Tieren bewusst, dass er eines Tages sterben musste, aber auch, dass er lebt. Aus Viktors Sicht war der Deal sogar in Ordnung, da in weiterer Folge das Thema der Erbsünde gelöst wurde. So gesehen, dachte Viktor, wären wir ja jetzt wieder nach 2000 Jahren im Paradies angekommen. Nein, noch nicht ganz, das Problem war die fehlende Nacktheit. „Adam, wer hat dir gesagt, dass du nackt bist", fragte Gott. Adam schützte sich und die Geschichte nahm seinen Lauf. Hätte Adam zwar seine Nacktheit erkannt, aber nichts dagegen unternommen, könnte die Geschichte eine andere sein. Viktor musste weiter nachdenken, um die Lösung zu verfeinern. Wenn die Lenker der G7-Staaten nackt zusammentreffen würden, könnten globale Probleme vermutlich gelöst werden. Das Ganze musste nach Viktors Vorstellungen auch im Unternehmen möglich sein. Wenn die Geschäftsführung unter Johanns Führung nackt zusammentrifft, wäre vielleicht die Menschlichkeit der Entscheidungen wieder da. Die Verletzbarkeit wäre so offensichtlich. Kompensationshandlungen aufgrund kurzer Schwanzlänge wären Vergangenheit, da es nichts mehr bringt und andere damit auch keine Probleme mehr haben würden. Die physische Nacktheit konnte aber kaum in eine breite Bevölkerungsschicht gebracht werden. Es müsste eine psychische Nacktheit geben, deren sich vieler wieder bewusst werden. Unsere Gesellschaft müsste wieder angreifbar werden ohne dass wir uns übermäßig schützen. Viktor überlegte, dass wir keine Zäune mehr bauen, keine Sondereinheiten benötigen, selbst für unser Leben sorgen, indem wir andere akzeptieren würden, die Sicherheit implizierte die Unsicherheit. Der große SUV des erfolgreichen Managers erzeugte Gegenwehr und die Fahrer wurden sogar medial angegriffen. Die Alarmanlage zog den Einbrecher an, die offene Tür nicht. Für Viktor wurde es zunehmend faszinierender. Es könnte doch auch Sicherheit so weit gesteigert werden, bis es für alle Beteiligten wieder unsicher wird. Bei hundertprozentiger Sicherheit würden auch Unschuldige verfolgt, eingesperrt oder hätten in anderer Weise massive Nachteile zu befürchten. Bewusst auf Sicherheitsmaßnahmen zu verzichten, konnte doch die Sicherheit steigern, wofür Viktor bereits ein Beispiel in Erinnerung hatte. In New York wurde in gewissen Stadtteilen aufgrund der vielen Delikte die Polizeipräsenz massiv gesteigert. Die Delikte stiegen weiter an, bis der Bürgermeister zum Schluss kam, die Polizeipräsenz drastisch zu verringern und ein paar Sozialarbeiter mehr einzusetzen. Die Delikte sanken nach kurzer Zeit bereits merklich. Wie konnten Menschen wieder psychisch nackt werden? Die Festplatte konnte nicht gelöscht werden. Handke hatte im Buch „Die Obstdiebin" bereits kurz die Angst der Menschheit vor sich selbst thematisiert. War sich die Menschheit so fremd geworden? Vermutlich würden Menschen verschiedener Kulturen und Religionen sich einander wieder tiefer begegnen müssen. Das Oberflächige, das Vorurteil, enthielt die Lösung nicht. Die Begegnung in der Nacktheit, im Menschsein, würde die Umkehr einleiten. Eine Umkehr für die Völker, eine Umkehr für die Wirtschaft und eine Umkehr jedes Einzelnen - was wäre das für eine neue Welt. Viktor hatte nun die Hotelhalle erreicht, obwohl gedankenversunken sein Gang eher einem Stehen glich. Der Portier gab ihm seinen Schlüssel samt dem schweren Anhänger und Viktor ging nun durch seine Gedanken etwas erledigt auf sein Zimmer. Er fiel in sein Bett und freute sich bereits auf die Heimfahrt. Er hatte wieder Sehnsucht nach seiner Lebensgefährtin, mehr denn je.

Einbruch bei Tabea

Viktor reiste wieder mit dem Zug nach Hause. Bis Wien-Meidling wurde er von Frau Krämer begleitet, die er im Zuge des Seminars kennengelernt hatte. Frau Krämer war Personalleiterin bei einem bekannten Industrieunternehmen und war sehr stark karriereorientiert. Die betriebliche Gesundheitsförderung war für sie ein Trend, den sie für das Employer Branding des Unternehmens noch stärker nutzen wollte. Weiters würden gesunde Mitarbeiter produktiver sein und die Kosten aufgrund sinkender Krankenstände wären ebenfalls erwähnenswert. Viktor hat sich mit Frau Krämer zwar wie mit einigen anderen HR-Kollegen gut unterhalten, aber die unterschiedlichen Auffassungen gaben Viktor manchmal doch zu denken. Allein das sie selbst noch vom Kreissaal aus Mails versendet hat, hatte bei Viktor mehr Mitleid als Bewunderung erregt. Von Frau Krämer waren jedenfalls keine Inputs zu Viktors Nacktheit-These zu erwarten, weshalb er dieses Thema auch nicht ansprach.

Die nächsten zwei Wochen verliefen bei 2B1 relativ ruhig. Das Controlling für die Reduktion des Personalstands war aufgesetzt und wurden von allen Beteiligten verstanden, was bei Auswertungen nicht immer der Fall ist. Wobei das auch noch kein Problem sein musste, weil jene, die es nicht verstehen, meist auch nicht rückfragen. Lieber würden Auswertungen missinterpretiert, was dann die teils merkwürdigen strategischen Entscheidungen erklären. Veronika hatte sich zuvor zwei Tage Urlaub genommen und war nun wieder zurück im Büro. Für Viktor stellte die Rückkehr eine enorme Erleichterung dar. Bei Abwesenheit von Veronika hatte Viktor es mit den Niederungen des Tagesgeschäftes zu tun. Verträge und Kündigungen selber schreiben, telefonische Auskünfte zu den HR-Tools geben und sein Espresso blieb auch aus. Veronika nahm erfreulicherweise ihren Urlaub meist nur tageweise. Selbst im Betriebsurlaub machte Veronika mit Viktors Zustimmung Ausnahmen, um ihre Arbeiten fristgerecht erledigen zu können. Viktor hatte wie immer seine Bürotur offen und Veronika wusste im Vorzimmer Bescheid, dass Mitarbeiter ihn jederzeit besuchen konnten. Tabea nutzte ein freies Zeitfenster bei Viktor und war heute schon das zweite Mal bei ihm, um abzuklären, wer ihr Firmenfahrzeug noch lenken dürfte. In vielen KFZ-Richtlinien ist das Lenken des Fahrzeuges sehr eingeschränkt. 2B1 war hier großzügiger. Das Fahrzeug durfte jeder lenken, der im Besitz einer gültigen Fahrerlaubnis ist und nicht aus augenscheinlichen Gründen momentan als fahruntüchtig einzustufen wäre. Wichtig war nur, dass der Mitarbeiter selbst im Fahrzeug anwesend ist, um das Verleihen des Fahrzeuges zu verhindern. Bei der Gelegenheit tauschten sich Viktor und Tabea auch über ein paar private Dinge aus. Tabea erzählte von ihrer Reduktion von Gegenständen und ihrer Capsule Wardrobe, nachdem Viktor ihr ein kurzes Kompliment über ihr schickes Outfit machte. Komplimente waren eigentlich nicht Viktors Sache, bei Tabea machte er aus für ihn unerklärbaren Gründen eine Ausnahme, die aber nur die Regel bestätigen konnte. Tabeas Gesellschaft empfand Viktor sehr angenehm. Er stellte noch einige Fragen zur Capsule Wardrobe und ihn schien das Thema wirklich zu interessieren. Nach einer halben Stunde beendeten sie das Gespräch und verabschiedeten sich mit einem kurzen Händedruck.

Sabine war heute etwas früher aus dem Büro gegangen, um noch ein Geschenk für ihre Freundin zu besorgen, die am Abend zu einer Geburtstagsfeier eingeladen hatte. Sie flanierte durch ein paar Geschäfte, als ihr Mobiltelefon läutete. Die Nummer kannte sie nicht, sie hob ab. „Chefinspektor Haberl von der Kripo Salzburg. Guten Tag. Frau Reiter?", meldete sich eine leicht heisere Stimme. „Ja", antwortete Sabine.

CI: „Ich habe noch eine Frage zu dem Vorfall mit dem Kuvert. Seit wann arbeiten sie bei 2B1?"

Sabine: „Seit ca. zwei Monaten."

CI: „Ist ihnen dort etwas aufgefallen"?

Sabine: „Nein, es ist ein großer Konzern und alles wirkt sehr professionell."

CI: „Ich meine Kollegen, die aufdringlicher sind. Macht jemand anzügliche Bemerkungen, beobachtet sie wer?"

Sabine: „Nicht unbedingt, es gibt natürlich auch bei 2B1 Kollegen die mal ihren Blick nicht dort haben, wo er eigentlich hingehören würde."

CI: „Bitte achten sie in Zukunft darauf. Wenn ihnen irgendjemand merkwürdig erscheint, rufen sie mich an. Jeder noch so kleine Hinweis kann helfen."

Sabine: „Wieso interessieren sie sich für die Lappalie eigentlich so sehr? Ehrlich gesagt war es mein Partner, der auf die Anzeige bestand."

CI: „Wir haben unsere Gründe. Ich kann ihnen nur sagen, dass bereits ein Fall vorliegt und diese Frau ehemalige Mitarbeiterin der 2B1 war. Wir nehmen das sehr ernst."

Sabine: „Ja, aber vermutlich ist das Ganze nur ein Zufall."

CI: „Bitte melden sie sich trotzdem, wenn ihnen irgendetwas auffällt."

Sabine verabschiedete sich und war verblüfft. Sie selbst fühlte es auch in Wirklichkeit nicht als Lappalie und die

Polizei schien sich ernsthaft dafür zu interessieren. Was ihr auch sofort auffiel, es rief ein Chefinspektor von der Kriminalpolizei wegen eines Zettels in einem Kuvert bei ihr an. Beruhigend war das Ganze nicht. Sie wählte die Nummer ihres Partners und informierte ihn über die Neuigkeiten. Der fühlte sich voll und ganz bestätigt. Er fand es gut, dass die Kripo sich der Sache annimmt.

Chefinspektor Haberl war ein erfahrener Kriminalbeamter. Aufgrund seiner Reife wurde er vor einiger Zeit zum Chefinspektor ernannt. Chefinspektor, das war ihm eigentlich gar nicht recht. Bodenständig, beharrlich, nicht immer ganz der Norm entsprechend, gerecht, aber doch keine Karriere. Es war nicht nur seine Reife, seine Aufklärungsrate trug zum Titel mehr bei, als ihm eigentlich klar war. Chefinspektor Haberl hatte viele Fälle bearbeitet und kein menschlicher Abgrund schien ihm fremd zu sein. Wenn jetzt jemand glaubt, dass es bei diesen Fällen immer um Mord und Totschlag geht, irrt oder liest einfach nur die falschen Kriminalromane. Einbrüche, Wirtschaftskriminalität und KFZ-Diebstähle machten neben meist kleineren Gewaltdelikten die Hauptarbeit aus. Die Mordrate ist im Übrigen seit längerem rückgängig, während vor allem in lokalen Kriminalromanen diese in monströsen Höhen steigen. Da ist kein Ort mehr sicher, angefangen bei den Festspielen, über wunderschöne Stadtgärten, ja bis sogar zu den besten Hotels, alles sind Tatorte. In Salzburg Urlaub zu machen, musste jedenfalls lebensgefährlich sein. Ein sehr bekannter - hier bereits genannter - Schriftsteller forderte schon die Ausmerzung der Kriminalroman-Schreiber, da ihm das zuwider zu sein schien. Er hatte dafür auch schon einen konkreten Vorschlag, nämlich einen Anschlag im Zuge eines weltweiten Kongresses für Kriminalroman-Autoren. Was für ein Schlag für dieses Genre. Für Chefinspektor Haberl war das sogar ein wenig nachvollziehbar. Er hatte in seiner Freizeit trotzdem Gefallen an der einen oder anderen Geschichte gefunden. Manchmal war auch mehr Wahrheit in kleinen Details darin enthalten, als so manch ein Leser vermuten konnte. Chefinspektor Haberl war jedenfalls sehr stolz auf seinen scharfen Verstand. Er kombinierte schnell und erkannte Zusammenhänge. Chefinspektor Haberl konnte sich vor allem im wirtschaftsnahen Bereich einen gewissen Namen verschaffen. Er verfügte über ein nennenswertes rechtliches Wissen und kannte das eine oder andere große Unternehmen mittlerweile besser. Vieles schien bei den ganz großen Unternehmen ähnlich wie in der restlichen Gesellschaft zu sein. Das polierte Auftreten der dortigen Akteure störte Chefinspektor Haberl aber oft schon ein wenig. Er konnte mit den Größen der Wirtschaft durchaus auf einer Ebene kommunizieren, wollte aber nicht. Vielmehr genoss er es, sie bei Notwendigkeit herauszufordern. Manchmal war der eine oder andere Manager etwas kompromittiert, was Chefinspektor Haberl in seiner Arbeit bestätigte. Gerade im Bereich der Wirtschaft war das Auftreten der Akteure tadellos, die menschlichen Abgründe aber auch tief. Diese Diskrepanz gab es bei anderen Verbrechen nicht in diesem Maße. Das Strizzihafte, ja das war in anderen Branchen ersichtlich. Im Bereich der Wirtschaft musste ein Schleier durchbrochen werden, der sich aber immer wieder hartnäckig erneut über die Angelegenheiten legte. Nicht offensichtlich, aber im verborgen lauerten auch dort Verbrechen und Abgründe. Kaltblütig ging es in jeder Hinsicht zu. War es bei der Kripo auch schon wie in der Wirtschaft? Ja, aber noch nicht in diesem Maße. Es gab genug mit Karriereabsichten und die Mittel wurden auch nicht zimperlich gewählt. Chefinspektor Haberl gehörte aber zu jenen, denen ihre Arbeit noch richtig Freude bereitete. Der Chefinspektor war mehr als genug. Vielleicht würde er sich damit in nächster Zeit auch noch mehr anfreunden können. Während in den Unternehmen die absurdesten Berufsbezeichnungen fröhliche Urstände feierten, konnte er mit einem geschichtsträchtigen Chefinspektor einen Gegenpart bilden. Chefinspektor, klang vielleicht veraltet, aus der Zeit gefallen, bildete aber eine wunderbare Opposition zum Manager-Getue. Gegensätze waren für Chefinspektor Haberl schon immer die Würze. Das Lesen des Gegenübers hatte er über die Jahre perfektioniert. Eine letzte Frage noch konnte columboartig für Schweißperlen sorgen. Ein Spiel, dass für Gerechtigkeit sorgen sollte. Gerechtigkeit - das hatte er lernen müssen - war nicht immer möglich. Es waren nicht die kleinen, manchmal sogar fast dummen Gaunereien. Im Großen, im Intellektuellen sah er zurecht die größere Gefahr. Bestens vernetzt, smartes Auftreten, Macht in großer Fülle und eine Herrschaft von Anwälten - das konnte die Ermittlungen richtig erschweren, wenn nicht sogar zum Erliegen bringen. Nur im Ausland und in der Großstadt? Nein, am Land, in aufgekauften Unternehmen, zugehörig zu Konzernen. Chefinspektor Haberl hatte gelernt sich anzupassen. Zeitaufgeschlossen, nicht jedem Trend hinterher gehechelt, war er und konnte so bestens reüssieren. Jede Modernisierung war für Chefinspektor Haberl nicht notwendigerweise eine Verbesserung, aber es galt sie zu verstehen, zu analysieren und die richtigen Schlüsse daraus zu ziehen. Wenn die Vorteile überwogen, anwenden, wenn nicht, vergessen. Diese Einstellung führte auch schon den einen oder anderen Vorgesetzten von Chefinspektor Haberl zur Verzweiflung. 2B1 war die richtige Kragenweite, endlich wieder ein schöner Konzern. Chefinspektor Haberl war richtig erfreut und die Ermittlungen konnten nun Fahrt aufnehmen, dafür würde er sicher sorgen können. Wie sah Chefinspektor Haberl eigentlich aus? Er war vom Alter her schwer einzuschätzen, hatte aber den Fünfziger schon deutlich überschritten. Er trug einen Drei-Tages-Bart, der natürlich schon lang nicht mehr in war oder halt doch wieder. Ein leichter Bauchansatz verriet, dass er nicht der größte Sportler war. Sein

Gesicht war nur ansatzweise rund, das Kinn trotzdem als kantig zu bezeichnen. Seine Haare, die noch in halbwegs ausreichender Menge vorhanden waren, trug er als eine Art Mittelscheitel, sofern das überhaupt erkennbar war. Die Arme und Beine wirkten angeboren muskulös und mit seinen 1,82 war er als stattlich zu bezeichnen. Sicher wäre ihm auch ein Mantel gut gestanden - ein Klassiker bei der Kripo, zumindest im Kriminalroman, aber er bevorzugte die kürzere Variante des Umhangs, in seiner Sprache Jacken. Diese konnten auch schon abgetragen wirken, solange sie noch die Funktion erfüllten. Er liebte Poloshirts und verzichtete fast gänzlich auf Hemden, außer bei ganz offiziellen Anlässen. Die Gesamterscheinung war jedenfalls als präsent zu bezeichnen, er wurde wahrgenommen und das ist für einen Chefinspektor gar nicht so unwesentlich.

Tabea freute sich bereits auf das bevorstehende Wochenende. Diesmal wollte die Clique einen Club etwas außerhalb der Stadt besuchen. Tabea war gerne für die Anfahrt zuständig und Angelika erklärte sich bereit, die Heimfahrt mit Tabeas Auto zu übernehmen. Sie wollte schon immer mal einen schönen 3er BMW fahren, dafür nahm sie in Kauf, etwas weniger zu trinken, wobei die Fahrtüchtigkeit und nicht die gesetzlich vorgeschriebene Promillegrenze als Maßstab gelten sollte. Im Büro erledigte Tabea noch die letzten E-Mails. Mittlerweile war im Vergleich zum Beginn eine tägliche Flut an E-Mails vorhanden. Das störte Tabea nicht weiter, sondern war für sie ein Aspekt, dass sie im Unternehmen wirklich gebraucht wurde. Ein Klick auf Senden, sie packte ihre Sachen und fuhr mit dem Fahrstuhl in die Tiefgarage. Sie wollte unbedingt noch in ein Dessousfachgeschäft, um ihre Capsule Wardrobe auch unterhalb der öffentlichen Wahrnehmungsgrenze zu vervollständigen. Sie wurde schnell fündig und konnte mit sieben Packungen feiner Unterwäsche in den klassischen Farben schwarz und weiß nach Hause fahren. Sie würde endlich ihren türkisen Spitzenslip entsorgen können, türkis war ja jetzt nicht mehr modern. Heute trug sie ihn dann das letzte Mal, sie mochte die Farbe von Anfang an nicht wirklich. Tabea kam zu Hause an und zog sich aus. Ihre Unterwäsche gab sie trotzdem noch einmal zur Wäsche, damit diese auch im Abfall noch gut riecht. Sie wollte nicht, dass ihr intimer Duft in einem riesigen Schutthaufen landet, was sie auch selbst als Marotte bezeichnete. Wobei sie kannte auch Frauen, die verbrannten ihre nicht mehr benötigte Unterwäsche, so gesehen war das bei Tabea ja fast noch harmlos. Außerdem hatte sie vor kurzem im Radio einen Geruchsexperten sprechen gehört. Der Duft würde sofort Erinnerungen wachrufen, an die Kindheit, an eine Situation. Tabea könnte nie auf den Geruchssinn verzichten. Laut Geruchsexperten, der sich auf eine Studie stützte, würden 53 Prozent der jungen Menschen lieber auf das Riechen als auf ihr Smartphone verzichten. Es wäre ihnen einfach nicht bewusst, wie wichtig der Geruchssinn ist. Tabea genoss den Duft der verschiedenen Jahreszeiten, von Essen, von Weihnachtsmärkten und von Urlaubserlebnissen. Sie öffnete nun eine der neuen Packungen und entschied sich für schwarz heute Abend. Das dazu passende schwarze Cocktailkleid war kurz geschnitten, enganliegend und gewährte durch einen etwas tieferen Ausschnitt einen schönen Anblick, ohne dabei zu billig zu wirken. Tabea war sehr stolz auf ihre Garderobe. Wenige Teile, die sie immer gerne trug.

Es war 21.15 Uhr, Tabea ließ die Tür ins Schloss fallen und holte Angelika ab. Drei weitere Freundinnen der Clique befanden sich bereits bei Angelika und fuhren ebenfalls mit Tabea mit. Die restliche Clique teilte sich auf zwei weitere Fahrzeuge auf. Die Fahrzeit betrug ungefähr 45 Minuten. Tabea liebte ihr Fahrzeug. Gerade auf Landstraßen war die PS-Stärke bei Überholvorgängen spürbar. Tabea war nicht die Einzige, die schnelle Autos bevorzugte. Mittlerweile legten auch viele Frauen in dieser Auto-Männerwelt Wert auf Prestige und Stärke. Nach 39 Minuten und dreizehn Überholvorgängen kamen Tabea und ihre Freundinnen vor dem Club an. Es waren noch genügend Parkplätze vorhanden. Tabea zog ihr Kleid etwas nach unten und sie gingen zum Eingang samt Türsteher, den sie mühelos überwanden. In der Provinz war das für Tabea und ihre Freundinnen fast noch leichter als in der Stadt. Ein cooles Outfit überzeugte die Türsteher allemal und Frauen wurden meist selbst wenn ein Club schon überfüllt ist, noch freundlich durchgelassen. Im Club herrschte eine angenehme Atmosphäre, das Hinterwäldlerische der Provinz war überhaupt nicht vorhanden. Tabea bemerkte, dass ihre Vorurteile sich mal wieder nicht bewahrheiteten. Ullrich sollte heute auch dabei sein, konnte aber trotz freien Wochenendes nicht, da er eine Studienkollegin aus einer früheren Zeit in Hamburg besuchen wollte. Tabea hatte sich kurz dabei erwischt, dass ihr Ullrich fehlte. Die erste Runde bestand aus einem Willkommens-Cocktail, der aufgrund seines Alkoholgehalts gleich für mehr Stimmung sorgte. Die Musik war richtig chillig zu Beginn und alle fühlten sich sehr wohl. Tabea ging heute bei „I was scared of dentists and the dark" bereits früh auf die Tanzfläche, die noch genug Platz bot. Damit konnte sie sich etwas Aufmerksamkeit verschaffen und sie spürte einige Blicke auf ihrem Kleid und den darunter liegenden BH. Mit gekonnten Bewegungen genoss sie es, wie sie auf der Tanzfläche mit den Augen verfolgt wurde, was nicht typisch für sie war. Vermutlich lag es an der Anonymität, hier kannte sie eigentlich niemand. Das war halt doch das Schöne an der Provinz. Ein Mann um die Mitte dreißig tanzte sich an sie heran, was Tabea wohlwollend bemerkte. Er war muskulös, doch noch schlank, hatte ein markantes Gesicht und hübsche Augen, deren Farbe sie noch nicht hundertprozentig erkennen konnte. Das Eis wurde komplett gebrochen, als er sie bei „I was scared of pretty girls and starting conversations" unverschämt anlächelte, ihre Hand zärtlich berührte und sie nach ihrem Namen fragte.   Tabea gab Markus gerne ihren Namen und bei „Lady, running down to riptide, taken away to the dark side" tanzten sie bereits umschlungen. Er hatte dabei seine Hand oberhalb ihres Pos, die sich aber im Verlauf des Abends dann noch weiter unten befinden sollte. Tabea wusste, was Männer mögen und letztendlich gefiel es auch ihr. Viele Frauen benötigen zumindest zwei Dates, um mit Männern umschlungen zu tanzen und vielleicht noch viele mehr, um mit ihnen intim zu werden. Tabea hatte eine andere Einstellung und ihre Menschenkenntnis bewahrte sie (fast) treffsicher vor Fehlgriffen. Männer wollten zwar die Jagd, aber sie hatten oft keine Lust ihre Beute tage- bzw. wochenlang zu verfolgen. Es war auch für Tabea kein Argument, dass Männer dann länger interessiert wären. Selbst die erfolgreiche Jagd nach wenigen Stunden, machten Männer neugierig auf mehr. Sie hatten bereits gekostet, aber es konnte so viel mehr geboten werden. Voraussetzung war natürlich, dass eine gewisse Aufgeschlossenheit und Steigerungsmöglichkeit vorhanden waren. Selbst bei one night stands haben fast alle Männer Tabea nochmals angerufen, wollten sie wieder sehen, bedankten sich für die wunderbare Nacht und waren auch am Morgen gerne bereit, mit ihr zu frühstücken. Einzige Ausnahme konnten verheiratete Männer sein, die bereits in den frühen Morgenstunden losmussten und unterwegs noch über ein Alibi nachdachten. Tabea hatte dabei auch kein schlechtes Gewissen, weil auch solche Abenteuer das Eheleben sicher auffrischen konnten. Und wer weiß schon, was die Gattin in der Zwischenzeit gemacht hat. Jene Frauen, so konnte Tabea oft beobachten, die sich bereits zu Beginn unberührbar gaben und deutlich auf ungewollte Berührungen hinwiesen, hatten es richtig schwer. Meist blieb der Mann noch ein wenig bei ihnen und er bezahlte eventuell sogar noch einen Drink, aber nur damit er sich relativ schnell aus der Affäre ziehen konnte, um eine aufgeschlossenere Frau kennen zu lernen. Tabea konnte das mehrmals beobachten. Männer wechseln dann zur Nächsten, die ihnen lockerer erschien. Tabea dachte auch nicht, dass Männer nur schnell jemanden zum Vögeln brauchen. Sondern es ging um das Versprechen, auch langfristig eine lustfördernde Beziehung aufrecht zu erhalten. Wie soll das aber gehen, wenn gleich zu Beginn die Berührung als etwas Ungewolltes erscheint. Tabea nahm Markus mit von der Tanzfläche zu ihrem Stehplatz an der Bar. Markus lud Tabea auf einen Drink ein. Markus war seit vier Monaten wieder Single und versuchte, das Leben auch als Single wieder zu genießen. Markus gehörte nicht zu der Sorte, die dann sofort mit ihrer gescheiterten Beziehung anfangen und über ihre Ex lästern beginnen. Er hätte auch von sich das Thema nicht angeschnitten, wäre nicht Tabea so neugierig gewesen. Sie nahmen beide noch einen Schluck von ihrem Getränk, Markus sah ihr kurz in die Augen, zog sie mit beiden Händen ein wenig zu ihm und küsste sie auf den Mund. Dabei fiel ihr der Geschmack angenehm auf, der leicht nach dem im Getränk enthaltenen Energydrink roch. Sie kam noch näher, seine Hand glitt an ihrem wohlgeformten Po hinab und sie drang mit der Zunge in seinen Mund, was er gekonnt erwiderte. Angelika warf ihr dabei einen vielsagenden Blick zu und streckte ihren Daumen nach oben.

An der Wohnungstür von Tabea machte sich jemand zu schaffen. Eine alte Kreditkarte genügte in diesem Fall, da die Tür nicht verschlossen war. Dieser Jemand bzw. Täter wäre vermutlich auch mit mehr Widerstand zurechtgekommen. Er ging mit dem „natürlichen" Licht des Mobiltelefons durch die Räume und kontrollierte, ob alle Vorhänge bzw. Rollläden geschlossen waren. Danach drehte er Licht auf. Der Täter war maskiert, um eventuell vorhandenen Kameras in der Wohnung, die Tabea aber nicht hatte, keine Bilder seines Gesichts zu liefern. Auch von einer Alarmanlage war nichts zu bemerken, die ebenfalls fehlte. Er sah sich nun um. Die Wohnung war bestens aufgeräumt und die Gegenstände hatten alle ihren Platz. Er erblickte einen nicht allzu großen Fernseher, an dem er kein Interesse hatte. Am Schreibtisch lag ein Notebook. Er ging zum Schreibtisch und setzte sich. Er startete das Notebook und wurde zur Eingabe eines Passwords aufgefordert. Der Täter probierte den Vor- bzw. Nachnamen sowie das Geburtsdatum von Tabea, aber scheiterte. Er schaltete das Notebook wieder aus und ließ es am Schreibtisch stehen. Im Wohnzimmer hing noch ein Bild, das eine Geige und Marionetten zeigte und der Täter vermutete, dass es aus Prag war. Er ging ins Schlafzimmer. Dort durchkramte er die Kästen, stieß auf neue Unterwäsche, aber ansonsten keine Wertgegenstände. Er ging zum Bett und öffnete das danebenstehende Kästchen. Wie erwartet fand er einige persönliche Gegenstände. Neben einigen Kondomen erkannte der Täter den Öko-Toy-Testsieger, ein Vibrator namens Gogo2 sowie ein Bio-Gleitgel. Er nahm ihn und steckte ihn in seinen Rucksack. Das Bett nutzte er kurz zum Hinlegen und zerknüllte so die fein säuberlich ausgebreitete Bettdecke. Es schien, als wollte er, dass Tabea den Einbruch jedenfalls bemerkt. Er war mit der Beute bisher sehr zufrieden. Jetzt ging es nur mehr um die Draufgabe. Zielsicher ging er in das Bad. Der Wäschekorb war geschlossen, er öffnete den Deckel. Erfreut erblickte er einen türkisen Slip. Er roch daran, perfekt, dieser wurde von Tabea sicher getragen. Er ließ den Wäschekorb offen und stellte ihn in die Mitte des Raumes. Den Slip gab er in seinen Rucksack. Es lief für ihn noch viel besser als erwartet. Er ging zur Küche und schaute sich um. Die Küche war schlicht und ebenfalls mit nur wenigen Gegenständen versehen. Eine kleine Schachtel entdeckte er auf dem Fensterbrett, vermutlich verwendete Tabea diese zur Geldaufbewahrung. Geld interessierte ihn aber auch nicht. Er schaute sich stattdessen die schönen Weingläser an, die vermutlich von einem bereits verstorbenen österreichischen Maler stammten. Die Sektgläser konnte er einem bekannten Glashersteller zuordnen. Selbst die Gläser für Hugo, ein offensichtlich noch immer angesagtes Partygetränk, waren wunderschön gemalt. Der Täter verweilte kurz an der geöffneten Schranktür und schloss diesen nach zwei Minuten wieder. Der Täter blickte auf die Wohnung und war zufrieden mit seinem Werk. Tabea musste auffallen, dass jemand in der Wohnung war. Der fehlende Vibrator und der getragene Slip waren reiche Beute. Wobei, wenn sie ganz achtlos wäre, könnte sie auch meinen, dass der letzte Liebhaber ihren Vibrator mitgehen hatte lassen. Er blickte zurück und sah nochmals den Laptop. Er platzierte ihn halb aufgeklappt als eine Art Warndreieck zwei Meter von der Wohnungstür entfernt. Er fand es sehr schade, dass er nicht das Gesicht von Tabea beim Betreten der Wohnung sehen konnte.

Markus und Tabea tanzten wieder. Bei „In my mind, in my head, this is where we all came from, the dreams we have, the love we share, this what we're waiting for" war Tabea bereits richtig scharf auf Markus. Er tanzte gekonnt, vermutlich hatte er sogar den einen oder anderen Kurs besucht oder war einfach ein Naturtalent. Sie fühlte sich wohl bei ihm und hatte auch nicht das Gefühl, dass sie besonders cool sein müsste. Tabea konnte generell schnell zu Fremden Vertrauen fassen, ihr optimistisches Lebensgefühl war ihr durch die Vorfälle noch nicht abhandengekommen. Markus Natürlichkeit faszinierte Tabea immer mehr. Nach einigen Drinks und intensiven Küssen machte die Clique Druck auf die Heimfahrt. Es war mittlerweile 03.45 und im Club war nicht mehr viel los. Tabea wollte zwar noch bleiben, war aber noch doch schon etwas betrunken, was auch für Markus zutraf. Tabea hatte auch im leicht betrunkenen Zustand kein Problem, mit einem Mann zu schlafen. Aus ihrer Erfahrung waren eher betrunkene Männer das Problem, da sie dann mit ihrer Erektion doch so manche Schwierigkeiten hatten. Das wollte Tabea Markus jedenfalls ersparen, sie mochte ihn bereits wirklich. „Tabea, komm wir fahren jetzt. Nimm ihn halt mit", meinte zwinkernd Angelika. Tabea wusste, dass sie nun aufbrechen wollten. Sie zögerte kurz, Markus sah ihr in das Gesicht. Er wusste die Antwort und sagte zu Tabea: „Gibst du mir deine Nummer? Ich möchte dich wiedersehen." Sie tauschten die Nummern aus und verabschiedeten sich mit einem langen Zungenkuss. Angelika lächelte Tabea beim Hinausgehen an, Tabea drehte sich nochmals zu Markus, der ebenfalls mit Ihnen den Club verlassen hat, um und strich im zärtlich über die Hand: „Melde dich, ich würde mich sehr freuen", sagte Tabea zum Abschied. Sie mochte dieses Gefühl des Abschieds und des Wiedersehens, die Leichtigkeit, die durch Alkohol verstärkt wurde, die Gefühlsverwirrungen und das Neue. So funktionierte Fortgehen, ein perfekter Abend, auch wenn sie noch nicht mit ihm schlief.

Angelika startete das Fahrzeug und brachte alle nach Hause. Die Clique war auch im Fahrzeug noch ausgelassen und bei mittlerer Lautstärke streamte Tabea nochmals Riptide, bei „I was scared of pretty girls and starting conversations" hatte sie schon eine leichte Ahnung, dass sie sich innerhalb von nur wenigen Stunden verliebt hatte. Normalerweise war Tabea nicht anfällig für die ganz schnelle Verliebtheit. Markus war anders, war netter, war sportlicher, war markanter - Tabea hatte dutzende Argumente, warum klar sein musste, dass Frau gar nicht anders konnte, als sich in Markus zu verlieben. Angelika stupste sie an: „Tabea, Tabea! Kannst du die Tiefgarage öffnen?" „Nimm du das Auto, du kannst es ja dann morgen bringen", antwortete Tabea. Sie verabschiedeten sich und Angelika wartete, bis Tabea das Haus betrat. Tabea ging die Treppen hinauf und summte: „Lady, running down to the riptide...". Nach kurzer Zeit fand sie auch ihren Wohnungsschlüssel. Sie schaffte es beim zweiten Mal diesen in das Schlüsselloch zu befördern und drehte den Schlüssel um. Die Tür ging auf und Tabea schrie laut auf.

Sie rief sofort Angelika an, diese verständigte die Polizei. Angelika war in einer gefühlten Ewigkeit von drei Minuten bei Tabea wieder vor dem Haus. Tabea stand zittern an der Haustür vor ihr. Sie war doch sonst viel mutiger. Gemeinsam mit Angelika ging sie zur Wohnung und sie betraten den Vorraum. Der Laptop stand unverändert vor der Tür. Angelika stellte sich das anders vor. Tabea sagte doch, dass bei ihr eingebrochen wurde. Stattdessen stand ein aufgeklappter Laptop im Vorraum, die Tür war unbeschädigt und auch sonst sah es in der Wohnung nicht nach Einbruch aus. Nachdem Angelika Tabea eindringlich darauf hingewiesen hatte, ja nichts zu verändern, gingen sie gemeinsam durch die Wohnung, Tabea konnte sich nicht beruhigen. Irgendwie hatte Angelika die Vermutung, dass mit Tabea irgendetwas nicht stimmt. Es war alles wie immer. Im Wohnzimmer war nichts zu bemerken, sie gingen ins Schlafzimmer. Tabea schrie: „Die Decke! Sie ist zerknüllt". Angelika mochte Tabea wirklich gern, aber ihr erschien die Sache jetzt noch merkwürdiger: „Eine zerknüllte Decke? Meine schaut im zusammengelegten Zustand noch nicht so sauber aus!", zischte sie etwas genervt. „Diese Decke war wie jeden Tag fein säuberlich zusammengelegt, Kante an Kante. Da war jemand", antwortete Tabea leicht stotternd beim letzten Satz. Angelika ergriff Tabeas Hand und sie gingen in das Bad, das sich neben dem Schlafzimmer befand. Das gleiche Szenario wiederholte sich. Während Angelika einen Wäschekorb mitten im Bad als Normalzustand betrachtete –wenn der Wäschekorb Angelika im Weg stand, wurde er mit einem sanften Fußtritt weiterbefördert - war das für Tabea eine klare Sache. Der Täter war auch im Bad. Sie sah auf den geöffneten Wäschekorb und ihr war sofort klar, der türkise Slip fehlte. Bei Angelika läuteten die Alarmglocken. Hat ihre Freundin außer Alkohol noch was konsumiert? Hatte Markus was dabei? Das wäre ihr zwar vermutlich aufgefallen, aber das Verhalten von Tabea war für Angelika schon schräg. Schnappte ihre Freundin gerade über? Sie wusste oft gar nicht, welche Farbe ihr Slip hat, geschweige denn, welche Farben sich gerade im Wäschekorb befinden. Tabea war in einem panikartigen Zustand. Der Täter hatte ihren getragenen Slip, er verfolgte sie, er schreckte vor nichts mehr zurück. Endlich klopfte es an der Tür. Zwei Ermittlungsbeamte betraten den Raum. Sie baten Tabea und Angelika kurz im Wohnzimmer zu warten. Der erste Weg führte in das Bad und zur Toilette. Einbrecher nutzten teilweise die fremde Toilette, vermutlich weil sie selbst nervös waren, was wertvolle DNA-Spuren zur Folge haben konnte. Der aufgeklappte Laptop wurde gesichert und auf Fingerspuren untersucht. Fehlanzeige, der Einbrecher hatte wohl Handschuhe getragen. Die Ermittlungsbeamten fragten Tabea, ob ihr in letzter Zeit etwas aufgefallen ist. Tabea verneinte vorschnell, um dann mit Angelikas Hinweis auf den Zettel wieder halbwegs zu Sinnen zu kommen. Sie übergab gleich den Beamten den Zettel. Diese stellten nun viele Fragen. Tabea berichtete über den Fundort, über die zuvor bemerkte vermeintliche Verfolgung und den Anrufen. Mit viele Routine machten sich die Ermittlungsbeamten ein Bild. Tabea fiel auf, dass sie sich einen vielsagenden Blick bei der Frage nach dem Arbeitgeber zuwarfen. Es schien so, dass 2B1 ihnen nicht unbekannt war. Die nächsten Fragen beschäftigten sich intensiv mit ihrem Arbeitsumfeld.

Angelika machte sich zwischenzeitlich leichte Vorwürfe, dass sie Tabea nicht zur Gänze ernst nahm. Für die Kriminalbeamten war das Motiv des Einbruchs klar. Es ging nicht um Wertgegenstände, es ging um Tabea, was sie aber nicht direkt Tabea mitteilten. Nach einer Stunde waren die Erhebungen abgeschlossen. Sie baten Tabea, am Montag am Präsidium vorbeizukommen, um das Protokoll zu unterfertigen. Bei neuerlichen Vorfällen sollte Tabea sofort den Notruf verständigen. Sie wurde auch eindringlich belehrt, dass auch ein A4-Zettel oder eine andere Verfolgungshandlung jedenfalls zur Kontaktaufnahme mit der Polizei führen sollte. Lieber ein Einsatz zu viel, als einer zu wenig. Für die Ermittlungsbeamten war es immer wieder erstaunlich, wie unterschiedlich Menschen Gefahrensituationen einschätzen. Für die Profis war die Art der Verfolgung bei Tabea besorgniserregend. Der Täter steigerte sein Vorgehen und war nun auch in der Wohnung. Sie wussten aus ihrer Erfahrung, dass der Täter die Intensivierung brauchte. Trotzdem war ein Personenschutz kein Thema, da die Gefährdungsstufe noch unzureichend war. Tabea bat Angelika bei ihr zu bleiben, was für Angelika bereits vor der Frage selbstverständlich war. Sie sprachen noch über den Einbruch und konnten kaum einschlafen. Es war wirklich eigenartig. Wer hat ein so perverses Interesse an Tabea? Tabea war ihre ehemaligen Liebhaber kurz durchgegangen, davon kam keiner aus ihrer Sicht in Frage. Was würde der Täter als nächstes planen? Vermutlich wollte er Tabea weiter einschüchtern, ihr aber nichts Ernstes antun, war Angelikas Vermutung. Nach einiger Zeit fragte Angelika, ob nicht doch noch etwas fehlte. Das hatten zwar die Ermittlungsbeamten auch bereits gefragt, aber Angelika hatte jetzt auch eine leise Ahnung vom Vorgehen des Täters bekommen. Er wollte klar erreichen, dass Tabea den Einbruch bemerkt. Der Wäschekorb zeigte den fehlenden Slip. „Die Decke war zerknüllt", sagte Angelika. Tabea hatte die Decke den Ermittlungsbeamten mitgegeben und das Bett neu bezogen. Es wäre ihr auch unmöglich, dieselbe Decke, in der der Täter lag, weiter zu verwenden. Tabea hatte zwar den Schrank kontrolliert, aber nicht das Bettkästchen. Sie öffnete es, Angelika sah ihr dabei zu. Tabea war sich sicher, der Vibrator fehlte. Sie konnte offen mit Angelika darüber sprechen, es war ihr auch nicht peinlich. Welches Modell wollte Angelika wissen? Gogo2 hatte Tabea geantwortet. „Das ist nur die zweitbeste Wahl. Nimm die Chance war und kauf dir den neuen Woman-nice mit Orgasmus-Garantie", lockerte Angelika die Atmosphäre auf. „Bin übrigens gespannt, was der Versicherungsvertreter sagen wird, wenn du ihm die abhanden gekommenen Gegenstände schilderst", führte Angelika weiter süffisant aus. Angelika erwischte sich bei dem Gedanken, dass sie den Woman-nice bei Tabea gerne real angewendet hätte. Tabea war nicht nur hübsch, sie hatte auch eine erotische Ausstrahlung. Tabea wäre die erste Wahl für Angelika, wenn sie über Nacht eine ausreichend bisexuelle Neigung spüren würde. Sie schliefen endlich ein und wachten früh am Morgen mit viel zu wenig Schlaf wieder auf. Tabea hatte sich halbwegs gefangen und Angelika verabschiedete sich mit zwei Wangenbussis von Tabea, die sich zumindest heute noch mal bei ihr telefonisch melden sollte.

Anruf bei Sabine

Sabine war mit ihrer neuen Arbeitsstelle sehr zufrieden. Die damalige Frage des Ermittlungsbeamten, ob ihr irgendetwas Merkwürdiges bei ihrer Arbeit aufgefallen sei, machte sie kurz etwas hellhöriger. Sie schaute genauer auf die Art der Kommunikation, auf die Worte und auf irgendwelche Hinweise. Nichts, 2B1 war ein tolles Unternehmen. Sie hatten eine eigene Compliance-Stelle, die außerhalb des Unternehmens von einer Rechtsanwaltskanzlei geführt wurde. Jeder Mitarbeiter konnte sich so auch anonym an diese Stelle wenden. Es wurde jedem Hinweis nachgegangen. Ihr Team war unverändert freundlich. Sabine hatte zwar nicht den Eindruck, dass sich alle uneingeschränkt über ihre Anfangserfolge freuten, sie ließen aber offene Anfeindungen aus, mit einigen Speerspitzen konnte Sabine gut leben.

Viktor hatte ähnlich wie bei Tabea regelmäßigen Kontakt mit Sabine. Die Einarbeitung der neuen Mitarbeiter und vielleicht sogar noch etwas mehr der neuen Mitarbeiterinnen ist für Viktor ganz wichtig und so etwas wie Chefsache. In den ersten Wochen entschied sich bereits die Dauer des Arbeitsverhältnisses. Passierten hier Fehler, konnten die Auswirkungen auch noch in zwei Jahren zu spüren sein, wenn jemand dann wieder selbst kündigte. Meist berichteten sie im Austrittsinterview von Vorfällen in den ersten Wochen, die zur Folge hatten, dass sie sich von Beginn an nicht wohl fühlten. Sabine hatte zuvor noch nie in einem so großen Unternehmen wie 2B1 gearbeitet. Es war richtig aufregend und sie war über sich selbst erstaunt, wie stark sie ihre Fachkenntnisse einbringen konnte. Ihrem Selbstbewusstsein tat das richtig gut. Ihre Führungskraft zeigte ihr gegenüber viel Wertschätzung. Natürlich hatte sie auch mit Richtlinien zu kämpfen, die dafür sorgten, dass der Verwaltungsaufwand für auszufüllende Formulare und Genehmigungen enorm war. Genehmigungen waren bei 2B1 ein eigenes Kapitel. Selbst Kleinstbeträge hatten einen umfangreichen Genehmigungsprozess zu durchlaufen. Immerhin konnten Führungskräfte zumindest Kugelschreiber aus dem Lager frei entnehmen, bei anderen Anschaffungen war der Prozess aber deutlich komplizierter. Projektanträge waren bei 2B1 überhaupt der Höhepunkt. Nach dem Ausfüllen des Projektformulars wurde dieses vom Antragsteller genehmigt. Die IT und das Sourcing gaben ebenfalls ihren Segen. Dann begann ein weiterer Lauf, der aber von Projekt zu Projekt sehr unterschiedlich war. Wurden einige Projekte rasch genehmigt, harrten andere Monate ihrer Bearbeitung aus. Es war nicht klar, wo der Projektantrag gerade sich befand. Am Ende landete er jedenfalls beim CEO Johann. Dieser war bekannt, nein berüchtigt dafür, Dinge in einer sehr zufälligen Art und Weise zu erledigen bzw. auch die persönliche Sicht sehr stark einzubringen. Ein Projektantrag war vielleicht auf Grund der Datenschutzgrundverordnung von äußerster Wichtigkeit, der Antragsteller wurde aber von Johann beispielsweise als zu wenig einsatzbereit - sprich unter 55 Arbeitsstunden pro Woche - eingestuft und schon dauerte das Ganze. Rückfragen wurden nebulös beantwortet. Einmal wusste der IT-Leiter etwas über das Verbleiben des Antrags, ein anderes Mal wollte Johann noch etwas mit dem Leiter Sourcing klären. Dann war die Aussage, er würde sich das über das Wochenende ansehen, um wieder wochenlang nichts vom Projektantrag hören zu lassen. Laufende Projekte wurden immer wieder mal kurzfristig gestoppt, um zwar notwendige, aber nicht gewollte Weiterentwicklungen zu unterbinden. Meist hing das vor allem mit dem Thema Kommunikation zusammen, diese war in Richtung Mitarbeiter tunlichst zu vermeiden. Das alles konnte gigantische Ausmaße annehmen. Zu guter Letzt konnte jeder nur froh sein, dass 2B1 kein Gericht, sondern ein Wirtschaftsunternehmen war. Ansonsten wäre Kafkas

Prozess in der Realität noch deutlich übertroffen worden. Oder war es vielleicht so, dass Gerichte für 2B1 gar nicht mehr zuständig waren. Viktor hatte in den Geschäftsleitungsbesprechungen öfter den Verdacht, dass die rechtlichen Gegebenheiten für 2B1 nicht immer Gültigkeit besaßen. Als Jurist wusste Viktor oft nur allzu gut, dass die Geschäftsgebarung von 2B1 im Bereich der Arbeitszeiten nicht dem gültigen Recht entsprachen und der Strafrahmen beachtlich war. Der zuständige Arbeitsinspektor sah bei seinen regelmäßigen Kontrollen wohl nicht richtig hin. Dass Johann passionierter Jäger war und der eine oder andere Hirsch amikal die Seiten wechselte bzw. Abschüsse verschenkt wurden, hatte mit der Blindheit wohl nichts zu tun. Das Unternehmen profitierte auch von dem ländlichen Gebiet, wo noch jeder jeden kannte. Konzerne wie 2B1 funktionieren auch dort, da sie attraktive Packages inklusive eines ansprechenden Gehalts bieten konnten. Die Menschen am Salzburger Land bzw. im angrenzenden Innviertel waren auch sehr loyal. Johann lobte immer wieder den Menschenschlag, der gerne viel arbeitete und sich trotzdem nicht beschwerte. Dreißig, vierzig Jahre beim selben Unternehmen - das spricht für 2B1, erwähnte Johann regelmäßig. Die Wertschätzung innerhalb eines kleineren, vertrauteren Rahmens war oft nicht mehr so gegeben. Betriebsblind, keine Ahnung von Change, unflexibel und andere Beleidigungen hatte er für die langjährigen Mitarbeiter ebenfalls parat. Bei der Jubiläumsfeier war natürlich dann alles wieder ganz toll. Diese gefiel Viktor aber auch deutlich besser als die anderen Feiern. Hier kam so etwas wie Anerkennung zumindest ansatzweise vor. Mitarbeiter, die sich zurückerinnern an ihren ersten Arbeitstag, an die gemachten Erfahrungen im Unternehmen und der damit verbundene Stolz sorgten bei Viktor bei dieser Feier immer für interessante, ernsthafte Gespräche.

Johann hatte ein Privatleben, zumindest am Sonntagvormittag. Zwischen 10.00 und meist 14.00 Uhr kamen selten E-Mails. Das war wohl die Zeit für die Familie. Auch jeden ersten Samstag im Monat ab 20.00 Uhr verebbte die E-Mail-Flut. Genau zu diesem Zeitpunkt startete im privaten Haus von Johann eine hochillustre Tarock-Runde. Es nahm der CCO teil, zwei Bereichsleiter sowie fünf Abteilungsleiter aus verschiedenen Bereichen. Alle Teilnehmer waren ausnahmslos bei 2B1 beschäftigt. Johann pflegte außerhalb von 2B1 kaum Kontakte, diese waren seiner Frau überlassen. Neben dem Spiel stand selbstverständlich auch Berufliches auf der Tagesordnung. In privater, lockerer Atmosphäre plauderte es sich gleich viel leichter. Johann konnte sich über einzelne Mitarbeiter erkundigen, die aktuellen Gerüchte erfahren und seine „Abschussliste" genüsslich führen. War diese Runde bei jemanden einhellig der Meinung, dass er nicht ins Unternehmen passen würde, wurde die Kündigung in naher Zukunft ausgesprochen, er kam auf „Die Liste". Es handelte sich wohlgemerkt hier nicht um das Zusammentreffen der offiziellen Geschäftsführung, doch diese Beschlüsse der Tarock-Runde hatten fast noch mehr Gewicht. Die zur Tarock-Runde berufenen Abteilungsleiter hatten sich verständlicherweise großartig und wichtig gefühlt und in der Folge waren sie im Unternehmen deutlich an deren Überheblichkeit leicht zu erkennen. Für Johann bestand trotzdem kein Zweifel an seiner Objektivität. Viktor konnte das Ganze nicht nachvollziehen und verschwendete auch keine weiteren Gedanken daran. Er hätte sich wohl oder übel nur ärgern müssen. Der Alkohol floss, wie Viktor von mehreren Seiten bestätigt wurde, bei den Tarock-Runden in Strömen. Wer, wann, wie nach Hause gekommen war, konnte nur in den seltensten Fällen lückenlos rekonstruiert werden. Alkohol war für Johann wichtig, nach ein paar Bier ließ sich doch gleich besser reden. Johann veränderte sich als CEO körperlich in höherem Maße. Hatte er vorher schon nicht den Sport für sich entdeckt, so wurde es nun noch deutlich schlimmer. Gesund schien ihn seine Aufgabe nicht zu machen. Mehr Schlaf, Ruhe und weniger Arbeiten hatte ihm der Betriebsarzt bereits empfohlen. Aber Johann war eher an der Dealer-Funktion des Betriebsarztes interessiert, als an irgendwelchen klugen Ratschlägen, die er selber im Internet nachlesen könnte. Aufputschmittel, Schmerzmittel und andere Substanzen führten dazu, dass Johann seinen Lebensstil zumindest zurzeit noch gut aufrecht halten konnte. Sicher kam er mit hörbarem Luftschnappen in die Besprechungszimmer des oberen Stocks, aber das schien er ihn Kauf zu nehmen, für 2B1, für sein Gehalt und für seine Macht. Das Hauptproblem, dass er kaum mehr mit seinem Auto durch Tunnels fahren konnte, ohne dass ihn Panikattacken förmlich überrollten, hatte er mit dem regelmäßigen Einwurf einer Tablette halbwegs beseitigen können. Johann stellte die Gegebenheiten im Gegensatz zu Viktor auch nicht in Frage. Er war nicht kritisch, er war Techniker. Was technisch möglich war, sollte auch realisiert werden. Über die Folgen könnte danach gesprochen werden. Die Automatisierung war für Johann ein Lieblingsthema. Er baute auch zuhause Modelle liebevoll auf, um die Entwicklung noch schneller fortschreiten zu lassen. Viktor war manchmal fast schon der Ansicht, die Automatisierung wäre dann im Idealzustand für Johann angekommen, wenn er aus seinem Ledersessel heraus alles machen könnte, ohne sich physisch wirklich erheben zu müssen. Ob Johann schon immer so war? Vermutlich nicht, in der Kindheit hatte er auch noch ganz andere Träume hoffentlich gehabt. Andere Kinder hatten ihn dann vielleicht ausgeschlossen, ihn geärgert, eventuell war er zu dick. Er würde es allen noch mal zeigen, dass schwor er sich. Nun war er CEO, verantwortlich für 7.000 Mitarbeiter. Er konnte nun seine Mannschaft wählen, wen er wollte, aber auch wieder ausschließen. Keiner lachte mehr über ihn, alle fürchteten ihn, Gegenmeinungen wurden meist gar nicht mehr vor-getragen, geschweige denn auch von Johann ernsthaft akzeptiert. Das war der Zenit für Johann, während die anderen durchschnittlich vor sich hindümpelten. Johann freute sich bereits auf das nächste Klassentreffen, eine Horde von Verlierern. Es reichte bereits, wenn sie sein Auto sahen, vom Einkommen brauchte nicht einmal gesprochen werden. Wurde er beim letzten Klassentreffen überhaupt eingeladen? Johann würde sich diesbezüglich nun gleich kundig machen, er könnte es ja gleich selbst organisieren.

Sabine hörte heute etwas früher auf. Sie verließ ihr Büro, um ein gemeinsames Abendessen mit ihrem Freund vorzubereiten. Im Anschluss an das Abendessen waren sie dann meist in der Stimmung, um sich gegenseitig zu verwöhnen. Sabine hatte unterwegs noch ein paar Zutaten besorgt und war nun zuhause angekommen. Ihr Freund würde pünktlich um 18.00 Uhr zu Hause eintreffen. Sabine war froh, dass sie sich auf ihn in jeder Beziehung verlassen konnte. Er stellte berufliche Interessen ganz klar hinter seine privaten. Aus seiner Erfahrung wären 99 % der im Unternehmen als wichtig eingestufte Dinge innerhalb von wenigen Tagen völlig belanglos. Selbst Kunden konnten mal warten und Berichte sowieso. Sabine hatte jetzt bei 2B1 schon mehr Druck. Obwohl es nie angesprochen wurde, erzeugte die Unternehmenskultur per se eine gewisse Anwesenheitspflicht. Manche Führungskraft war auch weniger diplomatisch und meinte: „Ach. Du gehst ja heute schon früh. Schönen Nachmittag!" und das obwohl „Schöner Abend" um 16.55 sicher passender gewesen wäre. Die Kollegen mit der Aussage „Dann übernehme ich halt schnell die Arbeit für dich, es ist ja wirklich nur eine Ausnahme", fügten sich in das Schema. Bis hin zu Christian, der sich beim zufälligen Verabschieden auf der Stiege mit der Frage „Arbeitest du halbtags seit Neuestem?!"

auszeichnete. Bei 2B1 wurde bis zur Dunkelheit bzw. noch lange danach im Büro gearbeitet. Nein, gearbeitet ist der falsche Ausdruck dafür. Wie Viktor in der Vergangenheit lernen musste, war die Anwesenheit das Ziel. Selbst wenn die Motivation für Arbeit fehlte, wurden andere Freizeitbeschäftigungen gefunden. Selbst Filme wurden während der Arbeitszeit gestreamt, was Mitarbeiter konkret bei einer Führungskraft mehrmals aufzeigten. Johann verharmloste diese Art der Beschäftigung, bis die falschen Filme - sprich homosexuelle Pornografie - ausgewählt wurden. Dann musste es schnell gehen und die Führungskraft wurde gekündigt und vom Dienst freigestellt, weil eine Entlassung nur unnötig Wirbel auslösen würde. Eine Betätigung der Gewerkschaft oder Arbeiterkammer galt es tunlichst zu vermeiden. In dieser Hinsicht - respektive Filmwahl - konnte Johann richtig konservativ sein.

Sabine hat das Rezept am Mobiltelefon auf einer Koch-Website aufgerufen. Sie besaß keine Kochbücher, die sie sowieso nicht lesen würde. Das Display musste zwar so manche mehlige Bekanntschaft machen, aber ließ sich doch immer wieder reinigen. Sabine wurde in ihrer Konzentration beim Abschmecken der Suppe durch das Klingeln des Telefons gestört, der ein modernes, französisches Chanson unterbrach.

„Sabine, Hallo", meldete sich Sabine vergnügt. Sie hatte gar nicht auf die Nummer gesehen und vermutete ihren Freund, der sie fragen würde, ob eine Flasche Rotwein zum Essen passen könnte. Sie hörte zuerst ein leises Stöhnen. „Hallo?", fragte Sabine verunsichert nach. Das Stöhnen wurde deutlich wahrnehmbarer. Die Frage „Wer spricht da?" wurde nicht beantwortet. Sabine verstummte und hörte das Stöhnen noch kurz und legte sofort auf. Aufgeregt hatte sie das Telefonprotokoll aufgerufen. Tatsächlich tauchte eine Nummer auf. Sie atmete ruhig weiter. Es klingelte erneut. Sabine drückte den Anrufer sofort weg und achtete weiter auf ihre Atmung. Keine 30 Sekunden später erneutes Klingeln. Jetzt schaute Sabine auf das Display. Es war ihr Freund. „Habe ich dich gestört, du hast das erste Mal aufgelegt?", fragte er. Sabine erzählte ihm vom stöhnenden Anrufer. Sie berieten sich kurz, Sabine legte auf und rief die Polizei an. „Chefinspektor Haberl. Bitte" meldete sich der Beamte. „Gerade hat ein Mann angerufen und in das Telefon gestöhnt. Ich habe dann sofort aufgelegt. Die Nummer am Display lautet 0685 6868770", sagte Sabine. „Erstmal haben sie das richtig gemacht, dass sie mich sofort kontaktieren. Haben sie das Gespräch aufzeichnen können?", fragte Chefinspektor Haberl fast schon so, als ob er die Frage selbst beantworten konnte. „Natürlich nicht", war die Antwort von Sabine. „Können sie mir bitte das Telefonprotokoll übermitteln, wir werden uns sofort darum kümmern", forderte sie der Chefinspektor auf. „Ja, ich muss auf meinem Freund warten, ich weiß nicht, wie ich ein Protokoll senden kann", warf Sabine ein. „Kein Problem, meine E-Mail-adresse lautet ci.haberl@polizei.gv.at", meinte der Chefinspektor. Sie verabschiedeten sich und Sabine hatte das Gefühl, dass die Angelegenheit weiterhin ernst genommen wird.

Ihr Freund traf ein. Er kümmerte sich um das Telefonprotokoll und übermittelte es dem Chefinspektor. Der Hobbydetektiv in ihm erwachte und er googelte die Nummer, erwartungsgemäß ohne Erfolg. Auch für ihn war die Angelegenheit nun schon unangenehm, aber er hatte trotzdem keine große Angst um Sabine. Es dürfte sich um einen Stalking-Versuch handeln, der am besten von Sabine selbst ignoriert würde, um den Täter ins Leere laufen zu lassen. Dann würde er das Interesse daran verlieren, so seine These. Chefinspektor Haberl rief nach einer Stunde bereits bei Sabine an. Sie nahm den Anruf aufgrund der unbekannten Nummer mit etwas mulmigen Gefühl entgegen. Lust auf weiteres Gestöhne hatte sie verständlicherweise nicht. Er konnte ihr bereits Einzelheiten zum Anruf nennen. Das Mobiltelefon befand sich beim Anruf im Stadtteil Aigen. Es ließ sich aufgrund der Sendemasten relativ klar eingrenzen. Wie vermutet handelte es sich um ein nicht registriertes Prepaid-Telefon, dass aber bald nicht mehr zugelassen sein würde, was aber jetzt auch nicht weiterhelfen würde. Der Chefinspektor hatte sich noch nach der Marke ihres Mobiltelefons erkundigt. Er gab ihr einen Tipp, welche App sich am besten zum Aufzeichnen von Telefongesprächen eignete. Dazu wäre auch kein Jailbreak notwendig. Er legte mit dem Versprechen auf, sich wieder zu melden bzw. forderte auch Sabine bei Kleinigkeiten, die ihr auffallen, sofort seine Mobilnummer zu wählen. Ihr Freund lud im Anschluss des Gesprächs sofort die App herunter. Es handelte sich um eine App, die im Abo für jährlich € 13,99 verwendet werden konnte. Bei einem Anruf würde eine Konferenzschaltung ausgewählt werden, die Aufzeichnung erfolgte für den Anrufer nicht erkennbar. Sabine probierte die App aus und zeichnete das Gespräch problemlos auf. Mit einem Augenzwingern wies sie ihren Freund hin, dass er nun aufpassen sollte, was er während der Telefongespräche so sagen würde, es könnte jedenfalls gegen ihn verwendet werden. Das das Ganze nicht zu hundert Prozent legal war, hat der Chefinspektor bereits mitgeteilt und sie sollte das auch für sich behalten.

Chefinspektor Haberl kümmerte sich nun noch intensiver um die Fälle. Sowohl Tabea als auch Sabine arbeiteten für 2B1. Er durchkämmte seinen Computer und stieß auf einen etwas älteren Fall. Martina wurde damals brutal angegriffen und von einem unbekannten Täter von hinten durch einen harten Gegenstand bewusstlos geschlagen. Sie wurde kurz darauf mit heruntergezogener Hose und

Slip von einem Spaziergänger blutüberströmt gefunden. Es lag nahe, dass der Täter gestört wurde und die Vergewaltigung abgebrochen hatte. Haberl schaute sich die Fotos an. Der Tatort war ein Seitenweg in einem Waldstück. Martina war gerade Laufen, als es passierte. Der Spaziergänger beschrieb noch, wie er Martina fand. Martina lag auf der Seite, die Wunde am Kopf blutete nicht mehr. Die Untersuchung ergab, dass der Täter eventuell versucht hatte, die Wunde zu stillen. Das sprach eher gegen die Theorie, dass der Täter gestört wurde. Hatte er den Schlag unabsichtlich zu heftig ausgeführt und aufgrund des vielen Blutes dann doch von seinem Vorhaben abgesehen? Er schaute sich noch die Sozialversicherungsdaten an, um festzustellen, wann Martina bei 2B1 gearbeitet hatte.

Es hört nicht auf!

Tabea war innerlich sehr aufgewühlt. Selbst bei ihrer Arbeit, die sie so gern mochte, konnte sie sich nicht mehr so konzentrieren. Sie wollte auch mit ihren Arbeitskollegen nicht darüber sprechen, weil sie mit so etwas allein zurechtkommen musste. Bisher fiel auch keinem an Tabea auf, wie verunsichert sie innerlich war. Solange die berufliche Maske halbwegs gut getragen wurde, funktionierte die Zusammenarbeit auch unabhängig vom innerlichen Gemütszustand. Das Gefühlsleben interessierte 2B1 grundsätzlich immer dann, wenn mit einer Beeinflussung dieser soft facts eine Arbeitssteigerung erreicht werden konnte. Johann betonte immer wieder die richtige Einstellung, er sprach vom „mindset". Human resources war laut Johanns Vorstellung dafür zuständig und wenn es notwendig sein sollte, ein paar Psychopharmaka in die betrieblichen Kaffeeautomaten zu mischen, müsste eben auch das geschehen. Eine Personalleiterin sprach in einer Dokumentation überhaupt davon, dass sie sich mit der Frage beschäftigt, wie die Unternehmenswerte und die Unternehmensziele in die DNA der Mitarbeiter eingepflanzt werden könnte. Viktor bekam bei solchen Aussagen Gänsehaut. Wie weit sollte das Ganze noch gehen? Es reichte nicht mehr die Arbeitskraft des Mitarbeiters, er musste komplett in das Unternehmen übergehen, einfließen, Eins werden. Bei 2B1 kam vor allem von jahrzehntelang dienenden Mitarbeitern die Aussage, dass sie wohl Teil des Inventars seien. Was vielleicht humoristisch gemeint war, hatte mehr realistische Anteile, als ein Außenstehender vermuten konnte. In der Konzernzentrale beschäftigte sich der Vorstand neben der artifical intelligence mit dem performance management. Wie könnten aus dem Mitarbeiter die letzten Reserven herausgeholt werden? Ein sehr bekannter Arbeitspsychologe aus Deutschland hatte die Situation mit einer Waffe und einem Krokodil verglichen. War früher der Vorgesetzte mit der Waffe hinter dem Mitarbeiter her, die aber nur eine Wirkung innerhalb der Arbeitszeit entfalten konnte, handelt es sich heute um ein Krokodil. Das Krokodil würde auch nach Ende der täglichen Arbeitszeit nicht sterben, sondern hetzte den Mitarbeiter immer weiter. Das sinnbildliche Krokodil musste auch gar nicht mehr erzeugt werden, dank Firmen wie 2B1 sorgten die Mitarbeiter selbst bereits für ihren unermüdlichen Antrieb. Sie wussten, dass jeder heute flexibel, einsatzbereit, unermüdlich und jederzeit verfügbar sein musste, um sich seines Arbeitsplatzes sicher zu sein. Und es gab immer jemanden, der noch flexibler war, noch einsatzbereiter oder sonst noch was war. Ein Abschalten im Privatleben wurde schwieriger. Ein kleines Mail noch beantworten, eine Idee noch schnell in den Notizen des Firmenmobiltelefons festhalten. Dann war noch die eine oder andere Abendveranstaltung für das Netzwerken zu nutzen. Netzwerken war in den Konzernen ein beliebtes, meist aber völlig sinnentleertes Spiel. Langweiler unterhielten sich mit anderen Langweilern und tauschten sich über die spannenden Urlaube und interessante Sportarten aus. Marathonlaufen unter drei Stunden vierzig Minuten, im Winter Skitouren schnellstmöglich absolvieren, Radfahren im Renntempo, was waren das für tolle Geschichten. Das als Rahmenprogramm ein wirklich tiefgründiges Theaterspiel im Schauspielhaus geboten wurde, war nebensächlich. Dafür interessierte sich die Konzernelite weniger. Schauspieler verdienen doch nichts, war die Einordnung für eine Gruppe, von der wenig gehalten wurde. Der Verdienst war im Konzern untrügliches Zeichen, wie der Wert des Menschen zu sehen wäre. Erich Fromm war in der Konzernführung völlig unbekannt, weshalb nur das Haben das einzige Merkmal eines Menschen sein konnte. Viktor dachte oft daran, dass Johann und die anderen Prokuristen nicht Menschen, sondern eine Art von Biorobotern sahen, die mittels Nahrungszuführung und etwas Schlaf unentwegt für das Unternehmen genutzt werden konnten. Zurück zum networking: Es ging natürlich nicht wirklich um Sport oder Urlaube, sondern um das persönliche Vorantreiben der Karriere. So wurde jemand auf eine noch nicht ausgeschriebene Stelle aufmerksam gemacht, was ihm einen Startvorteil verschaffte. Bei einem Problem mit der Arbeiterkammer, wurde kurz der Vizepräsident angerufen, der im selben Golfclub spielte und die Angelegenheit schnell ohne viel Aufsehen aus der Welt geschafft. Das zum networking der eine oder andere Gefälligkeitsdienst, der das Strafrecht in Ausnahmefällen sogar tangierte, gehörte, war für Viktor augenscheinlich. Er selbst hatte nicht allzu viel Interesse an dieser Form der Interaktion. Interessanterweise war es auch so, dass der eine oder andere Gefallen immer dann möglich war, wenn dieser gar nicht zwingend gebraucht wurde. Wenn tatsächlich jemand im Netzwerk ernsthafte Probleme hatte, wurde diesem nicht geholfen, nein, man könnte leider jetzt nichts für ihn tun, das würde schon wieder werden und andere Aufmunterungen, die sich meist in einer einmaligen Aussage erschöpften. Ein Netzwerk, das nur zur Bestätigung diente, nicht zur Hilfe, war wohl bizarr, ja aber für Viktor tagtägliche Realität in vielen Abendveranstaltungen. Solange die Position von jemanden innegehalten wurde, war dieser wichtiger Teil des Netzwerkes. Morgen, ja morgen konnte es bereits anders sein, die Position weg, kein wichtiges Zahnrädchen mehr. Ja, dann würde es dem Netzwerk leidtun, aber momentan bestünde keine Möglichkeit zur Hilfe. Viktor sah das Networking nur für Wichtigtuer sinnvoll. Kleine Manager, die sich zu Großaktionären aufspielten, Gattinnen in schönsten Kleidern, selbst kleine Sprösslinge wurden mitgezerrt zu diesen Veranstaltungen. Diese kleinen Sprösslinge hatten es bereits vom Vater gelernt und waren kaum auszuhalten mit ihrer aufgesetzten erwachsenen Art. Natürlich besuchten sie ein Gymnasium und nur eines, dessen Ruf bereits ausgezeichnet ist und die besten Karrieren ermöglichen würde. „Ja, du weißt schon, dass der CEO von 2B1 auch dieses Gymnasium besucht hat", bemerkte die Gattin im Gespräch kurz. Ja, hatte er, aber nur die Unterstufe und von Humanbildung blieb leider nicht allzu viel hängen. Viktor fragte sich, was das überhaupt aussagen würde, was irgendwer mit 14 Jahren gemacht hat. Nicht was jemand machen würde, sondern was jemand aus etwas machen würde, schien die interessantere Frage zu sein. Viktor wollte nicht mitspielen, zumindest nicht an jenem Abend, als wieder einmal die Industrieelite des Landes ihr Stelldichein am Netzwerkevent gab.

Tabea versuchte die nächsten Tage wieder zur alten Konzentration zu finden. Beruflich gab es keinen Grund zur Beschwerde. Tabea konnte alle Aufgaben erledigen und sämtliche Termine halbwegs einhalten. Der eine oder andere kleine Fehler wurde weder von der Führungskraft noch vom Team bemerkt. Es war eher Tabea, die bei ihrer perfektionistischen Vorgangsweise sich teilweise selbst Vorwürfe machte, da sie so abgelenkt war. Sie hatte für sich selbst nur wenig Verständnis und betrachtete auch den Einbruch als Herausforderung, die erfolgreich zu erledigen wäre und an der sie wachsen konnte. Angelika hatte ihr als Ersatz und Trost vor einigen Tagen den woman-nice Vibrator geschenkt, um sie noch mehr auf andere Gedanken zu bringen. Obwohl Tabea aufgrund der Vorkommnisse eher nicht nach Sex zumute war, war es doch noch zur Premiere mit ihrem neuen Plastikfreund gekommen. Zuvor hatte Markus angerufen. Sie hatte kurz gezögert, ob sie abheben sollte. Lust auf eine neue Belästigung hatte sie keinesfalls, sie meldete sich zaghaft. Seine Stimme am Telefon klang fast noch besser als im persönlichen Kontakt. Sie plauderten über das letzte Wochenende und er teilte ihr mit, dass er wieder im Club sein würde. Für Tabea war das eine gute Nachricht. Die Stimme vibrierte nach dem Telefonat bei Tabea noch nach, weshalb der woman-nice seine Premiere feiern konnte. Sie öffnete ihre Hose und setzte den Neuling an. Tabea hatte es nicht für möglich gehalten, nach ganzen vier Minuten war alles erledigt. Normalerweise benötigte sie zumindest zwanzig Minuten, mit Partner noch länger. Angelika hatte tatsächlich nicht übertrieben. Tabea war noch aufgewühlt und wollte nun den angenehmen Abend mit einem Spaziergang ausklingen lassen. Auch das fand sie „oldfashioned", aber um zur Ruhe kommen, gab es für Tabea kein besseres Rezept. Es dämmerte bereits leicht, als Tabea sich auf den Weg machte. Sie wählte ihre übliche Route. Diese führte aus der Stadt schnell hinaus in eine grüne Wiese und dann auf einen kleinen Hügel. Von dort konnte Tabea über einen schmalen Weg zurück zum Stadt gelangen. Sie würde ungefähr eineinhalb Stunden benötigen. Die Sonne ging gerade unter, als sie über die Wiese kam. Das Abendlicht hatte für eine tolle Stimmung gesorgt. Im Unterleib spürte sie noch das angenehme Gefühl des erlebten Höhepunkts. Sie freute sich bereits auf das date mit Markus. Kurz fiel ihr auch Ullrich ein, der aber einfach nicht ihr Typ war, zumindest war sie seit dem Kennenlernen von Markus dieser Überzeugung. Außerdem hatte er sich bisher wirklich merkwürdig benommen, abgesehen vom letzten Mal. Auf der Wiese sah sie einige rote Mohnblumen, eine Pflanze die sie sehr mochte. Diese schnelle Vergänglichkeit und damit das intensive Auskosten des Moments war ihr wichtig. Spätestens nach zwei Tagen konnten die einzelnen Blätter schon vom Wind verstreut werden und es blieb nur eine leerwirkende Kapselfrucht übrig. Die Pflanze sah so schön aus, aber alle Teile der Pflanze waren giftig. Giftig, vielleicht sollte Tabea öfter giftiger sein. Zumindest für einen möglichen Angreifer wäre eine Dosis Gift wohl nicht schlecht. Sie verwarf schnell wieder diesen Gedanken und erfreute sich am Anblick des Hügels, den sie nun schon fast zur Gänze hochgekommen war. Es wurde noch etwas dunkler, wobei sie aber den schmalen Weg abwärts immer noch sehr gut erkennen konnte. Ihr Mobiltelefon, dass sie in der Jacke eingesteckt hatte, gab ihr zusätzliche Sicherheit. Ihr Leben würde bald wieder die gewohnten Bahnen nehmen. Sie würde mit Markus bald schlafen und vielleicht würde sich daraus eine lange, glückliche Beziehung ergeben, nach der sie sich vielleicht schon sehnte. Markus hätte zumindest dazu das Potential, obwohl sie ihn noch gar nicht richtig kannte. Markus….

Ein Rascheln im Gebüsch hinter ihr, rasch näherkommende Schritte, das Gefühl, das bereits in der Nacht am Asphalt so intensiv vorhanden war, taucht auf. Panik! Sie hat Panik, die Schritte kamen schnell näher, sie kann auf dem schmalen Weg nicht länger schnell laufen ohne Gefahr, dass sie ausrutscht und dem Täter im Liegen hilflos ausgeliefert ist. Verdammt, was mache ich da überhaupt. Wieso gehe ich alleine auf einen Spaziergang? Fragen, die Tabea jetzt aber nicht weiterhelfen. Sie merkt, dass sie jeden Moment mit einem Angriff von hinten rechnen muss und wendet die gleiche Technik wie in dieser Nacht am Asphalt an. Sie dreht sich schlagartig um und versucht Stärke zu demonstrieren. Wie aus dem Nichts steht ein Maskierter fast vor ihr und schlägt mit einem Ast oder einem Schläger von ca. fünf Zentimeter Durchmesser nach ihrem Gesicht. Vermutlich will er sie am Hinterkopf treffen und ist selbst perplex von ihrer Reaktion. Tabea kann ohne zu fallen mit zwei großen Schritten nach hinten zurückweichen. Der Täter wird durch die Wucht seines Schlages zur Seite gerissen, da er auf einen Treffer vorbereitet war. Er sieht sie kurz an und läuft samt dem Ast bzw. dem Schläger in den Wald - diesmal auf der anderen Seite - hinein. Sie hört noch ein Rascheln, das schnell verstummt. Tabea verharrt noch in ihrer Position und fühlt eine Stärke, die ihre Angst zumindest etwas abschwächt.

Sie griff nach ihrem Mobiltelefon und rief die Polizei an. Es dauerte keine fünf Minuten, da hörte sie mehrere Einsatzwagen bereits in der Nähe. Diese teilten sich auf und versuchten alle Wege, die vom Hügel führten, abzuriegeln. Tabea ging ihnen entgegen und traf schnell auf ein Polizistenduo. Eine kurze Täterbeschreibung folgte. Der Täter hatte etwas Leichtfüßiges. Es raschelte naturgemäß im Wald, aber trotzdem waren die Schritte nicht plump. Wie ein Wiesel näherte sich der Täter, versuchte zuzuschlagen und genauso schnell war er auch wieder weg. Vielleicht war auch der leichte Wind an dieser Wahrnehmung schuld, der für ein leichtes Rauschen im Wald sorgte. Tabea wurde nach unten begleitet und zu ihrer Wohnung gebracht. Dort kam Chefinspektor Haberl hinzu. Er teilte ihr den momentanen Ermittlungsstand mit und äußerte auch konkret eine Vermutung. Die Kripo gehe momentan davon aus, dass der Täter aus dem Umfeld von 2B1 komme. Es gibt mittlerweile drei Fälle dieser Art, alle drei waren oder sind Mitarbeiterinnen der 2B1. Es könne noch nicht gesagt werden, ob es sich tatsächlich um einen Mitarbeiter handelt, aber alle drei waren erst kurz oder wenige Monate bei 2B1 angestellt, als die Angriffe begannen. Tabea dachte nach und glaubte zuerst die Ausnahme zu sein, da sie beim ersten Anruf noch bei der alten Firma arbeitete. Sie hatte die verzerrte, leise Stimme noch genau im Ohr: „Ich kriege dich. Ich kriege dich!". Hatte der Täter tatsächlich Recht? Würde er sie kriegen, vergewaltigen oder gar umbringen? Heute hatte sie mehr als Glück und sie schwor sich, nun sehr vorsichtig zu sein. „Wann war der erste Anruf genau?", fragte der Chefinspektor. Tabea überlegte. Es war noch vor Eintritt in das Unternehmen, aber sie hatte bereits das erste Gespräch mit 2B1 geführt, konkret mit der Personalabteilung. Nach dem Erstkontakt mit 2B1 ging es los. Tabea wurde noch nachdenklicher. Wer bei 2B1 sollte Interesse daran haben, sie zu verfolgen. Chefinspektor Haberl war von seiner Theorie nun endgültig überzeugt, während seine Kollegen immer noch an einen Zufall glaubten. Sie hatten damals erste Ermittlungsschritte bei 2B1 gesetzt und Johann als CEO war über jeden Verdacht erhaben. Nicht nur dass 2B1 den jährlichen Polizeiball großzügig sponserte, zeichnete sich Johann damals mit hoher Kooperation aus. Es wurden sofort Personalakten für die Polizei bereitgestellt und auch Gespräche mit einzelnen Führungskräften und Kollegen durften problemlos geführt werden. Johann war dabei nur die äußerste Diskretion wichtig. 2B1 durfte zu keiner Zeit in die Schlagzeilen geraten, auch sollten die Befragungen in einem eigenen Besprechungsraum in ziviler Kleidung erfolgen. Johann hatte gerne die Dinge unter Kontrolle. Damals wurde auch ein längeres Gespräch mit Viktor geführt. Viktor hatte nicht das Gefühl, dass er zur Aufklärung beitragen konnte. Chefinspektor Haberl teilte Tabea mit, dass sie zwar noch nicht unter Personenschutz stehen würde, aber ihr eine erhöhte Aufmerksamkeit zukam. So wurde die Wohnung von Zeit zu Zeit von der Polizei beobachtet. Weiters sollte sie ihre geplanten Bewegungsdaten für nächste Woche bekanntgeben. Vielleicht könnte ein Polizist anwesend sein. Tabea wollte heute Abend nicht mehr in ihrer Wohnung übernachten und rief Angelika an. Angelika war sofort bereit und besorgte vorsorglich noch eine gute Flasche Rotwein. Tabea klingelte mit einer Reisetasche bewaffnet bei Angelika. Mit „Wo fliegst du heute noch hin?" konnte Angelika Tabea nur leicht aufheitern. Sie war froh als die Tür hinter ihr geschlossen war. Bei einem Glas „Phantom" - Angelika liebte diese Art von Anspielung - besprachen sie einzelne Theorien, wer der Täter sein könnte. Angelika schlug vor, sich selbst bei 2B1 zu bewerben, wovon ihr Tabea aus gegebenem Anlass massiv abriet. Während dieser Theorien fragte Angelika beiläufig, wie Tabea ihr Geschenk gefiel. Tabea lächelte schelmisch, leicht errötet: „Ja, ist gar nicht so schlecht." Angelika war kurz davor, sich in Tabea zu verlieben.

Am nächsten Morgen fuhr Tabea wieder in die Arbeit zu 2B1. Sie hatte ihre Reisetasche wieder mitgenommen, weil sie am Abend zu ihren Eltern fahren wollte. So sehr sie Angelika schätzte, eine solche Krisensituation benötigt aus ihrer Sicht auch bei einem großen Mädchen die Eltern, auf die sie sich immer verlassen konnte. Diesmal war ihr bereits auf dem Weg zur Arbeit etwas mulmig zumute. Was, wenn der Täter aus ihrem direkten Kollegenkreis stammen sollte? War sie auf der Firmentoilette noch sicher? Vermutlich ja, so viele Videokameras wie 2B1 in den Unternehmensräumlichkeiten einsetzten, sollte Sicherheit möglich sein. Die Überwachungsbildschirme befanden sich in einem eigenen, großen Raum, zudem nur ein erlauchter Führungskreis Zutritt hatte. Der Securitydienst war permanent mit zumindest vier Personen am Unternehmensgelände anwesend. Er hatte unter anderem die Aufgabe, bei Kündigungen die Mitarbeiter aus dem Gebäude zu begleiten, die Einhaltung der Parkvorschriften zu kontrollieren und Sonderbewachungen bei Besuchen durchzuführen. Der Securitydienst wurde schon lange von 2B1 beauftragt und war eine bekannte Institution im Unternehmen. Tabea war folglich der Meinung, dass sie im Unternehmen zwar sicher wäre, aber eventuell weiter ausspioniert würde. Sie hatte die unumstößliche Absicht, nichts Privates bzw. wenn dann maximal private fake news in die Gespräche einzubringen.

Sabine fuhr ebenfalls gerade am Morgen in die Arbeit. Sie stand auf der Hauptstraße stadteinwärts wie immer im Stau. Ihr Telefon klingelte. Diesmal war es eine anonyme Nummer. Sabine überlegte kurz, wie der Aufzeichnungsmodus funktionieren würde. Sie wischte über das Telefon und nahm das Gespräch aufgeregt an. Tatsächlich war wieder das Stöhnen zu hören. Am Morgen hatte das nochmals eine andere Qualität, es konnte einem fast übel werden. Was für eine arme Seele, dachte Sabine kurz, um anschließend auf die Konferenzschaltung zu gehen. Das Stöhnen ging noch ca. dreißig Sekunden weiter, bis der Anrufer auflegte. Sabine hatte ihn einfach ignoriert und er dürfte dadurch unsicher geworden sein. Jetzt hat sie die Aufzeichnung. Sie fuhr rechts ran. Aufgeregt ging sie auf den Link und sah einen Menüpunkt „Heutiger Anruf um 07.25". Sabine drückte aufgeregt auf Play und: „Ahhhh…mhmmm" war sehr deutlich zu hören. Sie rief sofort Chefinspektor Haberl an und dieser wollte sie sofort persönlich sprechen. Sie trafen sich im Präsidium und Haberl holte unter Zuhilfenahme eines Technikers die Aufnahme auf seinen PC. Er lobte Sabine und versprach mit Hochdruck an der Sache weiterzuarbeiten. Sabine setzte ihre Fahrt zur Arbeit fort. Chefinspektor Haberl übergab die Aufnahme nun an die Spezialisten der Phonetik, die versuchen sollten, Hintergrundgeräusche und weitere Einzelheiten zur Stimme zu eruieren. Haberl vermutete den gleichen Täter wie beim Fall Martina Ulmberger. Er überlegte kurz und rief den Akt Martina nochmals auf. Die Kontaktdaten waren angegeben, aber die Nummer war nicht mehr vergeben. Er bemühte die sozialen Medien und stieß auf eine Martina Ulmberger. Im Ling-Profil führte sie ihre Arbeitgeber an und 2B1 war dabei. Es war also die richtige Martina. Chefinspektor Haberl zögerte keinen Moment und schrieb ihr eine Nachricht, dass sie sich bei ihm melden sollte. Keine fünf Minuten später läutete sein Telefon. Martina war am Apparat. Sie war etwas aufgeregt, da sie eigentlich mit der ganzen Angelegenheit bereits völlig abgeschlossen hatte. Die Neugier hatte aber überwogen und eventuell konnte sie helfen. Chefinspektor Haberl stellte ihr vor allem Fragen, wie es nach ihrem Ausscheiden aus der 2B1 - Gruppe weiterging. Martina berichtete, dass sämtliche Verfolgungshandlungen schlagartig aufhörten. Sie hatte noch eine neue Wohnung gesucht, die Mobilnummer gewechselt, aber das wäre eigentlich gar nicht mehr notwendig gewesen. Der Täter dürfte schlagartig das Interesse verloren haben. Langzeitfolgen, antworte Martina auf Chefinspektor Haberl seine Frage, sind fast keine geblieben. Sie könnte sogar wieder ganz ruhig schlafen. Nur ganz selten wachte sie schweißgebadet auf und schrie um Hilfe. Leider konnte sie keine weiteren Hinweise geben, die nicht schon im Akt vermerkt waren. Vielleicht nur, dass beim Schlag auf den Kopf der Täter wie auf Samtpfoten aus dem Nichts kam. Es gab trotz der Ermittlungen bei 2B1 keine Verdachtsmomente gegen konkrete Personen. Der Personalchef hatte zwar das nötige Täterwissen, war aber damals über jeden Verdacht erhaben.

Chefinspektor Haberl beschloss, mit dem CEO von 2B1 Kontakt aufzunehmen. Aus seiner Sicht schien sich der alte Fall Martina zu wiederholen und der Täter schreckte letztendlich vor nichts zurück. Es war eine längere Prozedur bis er Johann erreichen konnte. Dieser konnte sich noch vage an den Vorfall erinnern. Er konnte damals mit seinen guten Kontakten für eine zügige Vorgangsweise bei den Ermittlungen sorgen und 2B1 war schnell wieder aus der Schusslinie. Auch diesmal wollte Johann so vorgehen. Sie vereinbarten einen Termin und er bat um Erscheinen in Zivilkleidung, was für Chefinspektor Haberl diesmal noch selbstverständlich war. Sie trafen sich bereits am Donnerstag dieser Woche um 13.30 im Büro von Johann. Johanns Büro war großzügig ausgestattet und verfügte über einen durch eine Zwischentür getrennten Besprechungsraum. Chefinspektor Haberl war angekündigt und wurde von der Sekretärin in das Büro von Johann gebracht. „Chefinspektor Haberl. Guten Tag", begrüßte er Johann, der sich ebenfalls kurz nochmals vorstellte.

CI Haberl: „Wir haben den Verdacht, dass der damalige Fall Martina Ulmberger mehr mit 2B1 zu tun hatte, als wir vermuteten."

Johann: „Warum? Soweit ich mich erinnern kann, wurden keine Anhaltspunkte dafür gefunden. Wir hatten bei 2B1 natürlich höchstes Interesse an der Aufklärung, baten aber auch um absolute Diskretion, was auch heute verständlicherweise höchste Priorität hat."

CI Haberl: „Es gibt zwei neue Fälle. Tabea Welser und Sabine Reiter werden - seit sie bei 2B1 arbeiten - verfolgt. Der Täter steigert seine Verfolgungshandlungen kontinuierlich. Es liegt die Vermutung nahe, dass der Täter aus dem Umfeld von 2B1 kommt"

Johann: „Tabea Welser. Ja, die kenne ich. Eine talentierte, junge Frau, die einen ausgezeichneten Job macht und es im Unternehmen noch weit bringen kann. Ist meines Wissens auch sehr beliebt im Team. Sabine Reiter sagt mir vom Namen her was, aber zu ihr kann ich ihnen leider keine Auskunft geben. Am besten sprechen sie mit Viktor, dem Zuständigen für HR"

CI Haberl: „Ich möchte mit sämtlichen Führungskräften der ersten Ebene sprechen, um eventuelle Anknüpfungspunkte zu erkennen"

Johann: „Wenn es der Sache dient, ist das möglich. Aber wie gesagt, äußerste Diskretion ist von größter Bedeutung."

Chefinspektor Haberl kam zu Viktor, nachdem Johann Veronika über sein Erscheinen vorab informiert hatte und Viktor gerade in seinem Büro frei war. Viktor war momentan etwas verblüfft, dass sich die Geschichte nun zu wiederholen schien. Die damaligen Befragungen waren ihm nicht gerade in angenehmer Erinnerung. Viktor teilte ihm die genauen Daten der Erst- und Zweitgespräche mit Tabea bzw. Sabine mit. Weiters waren auch die Telefonanrufe samt Kurzinhalt im System protokolliert. Besondere Auffälligkeiten fielen ihm keine auf. Von den Gesprächen wussten mehrere Personen im Unternehmen Bescheid. Grundsätzlich hatte die gesamte HR-Abteilung Zugriff auf diese Daten. Viktor wollte hier keinen Unterschied machen und es würde auch die tägliche Arbeit verkomplizieren, wenn das Berechtigungskonzept zu eingeschränkt gelebt würde. Außerdem konnte der CEO jederzeit zugreifen und auch die Führungskräfte der ersten Ebene könnten uneingeschränkt den Bewerberpool einsehen. Viktor machte Chefinspektor Haberl einen Ausdruck des aktuellen Organigramms. Chefinspektor Haberl bat um Terminvereinbarungen mit allen sieben Führungskräften der ersten Ebene. Diese sollten nach Möglichkeit an einem Tag stattfinden, was für Veronika sicher keine einfache Aufgabe sein würde. Der Chefinspektor verabschiedete sich von Viktor. Bei Viktor blieb das Gefühl zurück, dass er gar ihn verdächtigen würde.

Mittlerweile meldete sich der zuständige Phonetiker bei Chefinspektor Haberl. Die Ergebnisse ließen sich sehen. Die Stimme war aufgrund des Frequenzbereichs von 118 Hertz eindeutig männlich, was Chefinspektor Haberl jetzt nicht wirklich überraschte. Aber sie wurde nicht direkt gesprochen bzw. gestöhnt, sondern es handelte sich eindeutig um eine wiedergegebene Audioquelle. Diese Audioquelle stammte aus dem Pornofilm FuckXXX mit der tollen Hauptdarstellerin Monique, die Stimme kam von ihrem Filmpartner, der ihm namentlich nicht bekannt wäre, berichtete der Phonetiker erfreut. Monique wäre blond, noch relativ jung und spielte auch in weiteren Produktionen mit. Chefinspektor Haberl musste die Euphorie kurz bremsen, als der Phonetiker ihm das konkrete Aussehen von Monique schilderte und ihm anbot, einen Link zu senden. Er konnte sich leibhaftig vorstellen, was für einen Spaß sie in der Phonetik hatten. Es sei ihnen gegönnt, Haberl fragte nach weiteren Erkenntnissen. Der Anrufer, der die Audioquelle abspielte, befand sich in einem geschlossenen Raum. Hintergrundgeräusche sind nicht zu vernehmen, es könnte sich um einen privaten Raum, aber auch um ein Büro handeln. Der Phonetiker gab wie immer noch Chefinspektor Haberl weitere Hinweise, wie das Ganze zu deuten bzw. wie vorzugehen wäre. Diesmal wunderte er sich zurecht, warum der Täter sich nicht am Gespräch erregte, sondern hier eine indirekte Vorgangsweise wählte. Chefinspektor Haberl war das selbst nicht klar.

Tabea hatte mittlerweile Zuflucht bei ihren Eltern gefunden. Die Eltern waren richtig besorgt und erkundigten sich nach allen Details. Warum hatte sie nicht sofort nach dem Einbruch bei ihren Eltern angerufen, fragte die Mutter vorwurfsvoll. Tabea konnte sie beruhigen, dass sie doch aufgrund der guten Erziehung so selbständig handeln konnte. Ihr Vater wollte schon fast die Verfolgung des Täters selbst in die Hand nehmen, hätte Tabea ihn nicht vom Können der Polizei überzeugen können. Ihre Eltern waren sehr froh, dass Tabea jetzt bei ihnen zumindest kurzzeitig wieder wohnte. Sie hatten sich als Ersatz für Tabea auch keinen Hund - Motto: Das letzte Kind hat ein Fell - angeschafft, was Tabea ebenfalls sehr an ihren Eltern schätzte. Ihr Vater wollte alles über 2B1 wissen. Tabea erzählte und schilderte viele Details. Bei einer Sache blieb ihr Vater hängen und fragte noch genauer nach. Tabea war vor einer Woche beim CSO, der die hauseigene Küche neu ausstatten wollte. Es handelte sich dabei um eine Küche in eigenen Räumlichkeiten, die mit der normalen Betriebskantine nichts gemein hatte. Diese Räumlichkeiten dienten zur Verköstigung von Kunden bzw. anderen -

auch internationalen - Geschäftspartnern mit regionaler Küche. Es wurde dort frisch gekocht und eigenes Küchen- bzw. Cateringpersonal stand dazu zur Verfügung. Der CSO zeigte Tabea diese Räumlichkeiten, was Tabea vorerst beeindruckte. Es waren zwei Esszimmer mit jeweils ca. 20 Stühlen vorhanden, ein Vorraum mit Bar und runden Tischen, der wohl als Empfang diente sowie als Höhepunkt eine weitere Bar in der oberen Etage, die einer Hütte in einem Skigebiet nachempfunden war. Im oberen Bereich waren auch noch fünf separate Zimmer zum Ausruhen. Die Küche selbst war für den professionellen Einsatz konzipiert und jetzt in die Jahre gekommen. Tabea sollte sich mit der Küchenverantwortlichen abstimmen und die Anschaffung einer neuen Ausstattung in die Wege leiten. Der Preis wäre nicht entscheidend. Tabea kam an diesem Tag auch an den Sanitäranlagen vorbei. Die Toilette selbst wurde von zwei schwarzen Panthern aus Porzellan bewacht, es gab auch zwei Duschen. Bereits zu diesem Zeitpunkt empfand Tabea die Führung durch die Räumlichkeiten nicht mehr beeindruckend, sondern es wirkte sonderbar. Wozu Duschen? Essen internationale Gäste so, dass eine gesamte Körperpflege notwendig wird? Ihrem Vater war das beim Zuhören auch nicht ganz geheuer. Tabea bemerkte noch einen Weinschrank. Daneben standen noch einige geschlossene Weinflaschen mit dem Aufdruck „Casanovo". Als Tabea am Ende ihrer Ausführungen war, bestand ihr Vater darauf, dass sie diese Räumlichkeiten der Polizei nicht vorenthalten sollte. Sie rief also Chefinspektor Haberl an, der ihre Ausführungen dankend entgegennahm. Auch wenn die Räumlichkeiten mit den aktuellen Fällen vielleicht nicht in Verbindung standen, so wären sie aber auf jeden Fall dazu geeignet, ein paar Manager bei 2B1 aufzuschrecken, was ja nicht schaden könnte. Insgeheim freute er sich auch, dass das Wort Diskretion, das der CEO so gerne betonte, bei ihm mal wieder eine ganz andere Bedeutung bekam. Wer so auf Diskretion aus wäre, hätte sowieso etwas zu verbergen, war Chefinspektor Haberls glasklare Conclusio.

Die Termine für Chefinspektor Haberl waren wie gewünscht an einem Tag vereinbart worden. Die Gespräche sollten je eine Stunde maximal dauern. Die ersten Gespräche mit dem COO Christian und dem CFO brachten keine neuen Erkenntnisse. Sie hatten mit den beiden Fällen in keinerlei Hinsicht Berührungspunkte und konnten keine Hinweise geben. Haberl fragte gekonnt nach dem eigenen Cateringraum, den beide kannten und dessen Wichtigkeit betont wurde. Kunden würden die regionale Küche schätzen und so mancher Geschäftsabschluss würde damit wesentlich erleichtert. Da sich beide über seine Frage wunderten, war Chefinspektor Haberl mit sich schon zufrieden. Auch das Gespräch mit dem Leiter Legal verlief unauffällig und wortbedacht, auch er kannte die Räumlichkeiten. Als nächstes sprach Chefinspektor Haberl mit dem Leiter Sourcing. Ein typischer Karrieretyp, wie Chefinspektor Haberl sich bereits nach wenigen Gesprächsminuten dachte. Chefinspektor Haberl gehörte noch zu einem bestimmten Männerschlag, der erfolgreiche Personen in der Berufswelt generell problematisch wahrnahm, unabhängig ob Männer oder Frauen. Sichtlich erfolgreich wollte der Chefinspektor selbst nicht sein. Karriere ist ihm halt passiert, war ihm fast peinlich, er fühlte sich zumindest bei diesem Thema sehr ambivalent. Ganz das Gegenteil fand der Chefinspektor in der Wirtschaftswelt vor. Karriere und wäre diese mit noch so viel Glück gelungen war immer ein Grund, sich hervorzutun. Das wäre für den Chefinspektor nicht weiter schlimm, wenn das Hervortun auf das Berufliche beschränkt bleiben würden. Nein, diese Erfolgstypen waren in der Freizeit meist noch schlimmer. Der Chefinspektor machte nicht oft Urlaub, aber wenn er in einem Hotel mit einem dieser Emporkömmlinge zusammenkam, dann konnte er richtig grantig werden. Das letzte Mal hätte nicht mehr weit gefehlt und er hätte jemanden wegen ungebührlichen Verhaltens einfach verhaftet. Natürlich war ihm auch klar, dass ein solches Vorgehen kaum möglich wäre, aber allein das Gesicht des Karrieristen wäre der Versuch wert. Sicherlich gab es auch bescheidenere Manager, die im besten Sinne dem Unternehmen dienten. Aber leider ist das eher die Ausnahme als die Regel. Der Chefinspektor versuchte sich wieder in Objektivität und ein bisschen jemanden ärgern wäre lang noch nicht subjektiv.

Der Leiter Sourcing lobte Tabea und ihm wäre gar nicht aufgefallen, dass sich in letzter Zeit etwas geändert hätte. Chefinspektor Haberl hatte zuvor Tabea und Sabine über seine Gespräche bei 2B1 informiert, beide hätten ihm ihre Bedenken geschildert und waren wenig begeistert, dass 2B1 davon erfuhr. Am Ende waren sie aber damit einverstanden und wenn nicht? Ja, wenn nicht, der Chefinspektor Haberl hätte die Gespräche trotzdem geführt. Der Leiter Sourcing führte ein Team mit 17 Mitarbeitern, davon waren 12 männlich. Er würde für alle seine Hand ins Feuer legen und kann sich partout nicht vorstellen, wer Tabea hier schaden wollet. Natürlich war der Erfolg von Tabea nicht allen recht, aber soweit würde bei 2B1 keiner gehen. „Wir sind zurecht auf unsere Firmenkultur stolz und fühlen uns hier wie eine Familie", war die Standardfloskel, die er vermutlich schon tausende Male erwähnte. Die Räumlichkeiten kannte er, das letzte Mal war er mit den externen Auditoren dort zum Abendessen gewesen. Wie das Audit ausfiel, wollte Chefinspektor Haberl noch wissen: „Hervorragend. Keine Hauptabweichungen. Wir legen größten Wert auf ….". „Bla, Bla, Bla,…", hörte CI Haberl nur mehr. Diese Floskeln gingen ihm auch heute gehörig auf den Zeiger. Er unterbrach den Leiter Sourcing und fragte, wer bei 2B1 für die Verfolgung von Mitarbeitern in Frage kommen könnte, wenn nicht jemand aus seiner Abteilung.

Der Leiter Sourcing hatte zuerst keine Idee und meinte, dass ihm niemand bekannt sei. Es wäre einfach nicht vorstellbar, um dann doch zu erwähnen, dass im Vertrieb eventuell nicht alles mit rechten Dingen zugehen würde. Er wollte jedenfalls nicht immer wissen, wie die meist rein männlich geprägten Geschäftsverhandlungen zum erfolgreichen Abschluss kommen würden. Bei den absoluten Key-Accounts wäre auch der CEO mit von der Partie. Er nutzte geschickt die Gelegenheit, um Karriereblockaden wie Johann eventuell auf eleganten Weg in Misskredit zu bringen und den Weg für höhere Weihen frei zu machen. Nichtsdestotrotz war auch Chefinspektor Haberl für die Informationen dankbar, da die Räumlichkeiten nun doch einiges bewirkten. Er freute sich auf den Nachmittag und das Gespräch mit dem CSO. Zum Mittagessen holte ihn Johann persönlich ab, der sich kurz nach dem Verlauf der Gespräche erkundigt hatte und - richtig - auf äußerste Diskretion abermals hinwies. „Wir als 2B1-Gruppe haben höchste Compliance-Vorschriften und sind stolz…" „Bla bla bla", war bei Chefinspektor Haberls Gehirn wieder angekommen. Chefinspektor Haberl hatte die Räumlichkeiten bewusst nicht erwähnt, doch der CEO sprach das Thema von sich aus an. Er hätte heute mit dem COO seinen Wochentermin gehabt und dieser habe ihm kurz von dem Gespräch berichtet. Er wäre verwundert gewesen, was die Cateringräume mit den Ermittlungen zu tun hätten. Chefinspektor Haberl war richtiggehend begeistert. Der CEO bot ihm an, nach dem Essen ihm die Räumlichkeiten kurz zu zeigen. Chefinspektor Haberl folgte dieser Einladung gerne. Sie betraten die Räumlichkeiten nach einem längeren Gang, der insgesamt dreimal durch eine Zutrittskontrolle geschützt war. Unten handelte es sich noch halbwegs um seriöse Restauranteinrichtungen, sehr hochwertiger Einrichtungsstil wie Chefinspektor Haberl sofort auffiel. Der Sanitärbereich, den Chefinspektor Haberl aufsuchte, um nach dem Konsum des lauwarmen

Wassers beim Mittagessen - Bier schien es um diese Zeit nicht zu geben - einem dringenden Bedürfnis nachzugehen, war sehr auffällig und eher in einem einschlägigen Etablissement normalerweise zu finden. Die Porzellanfiguren hatte Chefinspektor Haberl irgendwo schon mal gesehen, er war berufsbedingt oft in Bordellen, Laufhäusern und anderen Clubs unterwegs und war sich sicher, dass dort auch solche Figuren vorkamen. Ja, okay, nicht nur berufsbedingt, aber manchmal konnte auch Chefinspektor Haberl das Angenehme mit dem Nützlichen verbinden, so gesehen, doch nur berufsbedingt. Die Duschen waren für Chefinspektor Haberl in diesem Bereich ebenfalls deplatziert. Oben fielen ihm die Einzelzimmer auf, die der CEO als Rückzugsmöglichkeiten bezeichnete. Es gehe hier um die Verpflegung und der eine oder andere trinkfeste Weißrusse musste sich dort schon auskurieren. Chefinspektor Haberl war klar, dass diese Räumlichkeiten genauso auch für erotische Dienste verwendet werden könnten und auch nach den Gegebenheiten zu urteilen dazu auch genutzt wurden. Er war sich sogar sicher, dass sich in einer der Schränke ausreichend Kondome befanden. Wie konnte Chefinspektor Haberl den CEO weiter verunsichern? „Ich hätte gerne auch eine Liste aller Austritte der letzten fünf Jahre, die hier in den Räumlichkeiten ihren Dienst versahen", bemerkte Haberl spontan kurz an. Der CEO verborg seine Verwunderung und meinte: „Wenn es der Aufklärung nutzt…" Und grinste.

Der CSO kam am Nachmittag gut vorbereitet in den Raum, den CI Haberl für diesen Tag nutzen durfte.

CSO: „Guten Tag Herr Chefinspektor Haberl."

CI Haberl: „Guten Tag. Ich möchte mich mit Ihnen über die eigenen Räumlichkeiten für das Catering unterhalten. Wenn sie mich als Profi fragen, das sieht mir mehr nach Bordell als nach einem Restaurant aus. Wie oft sind Prostituierte anwesend?"

CSO: „Prostituierte? So etwas benötigen wir für einen Geschäftsabschluss auch in den asiatischen Ländern, wo das eventuell noch üblich sein kann, nicht. Wir überzeugen mit Leistung, Qualität und Technikführerschaft".

CI Haberl: „Wozu dann dieser ganze Firlefanz? Wenn sie nicht kooperativ sind, können wir das Gespräch jetzt abbrechen."

CSO: „Es gibt nicht mehr dazu zu sagen, als dass diese Räumlichkeiten für die seriöse Bewirtung von Geschäftspartnern und Kunden verwendet wird."

Chefinspektor Haberl beendete das Gespräch schlagartig und der CSO verließ leicht verschnupft wohl mit dem Gedanken „typisch Beamter" den Raum. Chefinspektor Haberl blickte nicht unglücklich aus dem Fenster. Er hatte sich doch redlich bemüht, nicht mit der Tür gleich ins Haus zu fallen, was ihm aus seiner Sicht heute gut gelungen ist. Im Austeilen scheinen Manager generell besser zu sein als im Einstecken.

Die QM-Leiterin war im Gespräch leicht nervös, was aber durchaus als normal zu bezeichnen ist. Sie schätzte Sabine, hatte zwar noch nicht soviel Kontakt zu ihr und befand sie trotzdem schon für ausbaufähig. Erste Erfolge wären bereits sichtbar. Sie hatte keinen Verdacht, wie die Verfolgungshandlungen in Zusammenhang mit 2B1 stehen konnten. Die Aussage „2B1 sei ein tolles Unternehmen, das viel Wert auf…" nahm Chefinspektor Haberl abermals als „bla, bla, bla…" wahr. Im Gegensatz zum Leiter Sourcing schien die QM-Leiterin auch keine weiteren Karrierebestrebungen mehr zu haben. Sie arbeitete laut eigener Aussage mit dem CEO gut zusammen und auch sonst passte für sie alles. Der Chefinspektor hatte schon Angst, dass heute Nacht im Traum der Satz wiederholt vorkommt: „2B1 ist ein tolles Unternehmen, das viel Wert auf…". Das Ding ist fast wie ein Ohrwurm, zumindest schienen die Führungskräfte ihn nicht mehr aus dem Kopf zu bekommen. Durch die ständige Wiederholung dürften sie das Ganze auch noch für wahrhaftig halten. Chefinspektor musste sich ablenken, er pfiff geistig die Melody: „Let's do the time-warp again", ohne den Hüpfer nach links zu machen. Auch ein schlimmer Ohrwurm, am besten gleich wieder vergessen. Bitte wirklich vergessen! Nein, echt jetzt. Chefinspektor Haberl kämpfte nun, diesen Ohrwurm wieder aus seinem Kopf zu bringen. „Let's do…", hörte er schon wieder.

Viktor übergab Chefinspektor Haberl, der ihn am Schluss der Gespräche nochmals aufsuchte, die Liste aller Austritte. Insgesamt waren in diesem Bereich in den letzten fünf Jahren zwölf Mitarbeiterinnen ausgetreten, was auch der Anzahl der Stammmannschaft entspricht. Chefinspektor Haberl konnte Viktor kurz mit der Berechnung der Fluktuation in Höhe von 20 Prozent beeindrucken, die in diesem Bereich noch deutlich höher war als im Restunternehmen. Normalerweise musste Viktor seinen Kollegen erklären, wie Fluktuationsraten berechnet werden. Viktor war überzeugt, dass dieser Chefinspektor wirklich nicht zu unterschätzen ist. Chefinspektor Haberl ersuchte um Ergänzung der Liste mit Adresse und Kontaktdaten, was Veronika sofort übernahm. Er stellte noch ein paar Fragen zur Zeiterfassung und ob viele Personen bereits in der Früh im Büro sind. Viktor antworte wahrheitsgemäß, dass bis 08.30 Uhr noch nicht so viel los sei. Die elektronische

Zeiterfassung könnte jederzeit eingesehen werden. Viktor und die restliche erste bzw. zweite Führungsebene verwendete nur die Kommen-Buchung, da Johann hier keine weiteren Daten benötigte. Diese Ebenen waren sowieso immer erreichbar und meist auch bis spätabends im Büro. Veronika unterbrach das Gespräch und übergab Chefinspektor Haberl die gewünschte, nun erweiterte Liste. Chefinspektor Haberl war bereits am Ende des Gesprächs angekommen und verließ das Headquarter von 2B1. Viktor hatte etwas zu verbergen, da war er sich sicher. Positiv zu vermerken war, dass Viktor eher eine der Ausnahmen im Management war und sich nicht nur hinter Floskeln versteckte. Leider hat Chefinspektor Haberl schon öfter die Erfahrung machen müssen, dass auch Täter sympathisch sein können. Hätte er raten müssen, wäre er sogar zum Schluss gekommen, dass die Mehrheit der Täter sympathisch sein würden, eine wahrlich merkwürdige Welt.

Befriedigung

Viktor wird verdächtigt

Viktor kam am Abend etwas erledigt zu Hause an. Chefinspektor Haberl stellte teilweise merkwürdige Fragen. Sicher wusste auch er, dass die Räumlichkeiten etwas Einschlägiges an sich hatten. Dies konnte Viktor zielsicher beurteilen, da er selbst ja durchaus Vergleichsmodelle in seinem Kopf abrufen konnte. Sollte er seiner Lebensgefährtin davon erzählen? Er bejahte seine Frage, denn spätestens bei der nächsten gemeinsamen Feier wäre das ein Gesprächsthema und seine Kollegen bzw. Kolleginnen würden das sicherlich ihren jeweiligen Partnern auf die Nase binden. Seine Lebensgefährtin hörte ihm angespannt zu. Sie konnte sich auch gleich an Martina erinnern. Dieser Fall hatte sie persönlich getroffen. Eine Frau, die plötzlich gestalkt wird, eine versuchte Vergewaltigung mit schwerwiegender Verletzung, war für sie der Alptraum schlechthin. Er erklärte ihr die Hintergründe und erwähnte, dass bei 2B1 doch viele Zugriff auf diese Personaldaten hätten. Er könnte sich auch vorstellen, alles wäre nur ein Zufall. Es waren immerhin attraktive Frauen, die auch im privaten Umfeld sicher ihre unerwünschten und aufdringlichen Verehrer hatten. Seine Lebensgefährtin fragte am Schluss, ob Viktor etwas mit der Sache zu tun hätte. Die Frage war für sie zwar nicht ernst gemeint, aber Viktor schien sich in letzter Zeit doch etwas abwesend zu sein, so als ob ihn irgendwas belasten würde. Er war angespannter als sonst bzw. kamen die entspannten Momente immer nachdem er später heimgekommen war, egal ob von der Arbeit oder vom Fortgehen mit seinen Freunden. Aber als Täter für eine versuchte Vergewaltigung oder als Stalker war Viktor aus ihrer Sicht doch nicht geeignet. Viktor war gutaussehend gepaart mit gesundem Selbstbewusstsein und bekam auch so oft, was er wollte. Manche Frauen bei 2B1 himmelten ihn an, was auch seine Lebensgefährtin argwöhnisch des Öfteren anmerkte. Viktor war aber nicht mehr zum Lachen zumute. Es „bockte" ihn nicht, wie er es ausgedrückt hatte, auf blöde Fragen in seinem privaten Umfeld. Es gab Geheimnisse, die er unter keinen Umständen mit der Polizei und schon gar nicht mit seiner Lebensgefährtin teilen wollte.

Chefinspektor Haberl übergab die Liste der ausgetretenen Catering-Mitarbeiterinnen seiner Kollegin, die einen kurzen Rundruf machen sollte. Eventuell gibt es ein interessantes Detail, dass für die laufenden Ermittlungen von Interesse sein konnte. Chefinspektor Haberl fühlte bereits, wie er langsam zur Hochform auflief. Er rief nochmals Sabine an, um ihr die Ergebnisse der Stimmanalyse mitzuteilen. Sabine war auch einigermaßen überrascht, sie hatte das Gefühl, jemanden „Echten" am Hörer zu gehabt zu haben. Wobei was ist beim Stöhnen schon echt? Für sie wurde die Sache jedenfalls langsam unheimlich.

In der Zwischenzeit traf sich die Geschäftsleitung bei 2B1. Besorgte Gesichter blickten einander an. Christian kam etwas später dazu und so konnte zu Beginn noch kurz beim CFO Rückfrage gehalten werden. Wie wurden die Rechnungen vom Catering-Service Brazilia verbucht und wie hoch die Summen seien, waren für Johann eine der wichtigeren Details. Die Rechnungen schienen offiziell auf und im abgelaufenen Geschäftsjahr waren 345.678 Euro für dieses Catering-Service angefallen. Bei Annahme einer größeren Firmenfeier und diversen kleineren Veranstaltungen war für die Geschäftsleitung der Betrag offiziell erklärbar. Natürlich wussten alle - Christian war mittlerweile dazugekommen - Bescheid, dass dieses Catering-Service nicht für Firmenfeiern zuständig war, sondern ausschließlich der Kunden- und Geschäftspartnerbewirtung diente. Viktor wollte dazu auch gar keine Details wissen, er haderte schon ohne dieses Wissen genug mit 2B1. Johann fragte Viktor noch, ob er die Liste der Austritte im Bereich des Caterings bereits übermittelt hatte. Viktor bejahte und verwies auch noch auf die Kontaktfelder, die ebenfalls angegeben werden mussten. Johann war dadurch sichtlich unruhig geworden. Johann, der schon so lange als CEO tätig war, hatte einen ähnlichen Vorfall im Kopf, der auf bewährte Art und Weise aus der Welt geschaffen werden konnte. Viktor war zu diesem Zeitpunkt noch nicht im Unternehmen. Für Christian schien das Thema auch nicht jene Brisanz zu haben. Er war wieder mal mit der Krankenstandsstatistik beschäftigt. HR hätte aus seiner Sicht keine Lösungen zustande gebracht und so wäre es nun an der Zeit selbst zu handeln. Er hatte bereits 11 Mitarbeiter bzw. Mitarbeiterinnen auserkoren, um mit diesen Gesprächen zu führen. Er hatte dafür eine Art Gesprächsleitfaden erstellt. Dieser sah vor, dass jene mit hohen Krankenständen erklären mussten, was sie denn zu tun gedenken, um ihren Krankenstand zu reduzieren. Sollte hier keine Kooperation erkennbar sein, wäre für Christian der nächste Schritt der Betriebsarzt bzw. sollte auch hier keine Abhilfe geschaffen werden können, wäre eine Kündigung wohl für beide Seiten das Beste. Christian betonte „für beide Seiten" besonders. Er wäre fürsorglich und könnte doch nicht zusehen, wie jemand noch kranker wurde. Viktor musste besonders weit ausholen, um zu erklären, dass es einen Unterschied zwischen Symptom und Ursache gibt. Die Symptome zu bekämpfen wäre meist nur bedingt und kurzfristig erfolgreich. Die Ursache lag aus seiner Sicht tiefer. Hier wären verschiedene Aspekte zu berücksichtigen. Verhältnisprävention wäre eine von mehreren Möglichkeiten. Hier zählte aus seiner Sicht auch die Evaluierung der psychischen Belastungen, die in Kürze starten würde. Christian empörte sich sehr, als er von dieser Evaluierung erfuhr. Johann schmunzelte dabei ein wenig, da er bereits von Viktor wusste, dass diese durch eine Änderung der Rechtslage nunmehr gesetzlich vorgeschrieben war. Viktor und Johann ließen Christian seinen Ärger noch kurz steigern, bevor sie ihn endgültig aufklärten. Damit war zumindest die Sache mit den Krankenstandsgesprächen für den momentanen Zeitpunkt vom Tisch, vermutlich aber nur aufgeschoben. Christian wollte nun noch genauere Informationen zur Evaluierung der psychischen Belastungen erfahren. Viktor erklärte ihm die Vorgangsweise mittels repräsentativer Gruppen und die Beauftragung einer Arbeitspsychologin. Das Gesicht von Christian sprach beim Wort „Arbeitspsychologin" Bände. Aufgrund der notwendigen Evaluierung machte er trotzdem gute Miene zum aus seiner Sicht bösen Spiel und wies darauf hin, dass jedenfalls auf die Kosten zu achten wäre, weil bringen würde das Ganze sowieso nichts und dann wären wieder alle froh, auf die von ihm vorgeschlagene Vorgangsweise umzusteigen.

Die Kollegin von Chefinspektor Haberl hatte in der Zwischenzeit mit ihren Anrufen begonnen. Die ersten beiden Nummern hatte sie sich aus dem Internet besorgen müssen, da die Kontaktdaten veraltet waren. Beide berichteten von teilweise ausschweifenden Feiern. Generell waren die Dienste alles andere als beliebt. Zu Mittag hielt sich der Alkoholkonsum und diverse Anzüglichkeiten noch in Grenzen. Abenddienste waren aber deutlich schlimmer. Sie kämpften zu fortgeschrittener Stunden neben diversen verbalen Anzüglichkeiten in diversen Sprachen, auch mit Grapschern, die ihre Hände beim Servieren der Gänge oft nicht unter Kontrolle hatten. Bei den Abendveranstaltungen waren so gut wie nie Frauen außer dem Catering-Personal anwesend. Weitere Angerufene berichteten in einer ähnlichen Richtung, mal schlimmer, mal weniger schlimm. Gewisse Nationalitäten waren weniger beliebt als andere, wobei problematische Vorfälle gab es bei allen, selbst Inländer konnten bei entsprechenden Alkoholkonsum extrem aufdringlich werden. Das letzte Gespräch war aber dann noch interessanter als die zuvor geführten Telefonate. Die Gesprächspartnerin, die vor eineinhalb Jahren aus dem Unternehmen ausgeschieden ist, berichtete von einem Abend, der vollends aus dem Ruder gelaufen wäre und sie schilderte das wie folgt:

„Normalerweise wird meist ab 22.00 Uhr das unternehmenseigene Cateringservice nach Hause geschickt, obwohl die Veranstaltungen zu diesem Zeitpunkt noch in vollem Gange sind. Es übernimmt dann ein externes Catering-Service die letzten Stunden. An dem Abend war das externe Catering-Service aber erst ab 23.00 Uhr verfügbar, weshalb der Dienst länger dauerte. Die anwesenden Gäste - von 2B1 war nur mehr der CSO und ein hoher Sales-Manager in den unteren Räumlichkeiten vertreten - waren teilweise schon betrunken und die Belästigungen nahmen zu. Oben an der Bar hatte Rita Dienst. Durch den Lärm unten, hörten wir nichts, was oben los war. Um 22.50 wurden wir alle nach Hause geschickt und Rita kam völlig verstört die Treppen herunter. Wir fragten sofort was passiert wäre. Sie antwortete, dass sie die Schweine anzeigen würde. Sie wollte nicht nach Hause gebracht werden, sondern würde sofort Johann anrufen. Johann war bekannt dafür, dass er zu jeder Tages- und Nachtzeit kontaktiert werden konnte, um diese Zeit hatte er sogar noch vermutlich gearbeitet. Ich bin mir sicher, dass jener Abend ein Mittwoch war. Rita arbeitete anschließend noch zwei Tage und ist dann aus dem Unternehmen ausgetreten." Danach - so berichtete sie abschließend - hätten sie keinen Kontakt mehr gehabt. An den Nachnamen von Rita konnte sie sich leider auch nicht mehr erinnern. Die Kollegin griff nach diesem Telefonat sofort zum Hörer. Chefinspektor Haberl meldete sich. Sie berichtete von ihren Ergebnissen und baute einen schönen Spannungsbogen auf. Ungeduldig unterbrach Chefinspektor Haberl mehrmals mit den Worten „Und weiter!"

Eine kurze Pause hätte Chefinspektor Haberl fast ausrasten lassen, er hielt sich aber zurück. „Rita ist kein Vorname, der auf dieser Austrittsliste vorkommt", sagte die Kollegin bewusst langsam, um auf das Highlight langsam überzuleiten. Chefinspektor Haberls Erwartungen wurden nochmals klar übertroffen, auch wenn er mit seiner Geduld schon am zu Ende zu sein schien. Der Sumpf war noch deutlicher zu erkennen und diese Firmenkultur trug zu den Verfolgungen zumindest wohl bei. Sollte er den CEO sofort damit konfrontieren? Er verwarf diesen Gedanken und wollte seine Ermittlungen jetzt noch nicht gegenüber 2B1 offenlegen. Trotzdem hatte er sich einen Termin bei Viktor und Johann geben lassen. Ein paar Fragen fielen ihm bereits wieder ein, die wieder für etwas Unruhe sorgen würden. Er freute sich, oder verspürte er gar Schadenfreude? Manchmal konnte fast der Verdacht aufkommen, dass sich der Chefinspektor selbst auch nicht mag.

Veronika merkte, dass Viktor durch die Ermittlungen nervöser als sonst war. In ihrer gewohnten Art beruhigte sie Viktor und zeigte Verständnis für die Polizeiarbeiten. Viktor bewunderte sie wie in der Vergangenheit dafür, in unmöglichen Situationen dieses Verständnis für sämtliche Mitmenschen aufrecht erhalten zu können. Der neue Termin mit dem Chefinspektor konnte gar nichts Gutes bedeuten. Er musste deswegen einen internen Termin heute Nachmittag verschieben. Johann meldete sich kurz vor dem Mittagessen bei Viktor, um gemeinsam abzustimmen, wie sie mit den weiteren Ermittlungen umgehen sollten.

In der Zwischenzeit erteilte Chefinspektor Haberl seiner Kollegin den Auftrag, Rita ausfindig zu machen. Sie dürfe dabei aber unter keinen Umständen die Hilfe von 2B1 in Anspruch nehmen. Diesen Überraschungsmoment wollte der Chefinspektor zu einem späteren Zeitpunkt in Anspruch nehmen. Seine Kollegin nahm die Herausforderung gerne an. Sie konnte mittels Online-Zugang die Meldedaten der Sozialversicherungsträger direkt einsehen, was die Polizei auch immer wieder gerne in Anspruch nahm. In den letzten fünf Jahren sind drei Ritas im Headquarters ausgetreten. Nachdem sie alle drei erreicht hatte, stand sie vor einem Rätsel. Warum hatte sie die falschen Ritas? Sie überlegte. Sollte vielleicht eine nicht die Wahrheit gesagt haben? Was hätte sie für einen Grund dafür? Sie waren am Telefon alle glaubhaft, arbeiteten auch gar nicht im Bereich Catering und hatten darüber auch keine weiterführenden Informationen. Sie wollte gerade ihren Computer herunterfahren, da hatte sie noch eine weitere Idee. Was wenn Rita nur die Abteilung oder den Standort gewechselt hatte? Der Konzern war groß und für die ehemaligen Kolleginnen käme dies einem Austritt gleich. Sie suchte nun nach allen Ritas, die noch im Unternehmen waren. Am Standort arbeiteten sieben Ritas. Vom Alter her kamen für sie drei Ritas in Frage. Sie versuchte, sie zu kontaktieren. Nach dem sie die Erste nicht erreicht hatte, war ihr das Glück bei der zweiten Rita mehr als hold. Auf die Frage, in welcher Abteilung sie bei 2B1 arbeiten würde, kam sie schon etwas ins Stottern: „Ich arbeite eigentlich, na ja, eigentlich im Catering offiziell. Aber, ich bin zurzeit nicht vor Ort tätig, sondern…" Seine Kollegin entschied sich zur Vorladung am nächsten Morgen.

Als Rita pünktlich um 08.45 im Präsidium erschien, war neben der Kollegin auch Chefinspektor Haberl anwesend, um die Wahrheitsfindung weiter zu beschleunigen. Menschen, die noch kaum etwas mit der Polizei zu tun hatten, waren oft schon aufgrund der Anwesenheit eines Chefinspektors so weit eingeschüchtert, dass für sie lügen gar nicht mehr in Frage kam. So auch bei Rita Wenger. Sie gab ohne langes Nachfragen zu, gar nicht mehr für 2B1 tätig zu sein. Angesprochen auf den verhängnisvollen Abend, berichtete sie von einer Vergewaltigung im Zuge einer Kundenveranstaltung mit ausländischen Gästen. Sie wären zu zweit gewesen und einer hätte sie abwechselnd festgehalten, während der andere in sie eindrang. Ärgere Verletzungen wären nicht entstanden. Der erste Weg führte zu Johann. Sie hatte ihn an diesem Abend noch telefonisch erreicht. Er war sogar noch im Büro. Sie hatte ihm mit der Anzeige gedroht und werde auspacken, was bei diesen Kundenveranstaltungen vor sich ging. Johann versuchte sie zu beruhigen. Anfangs gelang das nicht. Erst als er ihr ein Schweige-Package in Aussicht gestellt hatte, überlegte sie. Nach einer halben Stunde war man sich einig: Rita würde diese Woche ihren Dienst beenden und für weitere fünf Jahre ihr normales Gehalt beziehen können. Weiters würde sie eine einmalige Abschlagszahlung in Höhe EUR 70.000,- netto erhalten. Insgesamt hatte das Package einen Gesamtwert von ca. EUR 290.o00,- brutto. Diesen Betrag würde sie auf normalem Wege nie wieder so schnell verdienen können. Chefinspektor Haberl verpflichtete sie, über den Kontakt zur Polizei absolutes Stillschweigen zu bewahren. Er machte auch darauf aufmerksam, dass es sich bei der Vergewaltigung um ein Offizialdelikt handelt und die Polizei nun weitere Ermittlungen durchführen würde. Der Deal mit der 2B1 Gruppe wäre als sittenwidrig einzustufen, weshalb sie davon ausgehen müsse, dass die Zahlungen in Kürze eingestellt würden. Das bisher erhaltene Geld würde sie vermutlich nicht zurückzahlen müssen. Seine Kollegin war wieder einmal von Chefinspektor Haberls genauen rechtlichen Kenntnissen beeindruckt. Halbwegs erleichtert verließ Rita das Präsidium. Irgendwie schien es ihr doch Recht zu sein, dass die Täter strafrechtlich belangt werden. Nach so langer Zeit würde die Beweissicherung nun aber schwierig, da Rita sich nach dem Vorfall auch nicht untersuchen ließ. Für Chefinspektor Haberl war Viktor mittlerweile immer interessanter geworden. Bei großen Konzernen hatte doch immer die Personalabteilung ihre Finger im Spiel, wenn es um das Ausloten solcher Deals ginge, dachte der Chefinspektor. Er hatte da noch einen Bericht aus einer Zeitung eines großen Automobilherstellers im Kopf. Für die damaligen Ermittlungen war er leider nicht zuständig. Der aufgedeckte Morast sprach damals schon Bände, eine Besserung - zumindest nach jetzigem Stand - noch lange nicht in Sicht.

Chefinspektor machte sich anschließend sofort auf den Weg zu Viktor. Nach einer kurzen Begrüßung und Abklärung des Getränkewunsches begann Chefinspektor Haberl mit einem konkreten Anliegen. Aus einem vorigen Treffen mit Viktor war ihm bekannt, dass die Personalabteilung auch eine Beschwerdefunktion innehatte. Es gab im Headquarters und auch in den Außenstellen mehrere Infobriefkästen, die durch den Betriebsrat geleert und dann an die Personalabteilung weitergegeben würden. Viktor brachte meist die Anliegen dann in der Geschäftsleitungssitzung zur Sprache. Chefinspektor Haberl interessierte sich für jene Beschwerden, die Mobbing, Stalking oder sexuelle Belästigungen zum Inhalt hatten. Viktor war zwar auf das Anliegen nicht vorbereitet, konnte trotzdem sofort den passenden Ordner aus seiner Ablage herausziehen. Der Chefinspektor hatte fast den Eindruck, Viktor wusste, wie er weiter vorgehen würde. Auf dem Hinweis, dass Viktor ja den Ordner geradezu griffbereit hier hätte, erklärte Viktor, dass dieser auch bei diversen Audits sofort gebraucht würde. Sie gingen gemeinsam die Beschwerden durch. Auffällig viele Beschwerden hatte die Kantine zum Inhalt. Vom Essen in der richtigen Temperatur bis zur richtigen Qualität war alles dabei. Natürlich betrafen die Beschwerden nicht den speziellen Catering-Raum. Dort schien alles in jeglicher Hinsicht zur vollsten Zufriedenheit verrichtet zu werden. Eine einzige Belästigung, die für den

Chefinspektor von Interesse war, konnte im Ordner gefunden werden. Aber auch diese ereignete sich nicht im Bereich der Kantine, sondern im Umfeld der Arbeitskräfteüberlassung und der Arbeitskräfteüberlasser legte in einem Schreiben nachvollziehbar dar, wie er diese Art von Belästigung abgestellt hatte. Der Chefinspektor ging nicht davon aus, dass dies in Zusammenhang mit den aktuellen Ermittlungen stünde und verfolgte daher den dort geschilderten Vorfall nicht weiter. Vielmehr interessierte er sich für Viktor. Wann begann er eigentlich letzte Woche am Dienstag morgen zu arbeiten? Hatte er die Möglichkeit, Sabine aus seinem Büro anzurufen? Um 07.36 antworte Viktor, nachdem er im Online-Zeitportal nachgesehen hatte. Eine weitere Frage nach dem Alibi betraf den Zeitpunkt des Angriffs auf Tabea. Viktor konnte das nicht mit Sicherheit beantworten, da er die Endzeiten nicht erfasste. Vermutlich war ich um ca. 18.30 Uhr zu Hause. Das würde seinen üblichen Arbeitszeiten entsprechen. Chefinspektor Haberl notierte sich die Zeit. Vielleicht konnte er Viktor über sein privates Umfeld weiter unter Druck setzen. Seine letzte Frage betraf das spezielle Catering. Er fragte unverfänglich, ob aus Viktors Sicht die Kunden- und Geschäftsbewirtungen den Compliance-Bestimmungen, über die ein Konzern solcher Größe doch sicherlich verfügen würde, entsprechen. Viktor wusste um die Brisanz der Frage sofort. Würde er wahrheitsgemäß antworten, wäre sein weiteres Verbleiben bei 2B1 massiv gefährdet. 2B1 legte neben höchster Diskretion auch viel Wert auf absolute Loyalität. Viktor wählte daher eine seiner beliebten Floskeln: „2B1 ist ein hocherfolgreiches Unternehmen und setzt als Zeichen der Wertschätzung bei Kunden und Geschäftspartnern auf die Verköstigung durch eine regionale Küche. In der Kantine ist das aufgrund des Lärms nicht adäquat. Es handelt sich um eine wie auch in vielen anderen Unternehmen durchaus übliche Vorgangsweise. Leistungen, die über Essen und Trinken hinausgehen, sind unvorstellbar und 2B1, respektive der Mutterkonzern, würde auch gegen unlautere Gebarungen auch in schärfster Konsequenz vorgehen." Chefinspektor Haberl ließ die Antwort unkommentiert im Raum stehen und machte sich auf den Weg zu Johann, der sich dankenswerter Weise auch Zeit für ihn nahm. Johanns Antwort auf die gleiche Frage unterschied sich maximal in der Wortfolge und der Ausdrucksweise. Ansonsten funktionierte die Abstimmung zwischen den beiden Managern sehr gut. Johann blieb noch ruhiger als Viktor, was Chefinspektor Haberl weiter bestätigte. Johann war im Übrigen zum Zeitpunkt des Angriffs auf Tabea nachweislich in London, für den Chefinspektor war er sowieso nicht der Hauptverdächtige für die Verfolgungshandlungen. Chefinspektor Haberl fiel während der Antwort eine Stiege im Hintergrund des Büros von Johann, konkret eine Wendeltreppe, auf. Chefinspektor Haberl fragte nach dem Ziel dieser Treppe. Johann führte aus, dass sich darüber eine private Wohnung für den CEO, also ihn, befinde. Da er oft lang arbeiten würde, nutzte er die Wohnung für gelegentliche Übernachtungen und meist auch in der Mittagspause. Teilweise führte er in der Wohnung auch weitere Gespräche in einem vertraulicheren Rahmen. Der Chefinspektor wollte eine kurze Besichtigung erreichen, was Johann aber augenzwinkernd mit Zeitnot und fehlenden Durchsuchungsbeschluss ablehnte. Chefinspektor Haberl hätte zum jetzigen Zeitpunkt nie und nimmer einen derartigen Beschluss der Staatsanwaltschaft erreichen können. So blieb seine Neugier noch unbefriedigt. Seinen Joker „Rita" zog der Chefinspektor nicht und verließ 2B1. Er startete sein Fahrzeug und fuhr direkt zu Viktors Haus.

Er läutete und Viktors Lebensgefährtin öffnete die Tür. „Chefinspektor Haberl", stellte er sich mit Ausweis vor. Diese Situationen liebte er an seiner Arbeit. Seine Lebensgefährtin fragte sofort, ob sie etwas ausgefressen habe. Nach kurzer Erklärung bat ihn Viktors Lebensgefährtin herein und sie gingen in die Küche. Chefinspektor Haberl beruhigte die Situation und führte aus, dass es sich um eine reine Routinebefragung handelt. Er würde lediglich Viktors Aussagen überprüfen. Vermutlich konnte sich Viktor auch nicht mit ihr abstimmen und das Ergebnis war tatsächlich für den Chefinspektor erfreulich. Sie konnte sich zum Zeitpunkt des Angriffs auf Tabea genau erinnern. Viktor wäre an diesem Tag erst relativ spät um 21.00 Uhr nach Hause gekommen, da ein wichtiges Geschäftsmeeting bei 2B1 angestanden wäre. Sie würde das deswegen so genau wissen, weil sie sich an diesem Tag mit einer Freundin getroffen hatte und um 20.50 zu Hause war und Viktor eben noch nicht da war. Er traf dann wenige Minuten nach ihr ein. Chefinspektor Haberl fragte noch, ob sie jemanden bei 2B1 außer Viktor kannte. Sie sagte, dass sie manchmal bei geschäftlichen Essen und Einladungen von Johann bei 2B1 - Veranstaltungen anwesend wäre. Genauer kannte sie aber niemanden. Sie hätte auch keinen Verdacht, wer zu solchen Handlungen fähig sei. Chefinspektor Haberl verließ bereits nach zehn Minuten wieder das Haus.

Viktor kam zwei Stunden später nach Hause und seine Lebensgefährtin berichtete ihm erst jetzt vom Besuch des Chefinspektors. Obwohl sie bereits um 16.45 Uhr telefoniert hatten, hatte sie kein Wort bei Viktor erwähnt. Viktor war einigermaßen verblüfft. Jetzt würde das wieder von vorne anfangen und diesmal schien die Polizei noch einen Schritt weiterzugehen. Viktor fragte seine Lebensgefährtin nach einiger Zeit nebenbei, was für Fragen er stellte. Die Frage nach dem Alibi störte Viktor, wobei seine Lebensgefährtin der festen Überzeugung war, er könnte etliche Zeugen für sein Meeting anführen. Dem war aber leider nicht so. Viktor war - und das wusste er nur zu gut - nicht bei einem Meeting. Sollte er diese Ermittlungen heil überstehen, schwor sich Viktor, seinen Lebenswandel zu überdenken und die Beziehung zu seiner Lebensgefährtin wieder zu stärken. Sie waren ein tolles, erfolgreiches Paar und Viktor wollte die Beziehung nicht wirklich gefährden. Das hatte er sich zwar schon öfter fest vorgenommen, aber kaum waren gewisse Schwierigkeiten überwunden, schon fiel er in sein übliches Schema zurück. Diesmal sollte es aber anders werden.

Viktor konzentrierte sich nun noch mehr auf seine Arbeit und versuchte mit kleinen Aufmerksamkeiten seine Lebensgefährtin zu besänftigen. In der Arbeit traf er sich mehrmals mit Tabea und Sabine, um sich nach dem Stand der Ermittlungen und dem persönlichen Wohlbefinden zu erkundigen. Er sicherte auch alle Unterstützung zu, die für die Aufklärung des Falles notwendig seien. In Absprache mit Johann wollte er auch einen Personenschutz über den hausinternen Security-Dienst organisieren. Beide lehnten aber ab und wollten nicht noch mehr Aufsehen im Unternehmen erregen. Viktor verstand sich mit beiden weiterhin sehr gut und die Gespräche fanden in einer vertrauten Atmosphäre statt. Auch Privates wurde manchmal kurz angesprochen. Tabea erzählte, dass sie zurzeit bei ihren Eltern wohnt und Sabine freute sich bereits auf den Urlaub. Veronika unterbrach die Gespräche zweimal, da bereits andere Termine im Vorzimmer auf Viktor warteten. Veronika war der Meinung, dass die Vorfälle kaum etwas mit 2B1 zu tun haben können und Viktor nicht unnötig Zeit für diese Dinge aufwenden sollte. Viktor lobte die beiden bei Veronika für deren Mut und professionellen Umgang mit den Vorfällen. Die Arbeit würde - so hätten es ihm die jeweiligen Führungskräfte versichert - in keiner Weise darunter leiden. Für Viktor traf das weniger zu. Soeben hatte schon wieder Chefinspektor Haberl angerufen und ihm die Aussage seiner Lebensgefährtin genüsslich unter die Nase gerieben. Er hätte alle Zeit der

Welt gehabt, Tabea anzugreifen. So direkt war er das erste Mal. Viktor entgegnete ihm, dass er über kein Motiv verfüge und eventuell tatsächlich länger gearbeitet hätte. Er weiß es einfach nicht mehr, er ist Personalchef einer großen Firma und müsste sich um andere wichtige Angelegenheiten kümmern. Viktor wunderte sich kurz, warum Chefinspektor Haberl ihn nicht vorgeladen hatte. Die Vorgangsweise über das Telefon war eigenartig, passte aber wiederum zu diesem Chefinspektor. Gerade fehlte noch, dass er seine Fragen per Whatsapp oder Facebook übermittelte. Als nächstes folgte vielleicht eine Boodle-Umfrage unter den Verdächtigen. Die Ermittlungsmethoden schienen sich zu ändern.

Tabea fuhr heute um 17.30 direkt zu ihren Eltern. Sie würde bald wieder in ihre Wohnung zurückkehren. Ihre Mutter gab ihr einen Brief, der zwar an ihren Namen, aber mit der Adresse ihrer Eltern, versehen war. Es war seit ihrem Auszug nicht ungewöhnlich, dass noch Post an ihre Eltern zugestellt wurde. Meist handelte es sich um unwichtige Werbeschreiben. Tabea wollte ihn zuerst gar nicht lesen. Letztendlich öffnete sie ihn auf Anraten ihrer Eltern doch. Es handelte sich wieder um einen Ausdruck, der offensichtlich aus demselben Drucker wie der Zettel, den sie auf dem Fahrzeug fand, stammte. Der Inhalt war noch eindeutiger:

„Du entkommst mir nicht. Ich finde dich, in deiner Wohnung, bei deinen Eltern, überall. Beim letzten Mal konntest du noch entkommen, du kleines Luder. Aber macht nichts, du weißt ja, Vorfreude ist die schönste Freude. Ich spüre deine intensive Aufregung bereits, kann sie förmlich riechen. Bis bald!"

Ihr Vater griff sofort zum Telefon und eine Stunde später war das Schreiben samt Aussage bereits bei der Polizei protokolliert. Der Täter ließ trotz der Ermittlungen nicht locker, er steigerte sich weiter. Ihr Vater hat nun Tabea doch überreden können, den Personenschutz von 2B1 in Anspruch zu nehmen. Tabea hatte noch Zweifel, da 2B1 selbst involviert sein könnte, aber ihr Vater hatte den privaten, unternehmensinternen Sicherheitsdienst bereits gegoogelt und als seriös eingestuft. Ihre Mutter wollte eigentlich nur eins: Sie sollte sofort ihre Arbeit bei 2B1 beenden. Es schien ihr die sicherste Lösung zu sein.

Chefinspektor Haberl war nun klar, wie er vorzugehen hatte. Wer wusste aus dem Umfeld von 2B1, dass Tabea zu ihren Eltern gezogen war? Laut Tabea waren das ihre Freundin Angelika, der Personalchef und ihre Eltern. Für Chefinspektor Haberl schieden die Freundin und ihre Eltern logischerweise aus. Er fuhr zu Viktor. Es war 18.15 und seine Lebensgefährtin öffnete ihm die Tür. Ja, Viktor wäre zu Hause und er hat sich gerade umgezogen, da er anschließend noch den Rasen mähen wollte und das mit dem Anzug wohl schlecht ginge. Irgendwie hatte Chefinspektor Haberl das Gefühl, dass Viktors Lebensgefährtin nicht gerade gut auf ihn zu sprechen wäre. Egal, nach zwei Minuten Wartezeit im Esszimmer kam Viktor.

Viktor: „Was kann ich diesmal für sie tun?"

CI Haberl: „Ich würde gerne ihren PC, Laptop und Drucker aus Ermittlungsgründen mitnehmen."

Viktor: „Das sind für mich wichtige Arbeitsgeräte, die können sie nicht einfach mitnehmen."

CI Haberl: „Mit einem Durchsuchungsbeschluss ist das jederzeit möglich. Wollen Sie, dass ich einen solchen beantrage?"

Viktor: „Den erhalten sie aber nur bei begründeten Verdachtsmomenten."

CI Haberl: „Dieser liegt vor."

Viktor konnte es nicht glauben, gibt es tatsächlich Beweise gegen ihn? Eine Hausdurchsuchung wollte er jedenfalls vermeiden, hatten die Nachbarn schon so genug an seinem Lebenswandel auszusetzen. Die Reisen, das größere Auto, der gute Job, die Lockerheit, nichts war ihnen recht. Vermutlich auch nicht, dass sie keine Kinder hatten - und keinen Hund. Das ganze Umfeld fragte immer nach Kindern, zur Verwunderung Viktors nicht nach Hunden. Viktor ahnte, dass es den anderen um Freiheitsentzug gehen musste. Sie als Paar waren frei, ja nicht einmal verheiratet, keine Verantwortung, keine Probleme. Wie oft hörte er Gespräche über Nachhilfe, Pubertät, Kinderkrankheiten, Streitigkeiten, nicht weggeräumtes Spielzeug und die hohen Kosten für den Reitunterricht. Das sollte also so toll an Kindern sein. Warum war diese bürgerliche Welt überhaupt immer mit anderen beschäftigt, aber selten mit sich selbst? Er schwor sich, dass er - sollte er mal über sein Leben Auskunft geben müssen - relativ nah an der Wahrheit bleiben würde. „Ach wie schön sind doch Kinder, schau dir die Fotos vom letzten Urlaub an, wie süß", hörte er gestern die Nachbarin, die gerade ihre Freundin zu Besuch hatte. Nach dem Besuch brach der Streit über das Zusammenräumen des Kinderzimmers wieder hörbar aus.

Widerwillig zeigte Viktor dem Chefinspektor Laptop und Drucker, tragen müsste dies der Kommissar schon selbst. Dem Chefinspektor Haberl gefiel die schnippische Art von Viktor, er hätte als Verdächtiger wohl ähnlich reagiert. Viktor war selbstbewusst, nicht arrogant, wieder mal sympathisch, sprich er könnte der Täter sein. Chefinspektor Haberl erhoffte sich durch die sichergestellten Gegenstände,

Rückschlüsse auf die Herkunft der Schreiben ziehen zu können.

Am nächsten Morgen wurde auch der persönliche Drucker von Viktor im Büro von zwei Polizisten abgeholt. Viktor wollte das eigentlich verhindern, aber Johann betonte die absolute Kooperationsbereitschaft und 2B1 habe selbst nichts zu verbergen. Die Aktion mit dem Drucker blieb leider im Unternehmen nicht ganz unbemerkt und Viktor geriet dadurch etwas mehr unter Druck, was Chefinspektor Haberl auch beabsichtigte. Es handelte sich um eine laufende Tatbegehung, was die Aufklärung im Normalfall erleichterte. Irgendwann würde der Täter einen entscheidenden Fehler machen, unter Druck ließe sich das auch noch beschleunigen. Außerdem hatte sich in den aktuellen Ermittlungen noch keiner von 1B2 bei seiner Führungskraft beschwert. Für Chefinspektor Haberl ein klares Zeichen, dass die Ermittlungsarbeit noch ausbaufähig wäre. Seine Führungskraft würde sich sonst noch Sorgen machen, ob der Chefinspektor denn krank wäre, seit Monaten keine Beschwerden mehr über ihn.

Johann traf sich zu seinem wöchentlichen Termin mit Viktor. Er betonte, dass er Viktor weiterhin voll vertraue, aber sollte tatsächlich etwas vom Vorwurf bei Viktor hängen bleiben, müsste ihm natürlich klar sein, dass er in dieser Position nicht mehr tragbar wäre. 2B1 dürfte keinesfalls in Misskredit gezogen werden. Viktor gab Johann inhaltlich vollkommen recht. Menschlich war er aber doch enttäuscht. Traute ihm Johann wirklich zu, Mitarbeiterinnen bzw. Bewerberinnen zu belästigen? Viktor lebte in seiner Position immer damit, dass viele nur auf einen Fehler warteten, um sich dadurch Vorteile zu verschaffen. Die ganzen vergangenen Erfolge, die gezeigte Loyalität, der Einsatz - alles war vergessen, wenn Johann seine Position dadurch sichern könnte, dass er Viktor wie eine heiße

Kartoffel fallen ließ. Viktor wusste um dieses Spiel und hätte trotzdem mehr Menschlichkeit bzw. von ihm selbst mehr Menschenkenntnis erwartet.

Insgeheim war Johann froh, dass Viktor in den Mittelpunkt der Ermittlungen geriet. So war das Catering-Thema vielleicht nicht ganz so im Focus. Offiziell würde er auch über diese Geschichte auch gar nichts wissen, zumindest keine Details. Johann war gerade auf dem Weg zum nächsten Termin, als ihn seine Sekretärin darauf aufmerksam machte, dass Chefinspektor Haberl ihn diese Woche nochmals sprechen wollte. Johann antwortete leicht unwirsch, sie solle ihn auf Montag nächster Woche vertrösten. Seine Assistentin vereinbarte daraufhin mit Chefinspektor Haberl einen Termin. Er wies bei dem Gespräch kurz darauf hin, dass er normalerweise frühere Termine benötigen würde und er auch Johann jederzeit vorladen könnte. Chefinspektor Haberl war es persönlich diesmal eigentlich sogar sehr recht, da diese Woche viel zu tun war und er am Wochenende auch noch was vorhatte.

Viktor hatte am Abend ein langes Gespräch mit seiner Lebensgefährtin. Er hatte zumindest zu Hause das Gefühl, dass hier noch uneingeschränktes Vertrauen vorhanden war. Auch wenn seine Lebensgefährtin die eine oder andere kritische Bemerkung anbrachte, war sie dennoch von Viktors Unschuld überzeugt. Viktor würde aus ihrer Sicht eine Verfolgung sicher stilvoller anlegen. Das war nicht Viktors Handschrift. Es war heute Abend eine sehr angenehme Atmosphäre und seit längerem schlief er wieder mit ihr. Viktor hatte das Gefühl, dass seine Lebensgefährtin einen Teil ihrer verschütteten Leidenschaft dabei entdecken konnte. Viktor spürte, dass die Vertrautheit zwischen ihnen die sexuelle Vereinigung auf eine andere Ebene bringen konnte. Es fehlte zwar das Fremde, dafür konnten die jeweiligen Vorlieben besser eingebaut werden. Eine gute Beziehung musste sich die Fremde und das Fremde bewahren. Um sich die Fremde zu bewahren, benötigte es Freiheit, Viktor war wieder bei seinem Lieblingsthema angekommen. Es waren jene Paare, die seit Jahren keine einzige Woche alleine waren. Sie waren unzertrennlich, weder im Alltag noch im Urlaub gab es eine Zeit für sich selbst. Natürlich ginge das einem mit der Zeit auf die Nerven. Den anderen in allen Situationen in- und auswendig zu kennen, keine Überraschungen mehr zu erleben, das musste jede Anziehung im Keim ersticken. Viktor holte sich seine Auszeiten auf Geschäftsreisen, beim Fortgehen, bei Prostituierten und bei Spaziergängen, die er mittags oder abends vor dem Heimkommen noch unternahm. Die Natur zu spüren, das war Freiheit. Besonders spürte er das Gefühl im Herbst. Wenn der Wind wehte, Blätter vom Baum fielen und die Hitze des Sommers der angenehmen Wärme des Herbstes wich. Viktor liebte den Nebel, Dinge nicht genau erkennen können, das Geheimnisvolle. Das galt es zu bewahren. Eventuell wäre Viktor auch alleine glücklich, aber erst nachdem er in einer längeren Beziehung seiner Freiheit beraubt worden wäre. Er gebrauchte beim Thema Freiheit nicht das Wort eingeschränkt, für ihn war alles sofort mindestens Raub. Er war sich bewusst, dass das Schätzen von Beziehung erst dann möglich sein würde, wenn die Beziehung fehlt. Um dieses Fehlen zu simulieren, waren seine Alleingänge für ihn so wichtig. Sicherlich kam er dabei auf Abwege, die ihn wiederum unbefriedigt zurückließen. Aber er musste den Versuch wieder unternehmen, allein um des Genusses wegen. Viktor lebte manchmal auch in Askese, im Verzicht, um nicht in eine Sucht abzufallen. Die Sucht würde den Genuss zur Gänze vernichten, beim Essen, beim Sex und auch beim Alkohol. Beim Essen und Alkohol war Viktor nicht gefährdet, die außerpartnerschaftliche sexuelle Enthaltsamkeit war für ihn wichtiger. Viktor suchte ein- bis zweimal im Monat das sexuelle Abenteuer, machte aber auch Pausen von mehreren Monaten. Er wollte keine Affäre mit einer anderen beginnen. Er hatte hier Hemmingway als Vorbild, der Prostituierte angeblich dafür bezahlte, dass sie gehen würden, nicht dafür, dass sie bleiben. Affären wollten doch irgendwann immer mehr und darauf hatte Viktor keine Lust bzw. wie er es gedanklich formulierte: „Das bockt mich nicht." Eventuell ahnte seine Lebensgefährtin in dieser Richtung auch etwas, aber sie sprach es nicht aktiv an, was Viktor zu schätzen wusste.

Dieses Wochenende war wieder der Kurs. Wie immer versammelten sich die erwartungsvollen zukünftigen Eltern im Kreis und lernten diesmal, wie mit Trauma-Kinder umzugehen wäre. Das Trauma würde allein durch die Trennung von den leiblichen Eltern unumgänglich sein. Viktor war wieder schnell zum Schluss gekommen, dass hier etliche Erwachsene ebenfalls ein Trauma hätten. Der unerfüllte Kinderwunsch trieb seltsamste Stilblüten, die gerade bei diesem Kurs wunderbar beobachtet werden konnten. Das Fehlen der Kinder wurde auf Haustiere übertragen, indem Paare - Viktor hat das tatsächlich bereits zweimal beobachten können - aufgrund eines Gebrechens vorübergehend gehunfähige Hunde im Kinderwagen durch die Gegend schieben. Der Hund schien generell der ideale Kinderersatz zu sein. Viktor hatte sich da auch schon schlau gemacht und für ihn war klar, dass der Havaneser einfacher als ein Pflegekind sein würde. Er folgte aufs Wort, wäre hübsch anzusehen und im Kinderwagen würde er ihn - komme was wolle - auch nicht herumschieben. Er wollte seine Erkenntnisse aber in diesem Kurs nicht weiterverfolgen, um nicht die Verwirrung der anderen zur Vollendung zu bringen. Es könnte zwar eine spannende Diskussion sein, aber Viktors Lebensgefährtin wäre das wohl nicht recht und er wollte ihre Geduld dieses Wochenende nicht überstrapazieren. Der Freitag-

Kursabend war eher langweilig, es ging im Detail um Herkunftsfamilien und die damit verbundenen Probleme. Viktor ging Freitag auch nicht mehr fort, da der Kurs bereits am Samstag um 08.00 Uhr fortgesetzt wurde. Am Samstag fand Viktor den Besuch einer Pflegemutter sehr spannend. Sie erzählte aus erster Hand aus der Praxis. Wäre Viktor ein guter Vater? Vielleicht sollte er sich doch noch Gedanken darüber machen. Das Ende des Kurses war nicht mehr weit entfernt. Das Jugendamt wäre aber kaum so schnell, außerdem äußerten die anderen Paare ihren Kinderwunsch viel öfter und deutlicher. Viktor und seine Lebensgefährtin sahen es immer noch als soziales Angebot, das nicht unbedingt vom Jugendamt anzunehmen wäre. Viktor war mit seiner jetzigen Situation ja sehr zufrieden und verwarf den Gedanken einer Vaterschaft wieder schnell. Sie verabschiedeten sich nachdem der Kurs aus war und stiegen in ihr kleines Cabrio. Während die Kurskollegen mit in weiser Voraussicht gekauften Vans und einen leichten Anflug von Überheblichkeit über den anstehenden notwendigen Neukauf - so ein Auto wäre für Kinder niemals geeignet - ihrem Neid und ihrer Kleingeistigkeit freien Lauf ließen, nahmen die beiden dies mit Humor und wussten, dass auch ein solches Auto noch ein Kind vertragen würde. Sicherlich waren einige der Kurskollegen auch nett und das Ganze war eher ein Spaß. Am Sonntag unternahm Viktor mit seiner Lebensgefährtin eine Radtour, die sie ein wenig außerhalb der Stadt führte. Das Radfahren genoss Viktor sehr und er hatte auch keine Ambitionen auf Bestleistungen wie die Kollegen bei 2B1. Seine Lebensgefährtin bemerkte nebenbei, dass sie mit einem Kind wohl noch langsamer fahren mussten. Der Hund könnte auch alleine zu Hause bleiben, dachte sich Viktor.

Am Montag kontaktierte Johann Viktor wegen der Angelegenheit nochmal. Ob Viktor etwas Neues gehört hätte, wie es ihm ginge und außerdem wollte er mitteilen, dass er natürlich auch den Spartenleiter als seinen Vorgesetzten kurz informieren musste. Viktor sollte das wissen, falls sich dieser direkt bei ihm melden würde. „So viel Fürsorge", dachte Viktor ironisch, er wusste, dass Johann wieder spielte. Diesmal war er ins Kreuzfeuer geraten. Für Johann als CEO war es enorm wichtig, dass er unter seinen direkten Untergebenen keinen zu groß werden ließ. Ein paar Dämpfer konnten da nicht schaden. Viktor war beruflich kaum angreifbar, sein Erfolg und seine Beliebtheit im Unternehmen waren selbst bei schwierigen Projekten und bei unpopulären Schritten nicht in geringster Weise gefährdet. Da kam ein privates Thema gerade zur rechten Zeit, bevor jemand im Konzern Viktor für den besseren CEO halten würde. Für Johann ein guter Montag, aber er sollte auch noch lernen, dass man den Tag nicht vor dem Abend loben sollte. Um 14.30 war Chefinspektor Haberl in seinem Büro angekommen. Johann stellte sich auf einige Fragen zu Viktor ein, was auch am Anfang des Gesprächs zutraf. Johann antworte, dass er sich Viktor als Täter nicht vorstellen könnte und auch seine Hand für ihn ins Feuer legen würde. Viktor ist lange genug beim Unternehmen und es hat im Hinblick auf eine Belästigung noch nie eine Beschwerde gegen ihn gegeben. Natürlich könnte aber auch er nicht in Menschen hineinsehen. Ein kurzer Anruf bei Chefinspektor Haberl unterbrach das Gespräch. Er wollte jetzt nochmals zu Viktor, da ein neues Beweismittel vorläge. Johann war über das vorzeitige Ende nicht unzufrieden und Chefinspektor Haberl war gerade beim Verlassen des Raumes, als er sich in Columbo-Manier umdrehte und meinte, dass er noch eine Frage hätte: „Wer ist Rita Wenger?" Das saß. Johann nahm langsam wieder seinen Sitz ein und bat auch den Chefinspektor, sich zu setzen. „Rita Wenger. Ja, ich kann mich daran erinnern", führte er kurz aus. Er nahm dabei eine nachdenkliche Pose ein. Rita Wenger wäre eine pfiffige Mitarbeiterin im Bereich Catering gewesen und hätte aus persönlichen Gründen das Unternehmen verlassen wollen. Aufgrund ihrer außerordentlichen Leistungen und eines unangenehmen Vorfalls hatte sich das Unternehmen bei der Auflösung des Arbeitsverhältnisses großzügig erwiesen. Chefinspektor Haberl hatte jetzt genug von diesem „Schönsprech" und trug mit lauter Stimme vor: „Sie wurde unzweifelhaft vergewaltigt. Es handelte sich um zwei Mitarbeiter einer ihrer Kunden. Sie wollten das Verbrechen vertuschen, um ihren Geschäftsabschluss nicht zu gefährden. Es handelt sich dabei um eine Verfolgungsvereitelung, die strafbar ist." Johann ließ sich nicht beeindrucken. Von einer Vergewaltigung war Johann nichts bekannt. Es gab bei dieser Kundenveranstaltung einzelne Männer, die bereits mehr getrunken hatten. Das es zu einer Belästigung gekommen wäre, deren Intensität ihm aber nicht bekannt war, wird vermutlich zutreffen, weshalb 2B1 hier großzügig den Wünschen von Frau Wenger entsprach und das Arbeitsverhältnis zwar noch einige Zeit weiter aufrecht hielt, aber auf die Arbeitsleistung von Frau Wenger verzichtete. Aufgrund ihrer Leistungen wurde zum damaligen Zeitpunkt noch ein nicht unüblicher Bonus ausbezahlt. Chefinspektor Haberl schwenkte nun auf das Catering-Service um, das immer nach dem internen Dienst die Bewirtung übernahm. Er wollte wissen, um welches Unternehmen es sich handelte. Johann konnte das nicht beantworten, sondern verwies auf den Bereich Sales. Der CSO wäre dafür zuständig und so tief wäre er in die Details nicht involviert. Chefinspektor Haberl bestand darauf, dass Johann zum Hörer griff und den CSO zu sich ins Büro bestellte. Dieser hob sofort ab, was er im Übrigen immer bei Anrufen des CEOs machte. Johann holte ihn ohne Kommentar aus einem nicht unwichtigen Kundenmeeting. Eine Absprache zwischen Johann und dem CSO war somit erfolgreich von Chefinspektor Haberl verhindert worden. Die erste Frage betraf das Catering-Service, als der CSO eintraf. Es würde sich um das Catering-Unternehmen Brazilia handeln, gab der CSO in seiner leicht naiven Art sofort an. Johann war das gar nicht Recht, es wäre besser gewesen, die ganze Angelegenheit weiter nach unten zu delegieren. In der Geschäftsleitung wäre Brazilia ein gänzlich unbekannter Lieferant geblieben, da sie sich nicht um Peanuts kümmerten, sondern strategisch das Unternehmen auf erfolgreicher Spur hielten. Chefinspektor Haberl ließ sich die letzten Rechnungen kopieren, was Johann in seiner nun gezwungenen kooperativen Art nicht verhindern wollte. Kaum verließ Chefinspektor Haberl das Büro, kam es zu einer kurzen Krisensitzung zwischen den Beiden. Die kleine Runde war sehr besorgt. Der Verdacht von Viktor war für Johann die geringste Sorge, nein, fast schon eine willkommene Ablenkung. Die Catering-Agentur Brazilia würde aber ein Riesenproblem. Die Beauftragung erfolgte damals durch Johann und dem CSO gemeinsam nach eingehender Prüfung. Die Geschäftsabschlüsse wurden auf eine Erfolgsquote von über 85 Prozent gesteigert. Beiden war klar, dass die Wahrheit wohl ans Licht kommen würde und die Angelegenheit auch der Konzernmutter vermutlich zu Ohren kommt. Es ging nun darum, das Thema möglichst weit von der Geschäftsleitung weg zu deponieren. Johann überlegte mit dem CSO gemeinsam, ob nicht ein Teamleiter oder gar ein engagierter Sales-Mitarbeiter den Einfall mit dieser Agentur gehabt haben könnte. Diese Hoffnungen wurden vom CSO jäh zerstört, indem er darauf hinwies, dass er die Rechnungen selbst per Kurzzeichen freigibt. Johann gab zu Bedenken, dass das noch kein Beweis für die genauen Hintergründe der Leistungen beim monatlichen Rechnungsaufkommen wäre. Der Vertrag selbst könnte doch auch unproblematisch sein, Ziel blieb die weitere Verköstigung der Kunden und die Entlastung der eigenen Mitarbeiterinnen. Man nahm die Tageshöchstarbeitszeiten jedenfalls sehr ernst.

Der CSO begann an der Einschätzung von Johann doch sehr zu zweifeln. Er wusste, dass die Polizei sich schnell kundig machen würde. Irgendwie muss Brazilia doch auch seine sogenannten Mitarbeiterinnen bezahlen. Sie blieben aber bei der Version von Johann. Man hätte Brazilia beauftragt, aber keine Einzelheiten gekannt. Vermutlich hatte sich eben darum ein Sales-Mitarbeiter gekümmert. Welche Leistungen abgerufen wurden, könnte ebenfalls nicht gesagt werden. Das die Leistungen teilweise auch für den Firmenjet gebucht wurden, um Kunden abzuholen, musste auch nicht unbedingt offiziell erwähnt werden.

In der Zwischenzeit war Chefinspektor Haberl bei Veronika eingetroffen. Diese hatte ihm einen Kaffee angeboten, was er dankend annahm. Er sprach mit Veronika über ein paar belanglose Themen und interessierte sich nebenbei ein wenig für die Firmenkultur. Veronika antworte ihm offenherzig und Chefinspektor Haberl schien sie zu mögen. Nach einer Viertelstunde konnte er zu Viktor, der zuvor noch in einer Besprechung war. Er konfrontierte ihn sofort mit dem neuen Ermittlungsstand. Das letzte Schreiben an Tabea stammte aus dem im Büro konfiszierten Drucker. Viktor entgegnete sofort, dass die gesamte Personalabteilung darauf Zugriff hätte. Chefinspektor Haberl fragte nach der Geschlechtsaufteilung, 14 Frauen und lediglich ein Mann, Viktor. Er lächelte müde und forderte Viktor auf, in nächster Zeit nicht zu verreisen. Viktor hatte sofort die Reise mit seiner Lebensgefährtin im Kopf. Aus welchem Grund sollte er diese absagen? Die Wahrheit könnte er ihr zumindest nicht zur Gänze zumuten. Er musste handeln. Chefinspektor Haberl wusste bereits, in welche Richtung das Gespräch seinen Lauf nehmen würde, als Viktor auf äußerste Diskretion - das schien eine wirkliche 2B1 Krankheit zu sein - bestand und seine Lebensgefährtin unter keinen Umständen davon etwas erfahren dürfte. Zum Tatzeitpunkt, als Tabea angegriffen wurde, war er in einem Laufhaus. Die Prostituierte, die er besucht hatte, hieß Angelique. Sie würde sich garantiert an ihn erinnern können, da er als Stammkunde bereits öfter bei ihr war. Vermutlich gäbe es dort auch eine Videoaufzeichnung der Gänge aus Sicherheitsgründen und diese könnten sein Alibi bestätigen. Chefinspektor Haberl wies auf die neue Datenschutzgrundverordnung hin, wonach Videoaufzeichnungen nach 72 Stunden zu löschen sind. Das Gewerbe dürfte beim Einhalten von Verwaltungsvorschriften nicht unterschätzt werden, man wollte tunlichst nicht mit so etwas auffallen. Viktor wies nochmals darauf hin, dass Angelique ihm sicher auch noch die Uhrzeit und die Dauer seines Aufenthalts sagen könnte. Chefinspektor Haberl meinte lapidar, dass er das Alibi überprüfen werde, wobei Prostituierte nicht zu den glaubhaftesten Zeugen in solchen Fällen gelten würden. Viktor beschloss an diesem Abend, dass er Angelique vorerst nicht mehr besuchte. Der Chefinspektor würde ihr sicher ein Foto mit seinem vollen Namen vorlegen und so das Alibi überprüfen. Viktor wollte auf keinen Fall mit seinem echten Namen in diesem Gewerbe bekannt sein. Er war hier äußerst vorsichtig und wollte unerkannt seinen Neigungen nachgehen. Sollte er generell dieses Kapitel in seinem Leben schließen und eine Familie mit Kindern aufbauen? Der Pflegeeltern-Kurs schien ihm nicht gut zu tun oder sehnte er sich doch mehr nach einem Hund, wobei ganz sicher war er sich selbst nicht mehr.

Für Chefinspektor Haberl begann nun eine arbeitsintensive Restwoche. Es musste sowohl das Catering Brazilia genau beleuchtet werden, als auch stand ein Abstecher in ein Laufhaus an, um Angelique zu befragen. Chefinspektor Haberl kannte den Betreiber des Laufhauses bereits gut und kooperierte mit ihm in kleineren Fällen immer wieder. Die Branche war ehrlicher als manch andere und jeder wusste, um was es geht. Es ging um Geschäfte,

Geld. Aufsehen war nicht erwünscht und Handschlagqualität gern gesehen, da sich nicht alles in einem schriftlichen Vertrag gut machte. Chefinspektor Haberl las vor kurzem in einem Buch, dessen Autor ein Mafiosi war, der in Hollywood bei einem Film mitarbeitete. Er war am Schluss von den Machenschaften in Hollywood schockiert und meinte vollen Ernstes, dass es so etwas bei der Mafia nicht gäbe. Chefinspektor Haberl kannte das Rotlicht und nun auch das Unternehmen 2B1. Er war felsenfest überzeugt, dass die Menschlichkeit im Rotlicht noch weit mehr vorhanden war, als bei diesen ach so auf Diskretion bedachten Konzernen à la 2B1. Selbst die meisten Prostituierten wurden besser behandelt als die Mitarbeiterinnen bei 2B1, war Chefinspektor Haberl nach den aktuellen Vorkommnissen überzeugt. Wenn er nur an die bei Johann in den Gesprächen teilweise erkennbare Frauenfeindlichkeit dachte, bekam er Übelkeit. Der Chefinspektor hatte im Vergleich dazu geradezu ein modernes Frauenbild. Der Chefinspektor Haberl brach Richtung Laufhaus auf. Er kam nach 35 Minuten und mäßigen Verkehr dort an. Das Haus wurde erst vor kurzem renoviert und machte einen guten Eindruck. Die Werbung schien im Bereich der Hauptstraße dezent auf. Die Parkplätze im hinteren Bereich, die durch große Wände, die dem Sichtschutz dienten, abgegrenzt wurden, waren von der Hauptstraße nicht einsehbar. Der Eingang befand sich direkt an der Seite der Parkplätze, weshalb ein diskretes Betreten einfach möglich war. Mit dem Chefinspektor betrat ein anderer Mann das Gebäude. Ein kurzer Blick auf die Anzeigetafel bestätigte die Anwesenheit von Angelique. Der Chefinspektor machte sich auf den Weg in den zweiten Stock, wurde aber bereits im ersten Stock vom Betreiber des Laufhauses, Herrn Gerhardter, begrüßt.

Gerhardter: „Der Chefinspektor Haberl. Was verschafft mir den die Ehre?"

Haberl: „Ich möchte Angelique kurz sprechen. Es geht um die Überprüfung eines Alibis."

Gerhardter: „Kein Problem, sie müssen nur ca. 15 Minuten noch Geduld haben, der Kunde hat vermutlich eine Stunde gebucht und Unterbrechungen kommen bei dieser Art von Dienstleistung beim Kunden ganz schlecht an. Die erholen sich dann meist nicht mehr von dem Schreck im gewünschten Ausmaß."

CI Haberl: „Kein Problem, ich warte gerne. Was mich noch interessieren würde, ist die Angelique vertrauenswürdig?"

Gerhardter: „Die Angelique ist eine ganz Liebe. Sie gehört zur Stammmannschaft, bietet einen sehr soliden, beliebten Service und studiert noch. Sie wissen ja, ich unterstütze gerne Studentinnen bei ihren Nebenverdiensten."

CI Haberl: „Ihr Engagement um die Wissenschaften ehrt sie."

Gerhardter: „Weil sie gerade hier sind, ein Kollege hat bei der letzten internen Feier, die bei uns ausgeklungen ist, seinen Ausweis verloren. Können Sie ihm den bitte diskret zurückgeben. Wir wollen kein mediales Aufsehen oder noch schlimmer eine unnötige Ehekrise heraufbeschwören. Vermutlich war es doch keine Feier, sondern..".

CI Haberl: „...die Befragung einer Zeugin, bei der der Ausweis wohl irrtümlich verloren ging."

Gerhardter: „Ganz genau!"

CI Haberl: „Gibt es eigentlich Videoaufzeichnungen?"

Gerhardter: „Ja, aus Sicherheitsgründen werden die Gänge videoüberwacht und das Material wird nach 72 Stunden wieder gelöscht."

CI Haberl: „Offiziell. Und inoffiziell?"

Gerhardter: „72 Stunden. Wir haben keinen Vorteil von längeren Aufzeichnungen. Probleme, die in unserer Branche entstehen, müssen sofort gelöst werden. Dann fliegt halt mal ein Gast, der sich nicht benehmen kann, raus."

Herr Gerhardter öffnete eine Schublade und nahm den Schlüsselbund an sich. Chefinspektor Haberl sah eine Pistole, die aber nicht sein Thema und außerdem ziemlich sicher registriert war. Sie gingen in einen eigenen Raum mit sechs Überwachungsbildschirmen, in dem sich ein Security-Mann befand. Auf die Frage von Herrn Gerhardter, wie lang die Videoaufzeichnungen aufbewahrt werden, bestätigte dieser die 72 Stunden. Vermutlich hatten sie auch keinen Grund zu lügen. Herr Gerhardter sah gerade, dass Angelique frei wurde und Chefinspektor Haberl würde nun den Weg alleine finden. Sie verabschiedeten sich wie zwei alte Freunde, den fremden Dienstausweis hatte der Chefinspektor bereits eingesteckt. Er traf bei Angelique ein:

CI Haberl: „Bonjour, ca va?"

Angelique: „Bonjour, que puis-je fair pour vous?"

CI Haberl: „Do you speak english or german?"

Angelique: „Ja, ich spreche deutsch."

CI Haberl: „Sind sie Französin?"

Angelique: „Qui, mon chére. Une heure avec tous les extras?“

Angelique haucht den letzten Satz und drückt sich zärtlich an ihn heran, sodass er ihre Brüste gut spüren kann. Chefinspektor Haberl musste Viktor für seinen Geschmack durchaus loben. Aber er hatte zumindest jetzt eine andere Aufgabe:

Haberl: „Chefinspektor Haberl. Sind sie wirklich Französin?“

Angelique: „Nein, ich bin Deutsche.“

Haberl: „Ich möchte ein Alibi überprüfen.“

Chefinspektor Haberl zeigte Angelique, nachdem er sich ausgewiesen hatte, ein Foto von Viktor, das auch auf der Homepage des Unternehmens zu sehen war. Angelique erkannte Norbert sofort. Zum Tatzeitpunkt war Norbert sicher hier. Es wäre erst eine Woche her und Angelique konnte sich bestens daran erinnern. Sie wüsste es deshalb so genau, weil danach ein weiterer Stammkunde jede Woche seinen Termin hatte und sie diesmal fast nicht rechtzeitig fertig geworden wären. Dieser Stammkunde wäre ein Topmanager in einem bekannten Unternehmen. Chefinspektor Haberl wollte gar nicht wissen, um wen es sich handelt. Aber wer war Norbert? Angelique kannte Viktor unter Norbert, aber sie war sich ganz sicher und auch gerne bereit, ihn persönlich zu identifizieren. Er wäre ein ganz netter Kunde, der ihre Extras zu schätzen wüsste. Chefinspektor Haberl nahm noch ihren richtigen Namen laut ihrem Ausweis und der Kontrollkarte auf. Angelika Weitmann hatte in der Stadt einen festen Wohnort und stand somit auch für eine weitere Befragung zur Verfügung. Für Chefinspektor Haberl war Viktor durch die Aussage von Frau Weitmann noch nicht entlastet. Frau Weitmann studierte noch und war im Bereich der Geldvermehrung vermutlich durchaus kreativ.

2B1 unter Verdacht

Chefinspektor Viktor holte sich nächsten Tag den Firmenbuchauszug von der Catering-Agentur Brazilia. Die Eigentümerin - es handelte sich um eine GmbH - war ihm unbekannt. Er wollte auch dieses Mal nicht anrufen, sondern sofort vor Ort erscheinen. Der Sitz der GmbH gehört zu den besten Adressen der Stadt. Er traf um 10.45 ein und wurde von einer sehr attraktiven Empfangsdame begrüßt. Er wollte den Chef sprechen, worauf die Empfangsdame nach seinem Namen und seinem Anliegen fragte und danach kurz telefonierte. Er könnte Platz nehmen. Keine fünf Minuten später führte ihn die Empfangsdame in einen hellen Besprechungsraum mit anregenden Fotomotiven an der Wand. Chefinspektor Haberl wusste ab diesem Zeitpunkt bereits, dass es sich mehr um ein Escort- als ein Cateringservice handelt. Als die Tür zum Besprechungsraum aufging, war er aber dann doch überrascht. Er hatte mit vielen gerechnet, aber nicht das Herr Gerhardter bei der Tür hereinspazieren würde.

Gerhardter: „Hallo Herr Chefinspektor. So sieht man sich wieder. Ich wollte das Ganze ein wenig abkürzen, sie kommen schnell dahinter, wer die Fäden bei Brazilia zieht. Es handelt sich um ein völlig legales Konstrukt und Geschäft und selbstverständlich steht das Catering im Vordergrund."

Chefinspektor Haberl benötigte nun doch etwas Zeit, um wieder Klarheit zu bekommen. Der Laufhausbetreiber hatte also auch ein Catering-Service.

CI Haberl: „Was bietet das Catering-Service denn an Köstlichkeiten an?"

Gerhardter: „Getränke und Servierservice, kein Essen"

CI Haberl: „Nur Mitarbeiterinnen, keine Mitarbeiter?"

Gerhardter: „Korrekt".

CI Haberl: „Sparen wir uns die Zeit. Die Mitarbeiterinnen bieten auch erweitertes Service?"

Gerhardter: „Das kann im Preis inbegriffen sein. Alle Mitarbeiterinnen verfügen auch über eine Kontrollkarte. Aber warum interessieren sie sich jetzt plötzlich auch noch dafür?"

CI Haberl: „Das hängt mit dem gleichen Fall zusammen. Waren die Leistungen auch bei den Einsätzen bei 2B1 erweitert?"

Gerhardter: „Ja, da wurde alles mitgebucht. Die Mädels machten das anfangs aber auch ganz gerne. Aufgrund des Alkoholkonsums der Gäste beschränkten sich die erweiterten Leistungen auch etwas. In letzter Zeit hagelt es aber Beschwerden und ich finde schon keine mehr, die dort hinfahren will. Gäste, die vor lauter Rausch bei der Notdurft vergessen aufs Klo zu gehen und später aggressiv gegenüber den Mädchen werden, nur weil ihre Manneskraft nicht ausreicht. Dann noch ein paar wenige ganz Kreative, die unter Beeinflussung von Kokain - das kommt sicher nicht von uns - zwei Stunden lang nicht von den Mädels ablassen, ein echter Alptraum. Wir haben selbst schon überlegt, die Zusammenarbeit endlich zu beenden. In den Konzernen wimmelt es von Perversen, das kann ich ihnen schriftlich geben. Da ist mein Laufhaus geradezu engelhaft."

Herr Gerhardter hatte auch selbst nichts dagegen, dass 2B1 eventuell Probleme deswegen bekommen könnte. In der Branche wurden die Kunden - die merkten es meist nicht einmal - auch ausgesucht und selbst die Mädels durften Kunden ohne Begründung im Laufhaus ablehnen.

Chefinspektor Haberl beschloss, Viktor für nächsten Tag ins Präsidium vorzuladen. Bei der Vernehmung gab Viktor zu Protokoll, dass er zum Tatzeitpunkt bei Angelique gewesen wäre. Er versuchte über Viktor noch einiges über den Einsatz von Brazilia zu erfahren. Viktor kannte aber nur Gerüchte und hatte zu Brazilia keine Informationen. Er wiederholte in weiterer Folge, dass er zu keinem Zeitpunkt privaten Kontakt zu Tabea oder Sabine gesucht hatte. Viktor erkundigte sich noch nach der Aussage von Angelique, Chefinspektor Haberl gab aber aus ermittlungstechnischen Gründen keine Auskunft.

Viktor traf aufgrund dieser Vernehmung später im Büro ein. Veronika wollte wissen, wie es Viktor - nachdem er davon berichtet hatte - bei der Polizei ergangen wäre. Sie jedenfalls würde nicht im Geringsten an seiner Unschuld zweifeln. Selbst auf den Drucker könnten noch weitere Personen außerhalb der HR-Abteilung zugreifen. Sie musste nur an die IT denken. Veronika konnte sofort auch einige Namen nennen, die ihr zu sowas fähig schienen. Viktor lächelte und kümmerte sich um seine E-Mails. Veronika brachte ihm einen Espresso und sie sprachen nochmals über die Vorkommnisse. Viktor wechselte aber dann schnell das Thema. Veronika berichtete über die letzte Besichtigung einer Wohnung. Diese verfügte über einen größeren Balkon, der zu einem Teil nicht einsehbar war und der zum Genießen wie geschaffen schien. Sie überlegte tatsächlich, diese zu kaufen. Viktor erkundigte sich nach der Einrichtung. Diese war bis auf die Küche und Bad nicht vorhanden und Veronika hatte konkrete Vorstellungen, vom Wohnzimmer bis zum Schlafzimmer. Veronika bedankte sich danach bei Viktor für das vertrauensvolle Gespräch und lächelte ihn kurz aufmunternd an.

Johann hatte bereits einen neuen Termin mit Chefinspektor Haberl, den seine Chefsekretärin für ihn vereinbart hatte. Diesmal wollte er die Initiative ergreifen. Johann musste das Thema vom Tisch bekommen und so konnte eine Offensive die richtige Wahl sein. Diesbezüglich war er mit allen Wassern gewaschen. Die Brazilia-Geschichte war richtig heiß und heute reichte ein kleines Verhältnis mit einer Mitarbeiterin, das vor Jahren im besten Einvernehmen zuerst angefangen und später beendet wurde, zum Rücktritt eines CEO. Richtig schwere Zeiten, Johann hielt das alles für übertrieben. Das die Geschäftsleitung nichts von Brazilia wusste, war aber immer schwerer zu argumentieren. Schließlich war auch der CSO bei gewissen Veranstaltungen anwesend. Johann überlegte und ihm wurde klar, dass ein Bauernopfer aus dem Hut zu zaubern ist, wenn der Mutterkonzern hier etwas in Erfahrung bringt. Das Bauernopfer war in diesem Fall hoch anzusiedeln, um den Mutterkonzern im Fall der Fälle wieder besänftigen zu können. Der CSO war bereits 60 Jahre alt, eine Altersteilzeitvereinbarung mit Dienstfreistellung und großzügiger Abfertigung könnte die Übernahme von Verantwortung erleichtern. Johann wäre dann fein aus der Sache ausgestiegen. Mit Rita hatte das damals gut funktioniert, nun schien ein weiterer Deal notwendig zu sein. Viktor würde ebenfalls sofort gekündigt, sollte er wirklich so blöd gewesen sein und Sabine bzw. Tabea verfolgt haben. Johann schaute noch seine E-Mails durch. Zwei Mails waren in Zusammenhang mit Brazilia etwas missverständlich und sollten gelöscht werden. Er rief kurz beim IT-Leiter an und sie berieten wie Mails zur Gänze gelöscht würden, inklusive Sicherung verstand sich von selbst. Der IT-Leiter kannte die Prozedur schon und konnte dem Anliegen innerhalb weniger Stunden nachkommen. Die Mails waren spurlos verschwunden, nie geschrieben, nie davon gewusst, aufgelöst in Raum und Zeit. Nach diesem Vorgang war Johann schon wieder sehr guter Dinge und freute sich bereits auf den Termin mit Chefinspektor Haberl. Der CSO war ihm generell nicht sympathisch und die damalige Wahl auf ihn wurde im Mutterkonzern getroffen, was er nie nachvollziehen konnte.

Das Wichtigste war nun getan, fast. Johann wollte sich jetzt wieder persönlich um den Ausbau des Unternehmens kümmern. Das Bürogebäude und auch die Produktion platzten mal wieder aus allen Nähten. Für Johann waren Zubauten immer Chefsache. Da durften keine Mitarbeiter ein Mitspracherecht haben oder andere Störfaktoren galt es zu vermeiden. Er arbeitete schon lange Zeit mit demselben Architekten zusammen, der für die vielen Zu-, Um-, An- und Neubauten verantwortlich war. „Jetzt ist schon wieder gebaut geworden", würde es in der ganzen Umgebung heißen und Johann würde wieder sehr glücklich sein. Endlich konnte er sich wieder um die Außenoptik, die Gänge, die Sicherheitssysteme, die Aufteilung der Büros kümmern. Aber nicht nur das, nein er konnte auch in den Details mit seinem Wissen auftrumpfen. Den IT-Leiter trieb er mit der genauen Kabelverlegung regelmäßig zur Verzweiflung. Wohlgemerkt handelte es sich hier um den CEO, der normalerweise ganz andere Entscheidungen in einem viel größeren Rahmen zu treffen hätte. Dem war aber nicht so. Im Detail war für Johann die Welt überschaubar, ja da konnte er voll und ganz reüssieren. Natürlich gab es schon einige Monate vorher Gerüchte, dass eventuell wieder gebaut wird. Die Geheimhaltung war für Johann aber das Wichtigste und so drang zumindest nur wenig nach außen. Gerade jene im Großraumbüro mit über 300 Arbeitsplätzen hatten starke Hoffnungen, dass die nächste bauliche Veränderung Verbesserung bringen würde. Trotz per Gutachten bescheinigter nicht vorhandener Zugluft, rannten manchen in gewissen Bereichen des Großraumbüros die Augen, sodass sie nur mit Brillen arbeiten konnten. Die Atmosphäre war generell als beklemmend zu bezeichnen. Es herrschte eine ungewöhnliche Stille und ein Flüstern. Jeder konnte jeden sehen und der Blick in den Nacken fand nun mal nicht jeder als sehr angenehm. Selbst Besucher, die dort auf dem Weg in die Produktion - das Großraumbüro war eigentlich als Produktionshalle gedacht und sollte nach dem Zubau auch so genutzt werden - vorbeikamen, sahen ganz genau, was wer gerade am Bildschirm bearbeitete. An Privatsphäre war nicht zu denken. Die Führungskräfte waren trotzdem sehr stolz auf dieses Büro und hoben regelmäßig die Vorteile dieser Form von Zusammenarbeit hervor. Kurze Wege, schnelle Kommunikation und abteilungsübergreifende Zusammenarbeit wären hervorragend geeignet, um die Produktivität zu steigern. Dass vor allem amerikanische Studien, jene die viel Erfahrung mit Großraumbüros hatten, zu anderen, gegenteiligen Ergebnissen wie vermehrte Krankenstände und weit höhere Fluktuation kamen, war den Führungskräften von 1B2 trotz vor sich hertragender Internationalität nicht bekannt.

Johann saß vor großen ausgedruckten Plänen, die verschiedene Entwürfe zeigten. Johann kannte das Prozedere aus einigen Zubauten zuvor und auch diesmal würde er es großartig hinbekommen. Dass er und sein berühmt berüchtigter Architekt beim letzten Mal auf eine Barrierefreiheit bei den Toiletten „vergessen" hatten, was eigentlich gesetzlich vorgeschrieben war, sei nur nebenbei erwähnt. Die Entwürfe zeigten verschiedene Blöcke, die allesamt als modern galten. In dunklen Farben wurden die imposanten Würfel dargestellt, der Zubau selbst hatte 48.000 m2, eine Erweiterung um ein Drittel der bisher verfügbaren Flächen. Johann freute sich auf den Moment, wo er wieder das Modell vorstellen konnte. Alle wären begeistert. Natürlich, jeder wusste, dass wenn er mit seiner Begeisterung geizen würde, die Tarock-Runde ihre Arbeit wieder mal gründlich machen würde. Beim letzten Zubau wurde ein Tunnel erstellt, der die Geschichte von 2B1 zeigte. Der Beginn mit einem mickrigen Produkt und danach die imposante, schnelle Entwicklung. Das Ganze wurde mit tollen Lichtquellen und schöner Audiountermalung gekonnt in Szene gesetzt. Kunden und Belegschaft sollten hier Geschichte lernen. Nicht die langweilige Geschichte aus der Schule, nein, die imposante und für die ganze Menschheit wichtige Geschichte von 2B1: „To be number one". Johann schien im Übrigen immer dann fast Gänsehaut zu bekommen, wenn er den Firmennamen als Ganzes sprach: „To be…" und schon kribbelte es bei ihm.

Im Vorfeld waren jedenfalls noch einige Grundstücke zu kaufen und Genehmigungen einzuholen. Gemeinsam mit dem Architekten und viel Geld sollten das aber keine wirklichen Hindernisse sein. Es gab schon genügend Blöcke in der Provinz, vom Lebensmitteldiskonter angefangen, über Fachzentren und anderen Verschandelungen. Da sollten Johann und sein Adjutant, der Architekt, wohl auch erfolgreich mit ihrem Block sein. Die Bürogrößen hatte Johann kleiner geplant, der größte Raum hatte Platz für 175 Mitarbeiter. Notfalls könnten immer noch Trennwände aufgestellt werden. In der Geschäftsleitung wurde das später genauer besprochen. Viktor warf manchmal ein, dass es sinnvoll wäre, ein Team aus der Belegschaft am Zubau zu beteiligen. Beim dritten Mal, als Viktor sich in dieser Richtung äußerte, wies ihn Johann zurecht. Schließlich hätte er genug Erfahrung mit Neu- und Zubauten und benötigte keine weiteren Tipps von nicht vom

Fach stammenden Personen. Der Rest der Geschäftsleitung war hellauf begeistert. Viktor hatte eigentlich auch
nicht damit gerechnet, dass die Begeisterung noch gesteigert werden konnte. Aber der CFO hat den Vogel ab-
geschossen. Er sprach ernsthaft davon, dass der Zubau
die Konzernzentrale von Zoodle, der erfolgreichen Such-
maschine, bei weitem übertreffen werde. Nicht Silicon Valley würde das Maß sein, nein bei 2B1 war es die Provinz
und die unsägliche Selbstüberschätzung. Viktor fragte
noch sarkastisch nach, ob es denn auch Rutschen gäbe
und Gratis-Smoothies. Der CFO konnte nur wiederholen,
dass das hier noch besser werden würde, ohne den genauen Grund für seine Annahme auch nur annähernd erläutern zu können. Egal, es wurde wieder gebaut und Johann freute sich auf den Spatenstich, fast so, als er als
Kind mit seiner Schaufel in der Sandkiste sein erstes größeres Loch grub und sein damals bester Freund dort hin-
einfiel, nachdem er dieses Loch sauber mit ein paar Ästen
und Sand abgedeckt hatte. Beim letzten Zubau hat die
ganze Belegschaft mitgefeiert, zumindest in Johanns Erinnerung. Es gab ein Gratis-Essen in der Kantine und
auch Kaffee konnte ohne Bezahlung bezogen werden.
Was für ein Fest muss das gewesen sein. Viktor war damals noch nicht im Unternehmen. Wen sollte dann eigentlich noch Barrierefreiheit interessieren, fragte sich Viktor
ironisch selbst. Highlight der nun vorliegenden Entwürfe
war ein Veranstaltungsraum, der Platz für fast zweitau-
send Personen hatte. Hier würde Johann seine großartigen Reden halten können, die Anwesenden würden wieder klatschen - notfalls halt auch von ihm aufgefordert. Er
spürte sitzend am Schreibtisch bereits die Euphorie der
Mitarbeiter, wenn er die Geschäftszahlen verlas und von
neuen Großtaten berichtete. Dieser Raum war gerade
groß genug für seine Pläne. Vor einigen Wochen war er
noch nicht ganz so euphorisch, da ihm zu Ohren gekommen war, dass es einige kritische Stimmen hinsichtlich

des Zubaus gibt. Johann nutzte eine der seltenen Führungskräfteversammlungen, um seinem Unmut freien Lauf zu lassen. Würde ihm jemand bekannt werden, der weiter über den Zubau spricht, statt seiner Arbeit nachzugehen hätte jener ein Problem. Für alle im Raum war klar, dass ein Problem haben einer Kündigung gleichkommt. Johann kannte hier keine Kompromisse, schließlich hatte er immer die besten Ideen und jegliche Einmischung war - wie bereits erwähnt - nur kontraproduktiv. Das Genie wollte am Zubau arbeiten und nicht durch Gerüchte beim Nachdenken gestört werden. Es war wieder ein typischer Zubau, wie ihn 2B1 nicht das erste Mal erlebte. Die alten Eigentümer von 2B1 trugen auch dieses Bau-Gen in sich und verboten sich jegliche Einmischung, damals wohl auch die von Johann, was ihn natürlich insgeheim sehr gestört hatte. Er konnte sich nur damit beruhigen, dass seine Zeit schon noch kommt, aber dann. Die Belegschaft war auf die alten Eigentümer im Übrigen nicht gut zu sprechen. Sie bauten zwar das Unternehmen sehr erfolgreich auf, aber die Begleitumstände des Verkaufs waren teilweise doch unschön. Wie die Zeit der offiziellen Verlautbarung des Verkaufs kam, waren die Eigentümer schon nicht mehr im Unternehmen, hielten keine Rede, bedankten sich nicht, sondern waren eigentlich von einem Tag auf den anderen so gut wie weg. Der eine oder andere Mitarbeiter konnte sie noch kurz im Unternehmen erblicken, da sie ihren Beratervertrag löblich erfüllten. Dass andere Eigentümer in ähnlichen Situationen ihrer Belegschaft noch eine Prämie zukommen ließen, sich für deren unermüdlichen Einsatz bedankten und schweren Herzens mangels Nachfolge ein Lebenswerk aufgaben, war in diesem Fall nicht gegeben. Milliardenbeträge waren wichtiger und die Verkaufsgespräche scheiterten fast am Firmenjet, den die Eigentümer behalten wollten, aber nicht daran, dass sie ihr Lebenswerk nicht verkaufen könnten. Im Prinzip war ihnen das alles egal, beim Verkauf spürten viele das auch im Unternehmen. Dass es beim Verkauf auch familieninterne Zerwürfnisse gab, war nicht ganz von der Hand zu weisen. Schließlich hatten die alten Eigentümer nicht nur einmal erwähnt, dass es innerhalb der Familie nicht mal annähernd einen vernünftigen Nachfolger gäbe. Alle wären ungeeignet und könnten das Unternehmen niemals erfolgreich weiterführen, was aber das eine oder andere Familienmitglied wohl anders gesehen hatte. Der Betriebsrat machte damals beim Verkauf seinem Unmut voll kund, was die ehemaligen Eigentümer aber auch nicht beeindruckte. Die Zusammenarbeit mit dem Betriebsrat lief im Übrigen auch unter Johann in gewohnten Bahnen weiter. Jenen möglichst aus allen geschäftlichen Belangen fernzuhalten, war das Credo. Er kann doch immer noch bei Pensionierungen und Geburtstagen zum Einsatz kommen, so Johann öfter in Geschäftsleitungssitzungen.

Chefinspektor Haberl erkundigte sich nun nochmals bei Sabine und Tabea. Es gab keine neuen Vorfälle und die Situation schien ruhiger zu sein. Tabea teilte ihm bei der Gelegenheit mit, dass sie den privaten Securitydienst der 2B1 in Anspruch nehmen wollte. Chefinspektor Haberl hielt das für keine gute Idee. Aufgrund der Ermittlungsergebnisse muss davon ausgegangen werden, dass es einen klaren Zusammenhang zu 2B1 gibt. Je nach involvierten Personen und ihrer Position im Unternehmen wäre es möglich, dass Informationen von den Security-Mitarbeitern an den Täter weitergeleitet würden. Es sei aber ihre Entscheidung. Tabea beriet sich daraufhin nochmals mit den Eltern, die gemeinsam mit ihr entschieden, dass sie den Security-Dienst nun doch nicht in Anspruch nahmen. Tabea war klar, dass ihre Eltern nun wieder eine größere Rolle in ihrem Leben einnahmen, was sie aber aufgrund der generellen Umstände auch gerne zuließ. Später konnte sie das wieder leicht ändern, die Abnabelung war beim ersten Mal doch schon gut gelungen.

Tabea wollte jedenfalls dieses Wochenende richtig feiern, um die Normalität wieder zu spüren. Ullrich war diesmal auch wieder dabei. Da sie Markus unbedingt wiedersehen wollte, hatte Tabea darauf bestanden, wieder in denselben Club zu fahren. Ihre Eltern hatten ihr dringend davon abgeraten, aber Tabea wollte sich nicht von einem Perversen ihr Leben einschränken lassen. Im Club kamen sie diesmal um 22.15 Uhr an. Sie hatte Markus sofort an der Bar entdeckt, der gerade mit einer Blondine sprach. Er verabschiedete sich schnell von ihr, als er Tabea sah und begrüßte sie mit einem Zungenkuss. Tabea war sofort klar, warum sie auch Gefahren auf sich nahm, um Markus zu sehen. Es fühlte sich wieder ganz richtig an. Die Frage nach der Blondine, beantworte Markus. Er kannte sie nicht, sondern hatte nur beim Drink bestellen ein paar Worte mit ihr gewechselt. Tabea wirkte bei ihrer Frage hoffentlich nicht eifersüchtig. Wenn doch, versuchte sie zumindest sympathisch eifersüchtig zu sein, keck eifersüchtig sozusagen. Ullrich erkundigte sich in der Zwischenzeit leicht abfällig bei Angelika, ob das jetzt ihr Neuer sei. Angelika zuckte mit den Schultern und meinte, der wäre ja gar nicht so schlecht. Ullrich schien das sichtlich zu stören, aber er blieb trotzdem im Hintergrund. Tabea genoss die Küsse von Markus. Sie hätte am liebsten sofort mit ihm geschlafen, aber die Location erwies sich eindeutig als ungeeignet und das obwohl Tabea hier nicht besonders wählerisch war, etwas Privatsphäre wäre aber dann doch nicht schlecht. Die Musik war wie gewohnt richtig gut, ein Mix aus Moderne und Tophits der Vergangenheit. Tabea liebte diese Abwechslung. Markus tanzte richtig heiß, sie waren verschlungen, dann wieder in gehörigem Abstand, um sich kurz danach wieder zu küssen. Sie krallten ihre Finger mit Gefühl in die jeweiligen Pobacken und wirkten beide bereits jetzt sehr verliebt. Angelika war zufrieden, dass ihre Freundin wieder glücklich zu sein schien. Sie selbst hatte sich mit Ullrich unterhalten, der doch gute Laune zu haben schien, auch wenn er mit den Augenwinkeln das eine oder andere Mal einen Blick auf Tabea und Markus geworfen hatte. Angelika war das aufgefallen, sie war generell hellhöriger als sonst und wollte Tabea jedenfalls beschützen bzw. den Täter selbst finden. Bei dem Song „We are gonna dance into the sea, all I want is you, ma Chérie" entschwebten Tabea und Markus fast der Wirklichkeit. Sie hatten nur mehr Augen füreinander, alles andere wurde bestenfalls tranceartig zur Kenntnis genommen. Angelika hatte sogar kurz die Vermutung, die würden wirklich was einwerfen, aber kam schnell zum Entschluss, dass Liebe wohl die wirksamste Droge sei und zwei, drei Drinks dann schon reichten, um der realen Welt für einem Moment Ade zu sagen. Diesen DJ mochten Tabea und Markus beide, Markus wusste sogar, dass er in einem Monat in Kroatien ein Konzert gab und lud Tabea spontan ein. Tabea hatte ihm die Antwort schon bevor er das letzte Wort ausgesprochen hatte gegeben und küsste ihn dabei nochmals sehr intensiv. Sie spürte dabei seine Erregung, aber noch viel mehr ihre Eigene. Dieser Club war für Tabea etwas Besonderes. Wie oft gab es in Salzburg Lokale, in denen Jüngere und Ältere gemeinsam feiern können. Sie genoss die Alterspalette der Besucher von 18 bis vermutlich 70 Jahre, ja zumindest 65. Das letzte Mal hatte sie das in den Pubs von Irland gesehen, in denen das Publikum komplett gemischt war, Bauarbeiter, Manager, Direktoren, Junge, Alte, Homosexuelle, verschiedenste Nationalitäten. Das hatte sie damals tief beeindruckt, jeder unterhielt sich mit jedem und das ohne jegliche Vorurteile. Würde dieser Club für diese Ausgewogenheit hier sorgen? Angelika kam in der Zwischenzeit Ullrich näher, sie begann ihn zu mögen. Ihren Anfangsverdacht hatte sie verworfen, wer sah auch Tabea nicht gerne an. Ullrich war einfach ein cooler Typ, der seine Freiheit gut dosiert genoss. Es gab die Scheidungsmänner, die ihre Freiheit so exzessiv lebten, dass jede Frau zu tun hatte, bei drei auf den Bäumen zu sein. Ihnen fehlte jegliche Erfahrung im Anbaggern und bei entsprechenden Alkoholkonsum fanden sie sich unwiderstehlich. Ullrich war anders. Er fand sich zwar auch wirklich unwiderstehlich, konnte aber trotzdem darüber Witze machen bzw. auch darüber lachen. Sicher hatte er auch Angelika auf die Brüste geblickt, aber Angelika war das heute überhaupt nicht unangenehm. Schließlich hielt er auch guten Augenkontakt, alles im angemessenen Rahmen. Andere Männer fixierten meist auch irgendeinen Körperteil, das waren die Freundinnen bereits gewohnt. Markus und Tabea gönnten sich eine Tanzpause und unterhielten sich an der Bar mit der Clique. Tabea wollte keinen ausschließen und Teil der Clique bleiben, trotz der kurzzeitigen Flucht aus der Realität. Wie oft kamen Freundinnen oder Freunde abhanden, weil sie plötzlich einen fixen Partner, eine fixe Partnerin hatten. Die wurden regelrecht von der Beziehung verschluckt und tauchten frühestens bei einer Trennung wieder auf. Zufällige Treffen zeugten dann vom trauten Glück zu zweit. Wie schön das jetzt alles wäre, zum Fortgehen wäre man im Übrigen auch schon zu alt und man vermisse die frühere Zeit nicht. Tabea hatte eine andere Einstellung, die im Grunde jener von Viktor im Übrigen nicht ganz unähnlich war. Sie wollten beide Welten, die Beziehung und die Freiheit, die Sicherheit und das Abenteuer. Wenn um das Abwägen dieser Dinge gehen würde, dann wählte sie Freiheit und Abenteuer. Die Kombination erschien ihr aber meist möglich. Tabea bemerkte, dass Angelika heute mit Ullrich fast schon flirtete und zwinkerte ihr zu. Angelika ging daraufhin auf Tabea zu und strich mit der Hand anerkennend über Markus Oberarme, blickte zu ihr und sagte: „Gratulation, Tabea". Tabea wusste, dass Angelika Markus attraktiv fand, trotzdem hatte sie von ihrer Freundin diesbezüglich nichts zu befürchten. Die Geschichte hatten sie beide durch und sie wussten, dass eine Wiederholung ausgeschlossen war. Selbst Ullrich gesellte sich dazu und es schien fast so, dass auch er Markus gut leiden konnte. Die ganze Clique hatte richtig Spaß und Tabea ging mit Markus wieder tanzen. Auf der Tanzfläche konnte Tabea sich richtig fallenlassen, dort war es egal, wen man küsste, wen man berührte, keine Frage nach dem Warum. Der Dancefloor hatte seine eigenen Regeln, die sich zwar immer wieder veränderten, im Kern war aber die Freiheit. Tabea dachte beim Tanzen manchmal an den Wiener Kongress 1815 unter dem Motto „Der Kongress tanzt". Dieser konnte einen Krieg zwar nicht verhindern, aber für einen langanhaltenden Frieden sorgen. Tabea war sich sicher, dass die Allianzen durch den Tanz noch schneller geschlossen wurden. Ehrlicherweise war es nicht nur der Tanz, der Tabea am Wiener Kongress faszinierte. Die Neuordnung Europas war eine einzige Orgie, ein Lebensfest. Eine Nachbildung eines Flugblattes dieser Zeit hatte Tabea in ihrer Wohnung: „Er liebt für alle: Alexander von Russland. Er denkt für alle: Friedrich Wilhelm von Preußen. Er spricht für alle: Friedrich von Dänemark. Er trinkt für alle: Maximilian von Bayern. Er frisst für alle: Friedrich von Württemberg. Er zahlt für alle: Kaiser Franz." Was für eine absolute Lebensweise. Tabea hätte sich gut vorstellen können, Teil dieser vergangenen Epoche zu sein, vor allem wenn der Kaiser persönlich zahlte. Sie wusste dank Woody Allen und seinem „Midnight in Paris", dass - wäre sie Teil dieser Epoche - vermutlich doch lieber um 1745 gelebt hätte. Das Rückwärtsgewandte hatte immer Charme wie es schien, selbst Mittelalterfeste waren wieder hochmodern. Das Vergangene, Analoge, begeistert mit einer Klarheit. Wie würde auf Tabeas Epoche zurückgeblickt werden? Tabea befürchtete, dass diese Gegenwart als Wunschzeit in späteren Epochen nicht vorkommen würde. Aber auch das glaubte wohl jeder in seiner Epoche. Zumindest wollte Tabea alles unternehmen, dass spätere Generationen sagen werden, was waren das für coole, wilde Zeiten. Eine Zeitreise wäre Tabea jetzt trotzdem sehr recht, solange ihr Verfolger im Jetzt bleibt. Markus tanzte Tabea von hinten an, Tabea schmiegte ihren Körper an Markus, Markus Hand fuhr langsam unter Tabeas Slip, ihre Jean samt Gürtel hatte genug Spielraum, was Tabea für ein paar Sekunden sehr genoss. Sie war "on fire", was Markus nun auch klar sein musste. Bei „Girl, you know I want your love, your love was handmade for somebody like me, come on now, follow my lead, I may be crazy, don't mind me" sang Markus laut mit, bei „Say, boy, let's not talk too much, grab on my waist and put that body on me" Tabea, bei „Come on now, follow my lead" waren es Beide. Händchenhaltend suchten sie den Standort ihrer Clique, der sich im Laufe des Abends veränderte. Sie gehörten nicht zu jenen, die einen Stammplatz einnahmen und den nicht nur für den Abend, sondern meist für alle Abende nicht mehr verlassen. Als ihre Blicke umherstreiften, sah sie Viktor. Er war es eindeutig, auch wenn sie ihn nur kurz von vorne erblicken konnte. Er war gerade dabei mit der Blondine, mit der sich auch Markus kurz unterhielt, den Club zu verlassen. Verfolgte er sie? Tabea hatte sofort einen Verdacht und wollte das auch Chefinspektor Haberl mitteilen. Nur nicht sofort, sie wollte Markus keinesfalls in die Problematik einweihen. Um 03.30 verließen alle den Club, Angelika brachte Tabea noch zu ihren Eltern und Angelika wollte Ullrich erst am Schluss absetzen, obwohl die Wegstrecke umgekehrt eigentlich kürzer gewesen wäre. Markus fuhr selbst heim, Tabea hatte ihren Eltern versprochen, dass sie direkt nach dem Clubbesuch wieder zu ihnen kommt. Im Gegensatz zu früher musste sie zwar keine Zeitvorgabe einhalten, aber es war trotzdem irgendwie eigenartig und sie fühlte sich wieder wie ein kleines Mädchen. Markus hatte sie versprochen, dass sie am Mittwoch mit ihm Abendessen gehen würde. Beim Verabschieden von Angelika flüsterte Tabea ihr vielsagend noch ins Ohr: „Viel Spaß!" Angelika grinste, aber nicht verlegen, sondern wissend.

Chefinspektor Haberl erhielt bereits am Montag einen Anruf von Tabea und sie teilte ihm mit, dass sie Viktor im Club gesehen habe. Der Chefinspektor sprach zuerst von einem möglichen Zufall, um objektiv zu wirken und die Ermittlungen in mehrere Richtungen zu führen. Aber Tabea verwies auf eine vorherige Begegnung, bevor sie überhaupt bei 2B1 angefangen hatte. Sie war sich sicher, dass Viktor hinter dem Ganzen steckt. Seine Freundlichkeiten wären nur aufgesetzt, in Wirklichkeit wollte er sie für sich haben. Er ist zwar nicht aufdringlich, aber aus Tabeas Sicht war Viktor undurchschaubar, dem vieles zuzutrauen wäre. Bereits beim ersten Bewerbungsgespräch hatte sie den Eindruck, dass er sie eindringlicher als normal ansehen würde. Nicht sofort spürbar, aber wenn sie jetzt länger darüber nachdachte, jedenfalls erkennbar. Chefinspektor Haberl fühlte sich bestätigt, es schien, als mache er bereits die ersten Fehler.

Johann hatte in der Zwischenzeit bereits mit dem Mutterkonzern Kontakt aufgenommen und diesem mitgeteilt, dass er durch die laufenden Ermittlungen davon ausgehen müsste, dass mit einer beauftragten Catering-Agentur Kundenveranstaltungen aus dem Ruder geraten wären. Er selbst war nie anwesend und er würde nun intern eine genaue Abklärung mit dem CSO vornehmen. Eventuell müsse das Arbeitsverhältnis mit dem CSO aufgelöst werden, was Johann natürlich sehr bedauern würde. Der Konzern verwies darauf, sollte die Auflösung notwendig sein, sich Johann als großzügig erweisen sollte. Aber es dürfe keinesfalls ein Problem für 2B1 entstehen, das schlimmstenfalls noch die Öffentlichkeit interessieren würde. Das Gespräch war für Johann perfekt verlaufen. Er hatte nun freie Hand und konnte den unliebsamen CSO elegant loswerden. Eigentlich wollte er sich zwar wieder um die Jubiläumsveranstaltung der 2B1 Gruppe kümmern, was in den letzten Monaten zu einem seiner Lieblingsthemen neben dem Zubau wurde. Veronika war mit ihm dabei in engen Kontakt, Johann interessierte sich auch in dieser Angelegenheit für alle Details. Strategische Entscheidungen konnten für Johann dagegen warten, was Viktor oft gehörig störte. Johann wollte noch am Vormittag mit dem CSO sprechen, der wie immer für solche Anfragen spontan Zeit haben musste, selbst wenn dafür ein Rückflug notwendig wäre. Am Nachmittag könnte er dann Chefinspektor Haberl in aller Ruhe empfangen, er hatte die Antworten und auch die - wenn notwendig - dazu passenden Fragen. Das Gespräch mit dem CSO verlief schwieriger als gedacht. Er sah sich vorerst nicht in der Verantwortung, schließlich wäre Johann voll involviert gewesen. Johann machte ihm klar, dass es hier um Kundenveranstaltungen ging, die eindeutig in seinem Resort zu verorten wären. Der CSO hatte jahrzehntelang für das Unternehmen hart gearbeitet, Privates immer an die zweite Stelle gerückt und das sollte nun der Dank dafür sein. Während Johann noch weiter palierte, erinnerte sich der CSO an die vielen Highlights mit den großen Abschlüssen. Millionenaufträge hatte er an Land gezogen, durch den Nahen Osten war er gereist, was oft nicht ungefährlich war. Mit dem Firmenjet unter der Radarwahrnehmungsgrenze in Krisengebiete geflogen, um Kunden zu zeigen, dass der Einsatz bis ans Letzte ging. Auf Johanns Initiative die Sache mit dem Catering aufgebaut, alles für das Unternehmen. Selbst Freundschaften wurden aufgegeben, wenn Johann mal wieder mit einem seiner Vertrauten Probleme hatte und dieser zu kündigen war. Ein Leben für das Unternehmen 2B1? Ein Leben für Johann? Selbst beim Gehalt hatte er sich sehr genügsam gezeigt.

Vermutlich würde Johann - nicht nur er - seinen Namen nach wenigen Wochen vergessen. Der Konzern vergaß, Johann vergaß, ein provinzielles kollektives Vergessen. Der - wie hieß er noch einmal - CSO hatte seine - ja erfolgreiche - Zeit. Diese schien nun abzulaufen, dem Vergessen ausgeliefert. Der Verwesungsprozess hatte schon begonnen, der Geruch war bereits wahrnehmbar. Er wurde aber noch überlagert mit dem freundlichem Palieren von Johann. Aber gleich würde die Verwesung in vollen Zügen stattfinden. Schneller als Tiere verwesten Menschen in Konzernen, konnten über Nacht, nein innerhalb von Stunden verwesen. Dieser Verwesungsprozess war nicht von menschlicher Natur. Doch! Er war von menschlicher Natur, Menschen waren dafür verantwortlich, dem Konzern kann alleine nicht die Schuld gegeben werden. Provinz. Ja, in der Provinz mit vermeintlichen Weltcharakter ließen es Menschen zu, dass Menschen einem Art Verwesungsprozess zum Opfer fielen. Selbstverständlich einem englischen Verwesungsprozess, wobei dieser sich vom deutschen nicht zu unterscheiden schien. „Decay process" - klang doch gleich viel besser. Konnte das Scheintote überhaupt noch verwesen? Es konnte. Jeder wandte sich schnell vom Verwesenden ab, der Aussätzige war in biblischer Gestalt in der Jetztzeit angekommen, in der Provinz, im Konzern. Konnte Viktor einen Verwesungsprozess stoppen? Er konnte. Wollte er? Wer wusste das schon. Nach einiger Zeit war dem CSO klar, dass er als Bauernopfer auserkoren wurde und dies obwohl er Johanns Ausführungen kaum Gehör schenkte. Ab diesem Zeitpunkt ging es nur mehr um die Höhe einer Abfindung und eine möglichst plausible Art des Ausscheidens. Weder im Unternehmen sollte der wahre Grund bekannt werden, noch im privaten Bereich. Der CSO war einer der wenigen, die im Sales-Bereich noch verheiratet waren. Der Job im Verkauf vertrug sich meist nur schlecht mit einer dauerhaften Beziehung. Zu vielfältig waren die Versuchungen. Eine Abfindung im hohen sechsstelligen Bereich, eine Freistellung bis zu Beginn der Pension und ein ausgeklügeltes Kommunikationskonzept überzeugten den CSO am Ende. Er würde nach reiflicher Überlegung aus dem Unternehmen ausscheiden, um sich künftig um sein vor kurzem gekauftes Weingut in der Toscana zu kümmern und seiner Ehegattin ebenfalls mehr Aufmerksamkeit zu schenken. Es wäre eine schwere Entscheidung und diese ist ihm nicht leichtgefallen. Johann würde ihm später in einem öffentlichen Schreiben für die unglaublichen Erfolge und den immerwährenden Einsatz für 2B1 danken. Besonders würde er auch seine Loyalität loben.

Johann aß - keine Anspielung auf den Verwesungsprozess - zufrieden zu Mittag im speziellen Catering-Bereich. Heute war erst am Abend die erste Kundenveranstaltung. Er brach um 12.45 Richtung Büro auf, um den Chefinspektor zu empfangen. Dieser war bereits im Foyer eingetroffen und Johann bat seine Assistentin, ihn in sein Besprechungszimmer zu bringen. Siegessicher empfang Johann Chefinspektor Haberl. Chefinspektor Haberl eröffnete das Gespräch aktiv:

CI Haberl: „Wir haben nun eindeutig Beweise, dass sie zu den Verkaufsveranstaltungen Prostituierte eingesetzt haben. Das aber interessiert uns zumindest jetzt nicht weiter, die Vergewaltigung aber sehr wohl. Welche Kunden waren damals hier? Und sagen sie jetzt nicht, dass könne nicht mehr herausgefunden werden."

Johann: „Wir können das selbstverständlich erheben, aber wir dürfen bei unseren Kunden kein Aufsehen erregen. Ich hatte damals nicht das Gefühl, dass Rita vergewaltigt worden wäre. Ja, die ganze Sache war ungut, aber eine Straftat war aus meiner Sicht - wie ich ihnen bereits mitgeteilt habe - nicht gegeben."

CI Haberl: „Nichtsdestotrotz benötigen wir eine Teilnehmerliste am besagten Abend. Wir werden behutsam vorgehen."

Johann: „Wir konnten mittlerweile Details zu den Vorfällen intern erheben und der CSO dürfte ohne mein Wissen hier deutlich zu weit gegangen sein. Bei 2B1 werden Geschäfte seriös abgeschlossen, eine Betreuung von Kunden, die weit über das übliche Maß hinausgeht, wird von 2B1 in keiner Weise geduldet. Der CSO wird dafür auch die Verantwortung zu übernehmen haben."

CI Haberl: „Wir benötigen trotzdem die Liste."

Johann: „Es wird sich wohl nicht vermeiden lassen. Bitte achten Sie auf Diskretion. Wir möchten auch vorab unseren Kunden informieren und ihn über die Ermittlungen kurz unterrichten."

CI Haberl: „Das würde ich an ihrer Stelle unterlassen, da es ansonsten zu Verdunklungshandlungen kommen könnte und sie dazu einen gehörigen Beitrag leisten würden."

Johann forderte die Kundenliste an diesem verhängnisvollen Abend an. Die Assistentin des CSO überbrachte ihm die Liste. Es handelte sich um einen der wichtigsten Kunden. Anwesend waren an diesem Abend sieben Mitarbeiter dieses Kunden. Dank des CRM-Systems waren alle Daten angeführt. Die damaligen Besucher waren namentlich genannt, selbst weitere Details und Vorlieben wurden festgehalten. Wer liebt Oper, wer Frauen, wer Alkohol, unglaublich was der Sales-Bereich alles im Repertoire hatte. Chefinspektor Haberl war es nun ein Leichtes, um an die jeweiligen Gesprächspartner heranzukommen. Er versprach dem CEO, dass er direkt die jeweiligen Mitarbeiter kontaktieren würde und den wichtigen Kunden nicht involvieren würde. Chefinspektor Haberl war zufrieden. Zumindest die Vergewaltigung schien aufgeklärt werden zu können. Er entschloss sich diesmal, sofort alle vorzuladen und das Ganze möglichst synchron und prompt. Eine Aufgabe für seine Assistentin, die sofort mit der Arbeit begann. Melderegisterauszüge wurden gemacht und das Ergebnis war, dass Chefinspektor Haberl eine Dienstreise ins Ausland antreten musste. Sämtliche Besucher waren aus der Schweiz. Weiters war ein Amtshilfeverfahren einzuleiten, damit er auch in der Schweiz entsprechende Befragungen durchführen konnte. Vor Ende dieser Woche wäre das nicht hinzubekommen.

Tabea und die Liebe

Am Mittwoch machte sich Tabea schon für die Arbeit besonders hübsch. Sie informierte ihre Eltern, dass sie mit einem guten Bekannten noch Essen gehen würde und vermutlich vor Mitternacht nicht heimkommt. Sie sollen sich aber keine Sorgen machen. Tabea zog sich heute eine Jeans und eine Bluse an, nahm für den Abend ihr schwarzes Cocktailkleid mit, das Markus schon vom ersten Abend kannte und packte ihre schwarze Strumpfhose im Overknee-Style sowie einen Tanga mit dem vielversprechenden Namen „Passion" und einen BH, der wie der Tanga mit einer Spitzenverzierung ausgestattet war, ein. Die schwarzen halbhohen, doch bequemen Stiefel, die geschnürt waren, passten gut zum Abendoutfit und konnten von ihr auch bereits im Büro getragen werden. Sie verbrachte einen arbeitsreichen Tag. Viktor hatte ihr für Ende dieser Woche noch einen Termin eingestellt. Tabea sagte diesmal ab und bat um Verschiebung, da sie zurzeit voll ausgelastet sei. Sie wollte ein Treffen solange jedenfalls vermeiden, bis Viktor entweder überführt oder entlastet wäre. Sie könnte zurzeit nicht mit Viktor in einem Raum sein. Er würde sofort merken, dass sie sich unwohl fühlt. Im Auffangen von Stimmungen war Viktor richtig gut, was ihr schon in den Bewerbungsgesprächen aufgefallen war. Vermutlich war Viktor ebenfalls zu beschäftigt und hatte ohne Rückfrage den Termin auf Anfang nächsten Monats verschoben. Tabea war zumindest kurzfristig erleichtert. Während der Arbeit dachte sie ein paar Mal an Markus und sie freute sich schon auf den Abend. Sie würde ihn um 19.00 Uhr im „Waterfall", ein schönes Innenstadt-Restaurant mit besten Bewertungen, treffen. Tabea konnte erst um 17.30 Uhr das Büro verlassen, was relativ spät war. Aber sie hatte noch ein längeres Telefonat, das sie nicht früher beenden konnte. Sie wollte nun endlich zu ihrer Wohnung fahren, um nach dem Rechten zu sehen. Außerdem konnte sie dort eine Dusche nehmen und sich umziehen. Das Umziehen hatte sie zwar schon im Auto und auf öffentlichen Toiletten geschafft, aber eine Dusche war einfach noch notwendig. Mit einem etwas mulmigen Gefühl betrat sie das Gebäude. Unten hatte sie eine Nachbarin begrüßt, was für etwas Sicherheit sorgte. Oben öffnete sie behutsam die Tür und fand alles so vor, wie sie die Wohnung vor einiger Zeit verlassen hatte. Sie schloss zweimal ab und zog sich aus. Aus der Tasche entnahm sie das Outfit für heute Abend. Sie betrachtete ihren Körper im Spiegel und war zufrieden. Nach der Dusche ging sie auf die Toilette. Sie trug ihre schnell einziehende Hautcreme auf, um ihre Haut besonders geschmeidig zu machen. Sie berührte noch ihre Brüste, die bereits eine leichte Erregung zeigten und zog ihre Unterwäsche an. Vielleicht sollten sie das Abendessen auslassen. Sie zog die Strumpfhose samt Kleid an und verwarf diesen Gedanken wieder. Es war 18.45 als sie die Wohnung verließ, sie war um sieben Minuten zu spät angekommen, Markus wartete bereits am Tisch. Markus trug eine Jean, ein weißes Hemd und ein elegantes, dunkelblaues Sakko. Sie begrüßten sich mit einem kurzen Kuss und machten sich gegenseitig Komplimente über ihr Outfit. Markus erzählte neckisch, dass er gleich in der Nähe wohnen würde. Sie tauschten sich über ihre Berufe intensiver aus und bestellten ein dreigängiges Menü. Beide nahmen zur Hauptspeise Fisch. Die Frage nach einem etwas langsameren Service verneinten sie und beide verzichteten gerne auf Pausen zwischen den Gängen. Tabea strich vor der Nachspeise Markus über die Oberschenkel, was Markus spürbar angenehm war. Nach der Nachspeise, eine wunderbare Variation des Hauses, übernahm Markus die komplette Rechnung. Er machte das sehr diskret, sodass Tabea nicht einmal feststellen konnte, wie hoch der Betrag war. Er nahm sie bei der Hand und ohne Worte machten sie sich auf zur Wohnung von Markus. Die Penthouse-Wohnung war großzügig und verfügte über drei Zimmer.

Sie war sehr modern und hochwertig eingerichtet. Tabea fiel im living room - den Raum nannte Markus so - die großzügige dunkelrote Couchlandschaft auf. Sie setzte sich, Markus kam mit zwei Drinks zu ihr, die bereits im Kühlschrank vorbereitet auf sie gewartet haben. Sie küssten sich und Tabea öffnete sein Hemd, sein Sakko hatte er zuvor bereits abgelegt. Sein Oberkörper wirkte trainiert und war leicht behaart, was Tabea mochte. Sie öffnete seine Hose und zog sie nach unten. Er saß nun in einem dunkelblauen Boss-Panty vor ihr. Sie küsste ihn, zuerst auf den Mund, dann am Nacken und auf der Brust. Markus stöhnte kurz auf. Er genoss den Anblick ihres Kleides, was sie aber nicht lange mehr anhatte. Nach einer guten halben Stunde befand Tabea, dass Markus schlimmer als ihr neuer Super-Vibrator war. Alles in ihr schien sich zu bewegen. Sie unterhielten sich und wider Erwarten war Markus nicht eingeschlafen, sondern bereit für eine zweite Runde. Sie fielen am Ende beide auf die Couch und waren mehr als zufrieden. Sie redeten noch einige Zeit über das soeben Geschehene, waren glücklich, zogen sich wieder an und Tabea verabschiedete sich mit dem Hinweis, sie müsste morgen noch arbeiten. Um 0.25 war sie zu Hause angekommen. Sie hatte das Gefühl, dass ihr Vater noch wach war und nun erst einschlafen konnte. Es war tatsächlich wie früher. Am Morgen hatte sie bereits eine Nachricht, in der sich Markus für den tollen Abend bedankte und ihr gestand, dass er sie liebte.

Ermittlungen auf Hochtouren

Chefinspektor Haberl konnte am darauffolgenden Donnerstag in die Schweiz fahren und gemeinsam mit den
Kollegen vor Ort die Befragungen durchführen. Die
Schweizer Kollegen hatten bereits mit den Ermittlungen
begonnen und es blieben zwei Verdächtige über. Chefinspektor Haberl wunderte sich, dass die Einvernahmen
ohne ihn bereits durchgeführt wurden. Die Schweizer Kollegen berichteten von einer sehr großen Offenheit und
Kooperation. Man kannte das Unternehmen schon und
die damals beteiligten Mitarbeiter wussten, dass es sich
hier um ganz eklatantes Fehlverhalten handelte, was dieses Unternehmen sicher nicht dulden würde. Eklatantes
Fehlverhalten also, so nennen das die Schweizer, dachte
Chefinspektor Haberl. Es war laut den Kollegen nur notwendig, kurz darauf hinzuweisen, dass der Arbeitgeber
gegebenenfalls einzubinden wäre, schon kamen die Aussagen wie von selbst. Auf der anderen Seite dürften die
Betroffenen bereits vorgewarnt gewesen sein. Chefinspektor Haberl wusste, dass der CEO von 2B1 hier wieder seine Finger im Spiel hatte. Die zwei Hauptverdächti-
gen trafen ein und die Befragung begann. Sie waren tatsächlich gut vorbereitet. Sie bestritten weder die Anwesenheit an diesem Abend im Headquarter von 2B1, noch
dass es zum Geschlechtsverkehr kam. Es wäre nicht der
erste Abend bei 2B1, der nach einem erfolgreichen Geschäftsabschluss so endete. Die Frauen wären immer
Professionelle und würden für diese Dienstleistungen
auch bezahlt. Es gäbe zwar auch ein internes Catering-
Service dort, aber die würden sofort nach dem Essen
heimgeschickt. Auf die Frage von Chefinspektor Haberl,
wie die Frauen zum Catering-Raum kamen, wussten die
beiden auch eine Antwort. Es gab einen direkten Weg von
der Tiefgarage zu diesem Raum. Dieser führt über einen
Lift, sodass die anwesenden Mitarbeiter nichts davon mit-
bekamen. Meist waren zu dieser Zeit auch nur mehr Pro-

duktionsmitarbeiter im Unternehmen. Am besagten Abend hatte man sich zu zweit mit einer Blondine vergnügt, die dafür hoffentlich auch bezahlt wurde. Chefinspektor Haberl wollte dazu nun mehr wissen. Sie wurden unabhängig voneinander befragt. Der Erste gab an, dass sie zuerst an der Bar schon Spaß hatten und sich dann das Zimmer von ihr zeigen ließen. Dort zog er ihren Rock hoch, während sein Kollege ihren Slip runterzog und sich mit ihr rücklings ins Bett fallen ließ. Er öffnete seine Hose und so kam es zum Geschlechtsverkehr, natürlich mit Kondom. Eventuell hatte die Professionelle was eingeworfen, sie wirkte sehr steif. Er ging dann und sein Kollege hatte sich noch kurz weiter vergnügt, war aber auch nicht besonders zufrieden mit ihr. Der Zweite bestätigte die Version des Ersten, ein paar kleine, leider auch nur unwesentliche Details waren anders. Die Schweizer Kollegen und Chefinspektor Haberl war relativ schnell klar, auf was das Ganze hinauslaufen wird. Johann hatte ihnen vermutlich auch einen Anwalt bereits vor der Aussage zur Seite gestellt. Objektiv hatte es sich eindeutig um eine Vergewaltigung gehandelt. Rita Wenger wollte keinen Geschlechtsverkehr mit den beiden Männern. Auch die Kolleginnen hatten das bestätigt, da Rita an diesem Abend aufgelöst war und auch angedeutet hatte, was passierte. Natürlich wäre die Beweisführung hier schwierig. Aber was viel schlimmer ist, die beiden Täter gingen davon aus, dass es sich um eine Prostituierte handelte, die dafür bezahlt wurde und ihren Körper dafür willentlich zur Verfügung stellte. Es fehlte die subjektive Tatseite. Beide wollten laut ihrer Aussage keine Vergewaltigung begehen. Es war eine Verwechslung. In wie weit Rita sich wehren konnte, wäre wohl noch zu eruieren bzw. ob sie völlig klar gemacht hatte, dass sie das nicht wollte. Strafrechtlich scheiterte das Ganze womöglich also ganz zu Beginn. Die Anwälte hätten sicher auch noch Gründe für den Schuldausschluss und eine fehlende Strafbarkeit parat. Anwälte im Strafrecht versuchten immer möglichst viele Reißleinen zu ziehen, um ihre Klienten vor der Strafe zu schützen. Leider passierte es bei Vergewaltigungen oft, dass keine ausreichende Gegenwehr aufgrund des Schockzustandes stattfand. Chefinspektor Haberl war aufgrund seiner Berufserfahrung nicht schockiert, aber doch betroffen. Eine eigene Welt, ein Konzern, das Strafrecht in diesem Fall keine Hilfe. Perversion? Leider ja. Chefinspektor Haberl konnte diesen Vorfall wohl zu den Akten legen. Rita Wenger hatte an ihrer Aussage wohl auch kein besonderes Interesse, sondern war mit ihrem Deal letztendlich doch zufrieden. Am Schluss würden die Beiden sowieso freigesprochen und 2B1 könnte gar noch die Zahlungen an Rita Wenger aufgrund von Sittenwidrigkeit einstellen. Nein, das machte keinen Sinn. Zumindest sollte 2B1 dafür finanzielle Leistungen erbringen, dachte Chefinspektor Haberl. Er trat etwas frustriert die Heimreise an und musste erkennen, dass ein CEO eines Konzerns viele Möglichkeiten hatte, um seine Macht zu zementieren. Vermutlich war es nicht das erste Mal, dass Johann seinen Kopf aus der Schlinge ziehen musste. Chefinspektor Haberl konnte sich nun aber ganz auf Viktor konzentrieren. Er wollte zumindest ein Zeichen setzen, dass auch bei 2B1 allgemeines Recht Gültigkeit hatte und nicht alles mit Geld und Macht geregelt werden konnte. Er bekam immer mehr ein Gefühl dafür, wie Konzerne diese Machtfülle nutzen, um noch mehr Marktanteile zu bekommen. Johann hatte vermutlich bereits während seiner Heimfahrt alle relevanten Informationen bekommen und konnte sich genüsslich in seinen Ledersessel fallen lassen. Dass er dabei massivere Rückenschmerzen spürte, konnte der Chefinspektor aber nicht wissen. Bei der Zugfahrt wurde Chefinspektor Haberl aus seinen Gedanken gerissen. Der Zugführer erkundigte sich, ob eine Ärztin oder ein Arzt anwesend sei. Tatsächlich kam ihm im Gang eine Frau schnellen Schrittes entgegen und wurde vom Schaffner in das nächste

Zugabteil begleitet. Wie er später erfahren hat, setzten bei einer jungen Frau die Wehen ein. Sie schafften es noch rechtzeitig zum Hauptbahnhof, der Zug konnte seine vorhandene Verspätung wieder aufholen, da er bei zwei Signalen vorgereiht wurde. So schaffte es die werdende Mutter noch rechtzeitig ins Krankenhaus. Selbst ihr Verlobter traf bei ihr noch Minuten vor der Entbindung ein. Zugfahren konnte immer wieder aufregend sein, für den Chefinspektor ein ideales Fortbewegungsmittel. Natürlich nicht in der ersten Klasse, mit jenen Personen war der Chefinspektor bei 2B1 schon genug beschäftigt, als dass er diese im Zug oder im Flugzeug - dort war die Business-Class noch schlimmer - antreffen wollte.

Viktor traf Sabine zufällig am Gang und bat sie in sein Büro. Er erkundigte sich nach ihrem Befinden und ob es neue Vorfälle gäbe. Sabine war eher reserviert und verließ nach kurzer Zeit das Büro von Viktor, da sie noch einen weiteren Termin hätte. Viktor merkte, dass die Ermittlungen nun auch seine Arbeit zu beinträchtigen begannen. Warum traute ihm sogar Sabine wie es aussieht zu, dass er sie verfolgen würde. Vermutlich wurde das Thema mit dem Drucker schon im Haus besprochen. Viktor fühlte sich bestätigt. Es war wieder so, dass alle um etwas Bescheid wussten. Nur der Betroffene wurde nicht informiert. Dieser konnte durch Blicke, aus dem Weg gehen und Belauschen eines Gesprächs vielleicht dahinterkommen, um was es geht. Viktor war zurzeit Gesprächsthema Nummer 1, er wurde aber darauf nicht angesprochen. Viktor versuchte sich nicht darüber zu ärgern, sondern zu lernen. Er hatte sich in der Vergangenheit schon nicht an Klatsch- und Tratschgeschichten beteiligt. Ihm war klar, dass Johann diese Geschichten wahnsinnig gerne hörte und selbst für die eine oder andere Befeuerung wohl sorgte. Johann wusste in seiner Position wieder mal mit Feinden umzugehen. Idealerweise beschäftigten sich Johanns

Feinde mit sich selbst und machten sich ihre Themen untereinander aus. Solange kämen sie nicht auf die Idee, eine Palastrevolte anzuzünden, die Johann womöglich noch den Job kosten könnte. Das Thema Catering war für Johann jetzt endlich abschlussreif. Er informierte den Mutterkonzern, dass der CSO die Verantwortung dafür übernehmen musste, die offizielle Version aber anders lauten würde. Das Catering-Service würde in Zukunft selbstverständlich nicht mehr beauftragt. Johann wies in weiterer Folge darauf hin, dass er zukünftig eine entsprechende Kontrollmaßnahme einführen würde, die solche Vorfälle noch besser verhindern könnte. Der Konzern dankte Johann für sein diskretes Vorgehen und die gefundene Lösung. Nach erfolgter Kommunikation an die Mitarbeiter konnte wieder zum Tagesgeschäft übergegangen werden. Es gab kaum Nachfragen, das Ausscheiden des CSO konnte jeder gut nachvollziehen, die Gründe waren plausibel. Die Verwesung war somit im besten Gange.

Tabea hatte in der Nacht nach dem Abendessen und dem Besuch bei Markus sehr gut geschlafen. Heute Nacht wachte sie aber schweißgebadet auf. Sie hatten einen Alptraum, der den Angreifer und den Schlagstock zum Inhalt hatte. War es ein Ast oder ein Schlagstock? Der Täter im Traum schien fast zu fliegen, die Schritte hatten etwas Lautloses. Irgendetwas konnte sie nicht auflösen, etwas stimmte nicht. Sie spielte die Szene immer wieder durch, aber sie hatte keinen Anhaltspunkt. Sollte sie trotzdem Chefinspektor Haberl nochmals kontaktieren? Für Tabea war das Motiv unklar. Wollte er sie tatsächlich vergewaltigen und sie vorher bewusstlos schlagen? Sie hatte schon etwas von Nekrophilie gehört, weshalb die Vergewaltigung einer Bewusstlosen als Motiv nicht ausscheidet. Tabea verstand diese Art von sexueller Erregung nicht, aber sie dachte weiter darüber nach. Die Nekrophilie hatte etwas Technisches in sich, keine menschliche Regung.

Bei 2B1 war ein sehr starker Technikbezug vorhanden, eigentlich eine tote Materie. Eine Materie, die immer zum gleichen Ergebnis führte und stupiden Abläufen folgte. Die Menschlichkeit könnte so abhandenkommen, der Geschlechtspartner mit eigenen Wünschen zum unbekannten, angsteinflößenden Wesen verkommen. Männer könnten nun mit Erektionsstörungen darauf reagieren und sich als Ausweg an bewusstlosen bzw. toten Frauen befriedigen. Diese konnten ihre mangelnde Erektion oder andere Schwächen nicht wahrnehmen. Scheintote, die das Lebendige nicht mehr ertragen, auch in der sexuellen Vereinigung nicht mehr. Ein interessantes, bizarres Paar: Der Scheintote mit der Bewusstlosen oder gar Toten, ein seltsamer Anblick musste das sein, dachte Tabea. Das machte ihr aber selbst gehörig Angst. Hätte sie der Täter wie ein Stück Fleisch betrachtet und sich an ihr abreagiert, wenn er den Schlag zum Ende führen hätte können? Sie sah immer wieder den wuchtigen Ast - sie war sich jetzt ganz sicher, dass es kein Schlagstock war - auf sich zukommen. Dieser wäre beim Aufprall vermutlich gebrochen. Die Wucht, durch die sich selbst der Täter unabsichtlich abwenden musste, weil er nicht getroffen hatte, wäre wohl bei einem Aufprall sehr stark gewesen. Alles sah Tabea, nur es fehlte ihr immer noch etwas. Etwas fehlte. Schemenhaft erkennbar, doch nicht erinnerbar, trotz Kopfzerbrechens nicht abrufbar. Sie würde heute den Chefinspektor aufsuchen und mit ihm nochmal über den Tathergang sprechen. Der nächste Gedanke galt Markus, der für viel angenehmere Gefühle sorgte.

Sabine hatte bei Viktor einen kurzfristigen Termin eingestellt. Es war kurz vor Ende des Monats. Viktor hatte sich etwas gewundert, da sie beim letzten Mal eher kurz angehalten war und er für sie vermutlich nach wie vor verdächtig war. Sie begrüßte ihn und teilte ihm in kurzen

Worten mit, dass sie kündigen würde. Viktor war perplex und wollte den Grund erfahren:

Viktor: „Warum wollen Sie bei uns aufhören?"

Sabine: „Ich bin auf eine andere Stelle angesprochen worden und das Unternehmen hat sich dann auch für mich entschieden."

Viktor: „Hat es ihnen bei uns nicht gefallen?"

Sabine: „Na, ja... schon. Aber ich habe jetzt näher zur Arbeit und verdiene deutlich mehr."

Viktor: „Kann ich sie noch umstimmen? Über das Entgelt können wir gerne nochmals reden."

Sabine: „Nein, mein Entschluss steht fest. Außerdem waren die Vorkommnisse der letzten Zeit, die vermutlich mit 2B1 in Verbindung stehen, alles andere als vertrauenserweckend."

Viktor: „Ja, das verstehe ich und ich bedauere es zutiefst. Es tut mir wirklich sehr leid, dass wir sie als Mitarbeiterin und als Menschen verlieren."

Sabine: „Können Sie mir bitte noch die Übergabe der Kündigung bestätigen? Außerdem möchte ich gerne meinen Resturlaub verbrauchen."

Viktor: „Ja, gerne. Betreffend Resturlaub sprechen sie bitte mit ihrer Führungskraft, aber das wird vermutlich möglich sein."

Sie verabschiedeten sich kurz und Viktor übergab das Kündigungsschreiben Veronika. Diese war etwas überrascht und Viktor verspürte eine Trauer. Er fühlte sich verantwortlich und Johann schien nicht wirklich interessiert an einer ehrlichen Aufklärung zu sein.

Viktor ging jeden Donnerstag morgen gemeinsam mit seiner Lebensgefährtin zu einem Thai Chi - Kurs. Beim vorangehenden Meditieren konnte er sich nicht richtig konzentrieren. Ihm ging seine Gerichtszeit durch den Kopf. Er wusste, dass es möglich war, unschuldig verurteilt zu werden. Er hatte einige Indizienprozesse erlebt, die zu knappen Verurteilungen geführt haben. Bei „In dubio pro reo" - im Zweifel für den Angeklagten - gab es eine wichtige Voraussetzung: Den Zweifel. Manchmal entschieden sich Richter mit Schöffen oder Geschworenen gemeinsam gegen den Zweifel. Die bisherigen Vorkommnisse waren zumindest geeignet, eine unbedingte Haftstrafe antreten zu müssen. Viktor wusste nicht nur aufgrund seines einschlägigen Wissens aus dem Studium, was für Konsequenzen das hätte. Sie würden keine Pflegekinder bekommen, vielleicht kein echter Nachteil, ein Hund wäre ja immer noch möglich. Seine Karriere würde wohl beendet sein, eine Auszeit im Gefängnis könnte selbst einem aufgeschlossenen Personalleiter wie Viktor einer ist nur schwer erklärt werden. Seine Lebensgefährtin würde wohl auch das Weite suchen, sie würde ihm nicht mehr vertrauen können. Normalerweise konnte er spätestens durch die Atemtechnik ruhiger werden, heute gelang auch das nicht. Wer hatte in seinem Umfeld Interesse ihm zu schaden? Johann würde dafür sicher in Frage kommen. Viktor war im Unternehmen sehr nahe an Johann herangekommen. Durch die Abwesenheitsvertretungen, die auch im Konzern gern gesehen waren, konnte sich Viktor stark positionieren, zu stark vielleicht. Viktor war gar nicht bewusst gewesen, welche Gefahr Johann in ihm erkannte. Johann hatte als Vertretung auf Viktor gesetzt, um die anderen Techniker von der obersten Spitze fernzuhalten. Nichttechniker würden bei einem Technologieunternehmen niemals ganz an der Spitze stehen, war sein Leitgedanke. Mittlerweile gab es aber bei anderen Konzerntöchter auch gegenteilige Beispiele. Viktor merkte, wie sein Vertrauen zu 2B1 noch weiter sank. Allein die Sache mit Brazilia und das zumindest für ihn durchschaubare Vorgehen von Johann widerte ihn richtig an. Nach Thai Chi gingen sie regelmäßig in ihr Lieblingscafé. Dort gab es wunderbare Torten, die Viktor endgültig auf andere Gedanken bringen sollten. Dort angekommen erblickte er Angelique, die bei einem Espresso die Tageszeitung las. Sie sah ihn, lächelte nur kurz und verhielt sich wie eine Fremde. Diskretion wurde in diesem Gewerbe tatsächlich gelebt, es wurde nicht nur darüber gesprochen. Nach einiger Zeit kam Viktor dennoch nochmals auf das leidige Thema zu sprechen, als seine Lebensgefährtin über den bevorstehenden Urlaub sprach. Es gäbe da ein klitzekleines Problem, da er zurzeit nicht ausreisen könnte. Er würde aber mit dem Chefinspektor nochmals sprechen, es bestünde doch wegen so einer Lappalie keine Fluchtgefahr. Seine Lebensgefährtin empfand das nicht als Lappalie, auch Viktor in Wirklichkeit nicht. Da wurden Frauen verfolgt, was für diese schrecklich sein musste. Viktor warf ein, dass zumindest bei den aktuellen Fällen noch niemand körperlich verletzt wurde. Sie verstand Viktor nicht, warum sah er die Angst nicht, die damit verbunden sein musste. Er wirkte oft gefühlskalt, gerade in dieser Situation fiel ihr das wieder auf. Seit er Personalleiter bei 2B1 war, hatte sich doch einiges bei ihnen geändert. Er konnte sein Einkommen in imposante Höhen steigern, aber der Preis war hoch, zu hoch. Das Verständnis für andere sank, seine Leistungsorientierung wurde auch im privaten Umfeld immer mehr erkennbar. In seine Augen erfolglosere Mitmenschen im Umfeld waren halt einfach zu wenig motiviert, jedenfalls selbst schuld. Er würde auch hart arbeiten müssen für den Erfolg. Jeder ist seines eigenes Glückes Schmied, erläuterte Viktor. Das würde so nicht stimmen, warf erfolglos seine Lebensgefährtin mehrmals ein.

Beim Bezahlen nahm er noch ein Tortenstück mit. Er kam im Büro an und servierte Veronika eine Himbeermousse-Kreation. Sie bedankte sich herzlich und freute sich über die Aufmerksamkeit. Er fragte noch, ob sie Kaffee wolle, was sie bejahte. Auch diesen servierte er. Für ihn war es selbstverständlich sich von Zeit zu Zeit für das Service von Veronika auf diese Weise zu bedanken. Die ganze Zeit wurde er mit Espresso und kleineren süßen Aufmerksamkeiten von ihr verwöhnt. Meist nutzte er auch die Gelegenheit für ein Gespräch. Veronika schien glücklich zu sein. Sie hatte tatsächlich den Kaufvertrag für die Wohnung unterschrieben. Sie hätte einiges angespart und der Rest konnte durch einen kleinen Kredit finanziert werden. Viktor gratulierte er aufrichtig. Veronika lud ihn zu sich ein, wenn sie mit der Einrichtung fertig wäre. Viktor nahm die Einladung an, er selbst interessierte sich sehr für Einrichtungen. Er empfand es spannend, wie Menschen ihr privates Umfeld gestalteten. Veronika hatte sicher guten Geschmack, das war ihm bei den vielen Gesprächen klar geworden. Im Gespräch hatte Veronika angedeutet, dass ihr zum ganzen Glück jetzt nur noch ein Mann fehlte. Viktor hatte spaßeshalber ein paar Vorschläge parat, die aber Veronika eher erheiterten als für weitere Überlegungen zu sorgen. Sie lachten gemeinsam darüber. Veronika wollte heute etwas früher aufhören, um ein bekanntes Möbelhaus aufzusuchen. Viktor genehmigte Veronika das gerne und verwies darauf, dass sie auch ohne Rückfrage jederzeit ihre Gleitzeit nutzen könnte. Veronika war in dieser Beziehung sehr konservativ. Der erste Einrichtungsgegenstand wäre das Bett, schließlich wollte sie bald einziehen, teilte sie Viktor beim Verabschieden mit.

Tabea nutzte ihre Mittagspause, um kurz bei Chefinspektor Haberl vorbeizuschauen. Chefinspektor Haberl folgte ihrem Traum und ihren Ausführungen mit hoher Konzentration. Tabea wollte sich fast entschuldigen, aber der Chefinspektor Haberl bestand auf jedes Detail. Ein leichtfüßiger Angreifer, vermutlich ein Sportler, mutmaßte er. Was sollte mit ihm nicht stimmen? Er fragte nach der Kleidung, körperliche Gebrechen, Auffälligkeiten. Tabeas Antworten trugen noch nicht zur Verhärtung des Verdachts bei. Tabea berichtete auch über das Ausscheiden von Sabine, die am Freitag ihren letzten Arbeitstag hatte. Damit war ihm klar, dass der Täter sich vermutlich auf Tabea konzentrieren würde oder gibt es vielleicht schon ein neues Opfer, das sich noch nicht bei der Polizei gemeldet hatte? Tabea war bisher die Einzige, die den Täter - wenn auch nur maskiert - sah. Viktor war sicherlich intellektuell, er wusste, dass eine verzerrte Stimme per Computeranalyse wichtiges Wissen über den Täter enthalten würde. Warum nutzte Viktor den Drucker aus dem Unternehmen? War er sich so sicher, dass er über jeden Verdacht erhaben wäre. Stufte er der Angelegenheit so niedrig ein, dass er nur mit wenigen Ermittlungshandlungen gerechnet hatte, ähnlich wie beim ersten Fall im Zusammenhang mit 2B1. Ganz stringent war das für Chefinspektor Haberl noch nicht. Chefinspektor Haberl bedankte sich für Tabeas Besuch, der ihm aufs Erste noch keine neuen Erkenntnisse lieferte. Er schaute sich nochmals die Akten des ersten Falles an. Durch das Niederschlagen wurde das Opfer bewusstlos gemacht. Warum stillte der Täter aber beim ersten Fall die Wunde? Wollte er sein Opfer wirklich nicht ernsthaft verletzen und schon gar nicht töten? Es ging um Einschüchterung, Macht. Der Chefinspektor hatte eine Idee. Er besuchte Angelique erneut, die diesmal erfreulicherweise frei war:

Angelique: „Ah, ein neuer Stammgast, treten sie ein, Herr Chefinspektor. Die Preise kennen sie noch vom letzten Mal?"

CI Haberl: „Ja, ja. Sagen sie, hat Viktor bzw. Norbert irgendwelche spezielle Vorlieben?"

Angelique: „Ich wüsste nicht, was das mit ihren Ermittlungen zu tun haben soll."

CI Haberl: „Bitte beantworten sie meine Frage wahrheitsgemäß."

Angelique: „Er bucht eine halbe oder eine ganze Stunde. Ganz normaler Sex. Viktor ist auf der zärtlichen Seite."

CI Haberl: „Keine SM-Spiele, keine Machtphantasien?"

Angelique: „Nein, aber da könnte ich ihnen sofort ein anderes Dutzend Männer nennen, teilweise richtig Perverse."

CI Haberl: „Das glaube ich ihnen aufs Wort, aber solange keine Straftaten dabei vorliegen, ist es nicht von polizeilichem Interesse. Wir können ja nicht jeden Perversen verhaften."

Angelique: „Nein, das nicht. Aber wir können auch nicht jeden Perversen bedienen."

Chefinspektor Haberl verabschiedete sich und Angelika hoffte scherzhalber auf ein Wiedersehen, dann hoffentlich als Kunde. Chefinspektor Haberl erwischte sich bei dem Gedanken, dies nicht gänzlich auszuschließen. Ausnahmen könnten doch maximal die Regel bestätigen. Seinen Ausweis würde er auch nicht verlieren. Er verwarf seine Gedanken und merkte, dass er einfach nicht weiterkommen würde.

Da Veronika heute bereits nicht mehr im Büro war und auch sonst nicht viel los zu sein schien, nutzte Viktor die Gelegenheit, um Angelique zu besuchen, obwohl er sich eigentlich etwas anderes vorgenommen hatte. Sie würde ihn zwar nun unter seinem richtigen Namen kennen, aber das war jetzt auch schon egal. Er hatte sie unterwegs angerufen und sie wäre in einer Stunde frei. Die Zeit nutzte Viktor für einen kleinen Stadtbummel. Er blieb kurz vor einem Dessous-Laden stehen, sollte er seine Lebensgefährtin überraschen? Nein, das ist der falsche Zeitpunkt, am Ende dachte sie auch noch, er würde nur mehr sexuelle Phantasien ausleben. Kurz danach betrat Viktor eine Bücherei, er schmökerte durch die vielen Neuerscheinungen. Es wurde gemordet, lokal wie international, verfolgt, beraten, empört und geliebt. Viktor war nicht nach Mord und Totschlag, er landete bei einem Ratgeber. Es ging wieder um Selbstverwirklichung, um das Finden von Lebenssinn. Viktor dachte in letzter Zeit viel über Veränderung nach. War das eine Chance, wollte mir jemand einen neuen Weg aufzeigen? Viktor übersah fast die Zeit und kam ca. 10 Minuten zu spät zu Angelique. Die wartete trotzdem auf ihn und hatte zuvor einen Kunden auch abgelehnt wie sie Viktor gegenüber stolz erwähnte. Sie fuhr weiter mit der Frage nach dem Service fort:

Angelique: „Was darf ich heute für dich tun, Norbert?"

Viktor: „Vieles für Viktor."

Angelique: „Auch Viktor werde ich gekonnt verwöhnen."

Viktor: „War die Polizei bei dir?"

Angelique: „Ja, ich habe dein Alibi bestätigen können. Auch zu deinen sexuellen Phantasien wurde ich befragt. Die sind aber wirklich noch ausbaufähig."

Viktor: „Was schlägst du vor?"

Angelique zog Viktor näher zu sich heran und griff ihm mit einer Hand in den Schritt und zeigte Viktor in weiterer Folge unbekannte Welten. Sie sprachen am Ende der Stunde noch kurz miteinander. Angelique bot ihm an, dass er sie auch privat besuchen könne, das wäre auch etwas preisgünstiger. Das würde sie nur gewissen Kunden anbieten, der Laufhaus-Chef war damit auch einverstanden, da er Angelika nicht komplett verlieren wollte. Sie schien so was wie ein Zugpferd hier zu sein. Viktor dankte ihr für das Angebot, nahm ihre Visitenkarte an sich und fuhr danach direkt nach Hause. Die Kontaktdaten hatte er zuvor noch in seinem Mobiltelefon gespeichert und die Visitenkarte anschließend in einem Mülleimer entsorgt. Im Laufhaus wollte er Angelique tatsächlich nicht mehr besuchen. Angelique würde sich nie als fixe Partnerin eignen, aber für gelegentliche Entspannung schätzte sie Viktor sehr. Eine private Wohnung war für Viktor außerdem reizvoll. Wie wird Angelique wohl wohnen?

Zuhause angekommen begrüßte er kurz seine Lebensgefährtin und legte sich ohne sich umzuziehen auf die Couch, um sich auszuruhen. Schön langsam fühlte er sich nicht mehr ganz so jung und sein Lebenswandel konnte ihn manchmal richtig ermüden. Seine Lebensgefährtin hatte für den Abend noch Gäste eingeladen, was Viktor grundsätzlich sehr begrüßte, auch wenn er heute lieber alleine wäre. Fehlte ja nur noch, dass ihn jemand auf seine jetzige Problematik ansprach. Die Stadt war nicht allzu groß und daher könnten Gerüchte durchaus etwas weitere Kreise ziehen. Die Befürchtungen von Viktor trafen nicht ein. Es war ein gelungener Abend mit interessanten

Gesprächen. Ein Freund von ihnen hatte vor einiger Zeit das Unternehmen, bei dem er als Geschäftsführer tätig war, gekauft. Die Geschäfte liefen großartig und er konnte den Umsatz bereits um 25 % steigern. Das sind Erfolge, die auch Viktors Möglichkeiten bei weitem übersteigen. Reich konnte er auch als HR-Leiter nicht werden, gut leben ja. War das genug? Nein. Es wurde über Wirtschaft, Reisen, schöne Autos gesprochen, kein Kommentar über Kinder, nicht einmal über Hunde. Der Getränkekonsum hielt sich in Grenzen, was Viktor auch schätzte. Dieser Grad zwischen nüchtern und leicht betrunken war sein Lieblingszustand. Das Leben konnte genau hier in vollen Zügen genossen werden. Viktor spürte in diesem Schwebezustand, um was es ihm wirklich ging: Um Unabhängigkeit, Selbständigkeit und Freiheit, die er auch im Beruf mehr einfordern sollte. Irgendetwas hielt ihn zurück, er war doch frei und trotzdem. Weder verheiratet, noch Kinder. Er könnte jetzt kündigen und Philosophie studieren. Das Geld würde zumindest noch einige Zeit reichen, das Haus könnte verkauft werden, eine kleine Wohnung würde genügen. Verantwortung? Ja, vielleicht später.

Tabea suchte nächsten Tag im Büro doch noch Viktor auf. Sie erhoffte sich, dass sie im Gespräch mit ihm ihren Traum besser deuten könnte und war dafür bereit, in die Höhle des Löwen zu gehen. Viktor war Hauptverdächtiger, er ist sportlich genug, um sich leise genug im Wald zu bewegen. Als Vorwand wollte sie über ihre eigenen Entwicklungsmöglichkeiten sprechen. Veronika hatte Viktor kurz den Grund des Gesprächs genannt. Sie verwies darauf, dass Viktor jedenfalls zurückhaltend sein sollte und so nett auch sie Tabea findet, es wäre einfach zu früh. Viktor war sehr froh, als Tabea eintraf. Er ging davon aus, dass Tabea ihre Verdächtigungen ihm gegenüber abgelegt hatte. Tabea schilderte ihre Karrierewünsche und ihre bereits erreichten Erfolge. Sie könnte auch eine komplette

Abteilung übernehmen, das wäre auch wie schon im Vorstellungsgespräch erwähnt ihr Ziel. Die Abteilungsleiterin hätte mit 21 Mitarbeitern eine zu große Führungsspanne und jetzt schon zu wenig Zeit für persönliche Anliegen. Sie führte weiter aus, dass sie gehört hat, dass das neue Führungskräftenachwuchs-Programm bald beginnt und sie da gerne dabei wäre. Viktor fand ihre Darlegungen sehr gut vorbereitet. Vermutlich würde Johann zurzeit keine weitere Führungskraft genehmigen, aber Tabea in das Programm aufzunehmen, fand selbst Viktor eine gute Idee. Er antwortete in längeren, verschachtelten Sätzen und kam am Schluss zur Aussage, dass er versuchen würde, für Tabea noch einen freien Platz im Programm zu finden. Tabea war mit dem Ergebnis des Gesprächs äußerst zufrieden, sie hätte schon fast den eigentlichen Grund vergessen. Also fragte sie ihn noch über Einzelheiten zum Führungskräfteprogramm. Während Viktor eine Informationsbroschüre hervorkramte und einige Sätze zum Programm verlor, beobachtete ihn Tabea eingehend. Er hatte ein Sakko an, trug eine Krawatte und Hemd sowie Jeans. Sie sah seine Bewegungen, seine Oberarme, ihre Augen musterten sein enganliegendes Hemd, vermutlich slim fit. Slim fit Hemden sind bei Männern unter 30 oft zu sehen, dachte Tabea, Viktor war aber doch schon deutlich älter. Plötzlich war es ihr klar. Das ist es, das ist die Besonderheit. Dieser entscheidende Hinweis würde die Ermittlungen zum erfolgreichen Abschluss bringen. Viktor erzählte noch über die Vorzüge des Programms, Tabea hörte ihm kaum mehr zu. Sie bedankte sich und Viktor sagte ihr zu, bereits nächste Woche bezüglich dieses Programms Bescheid zu geben. Eigentlich waren die Aufnahmebestimmungen etwas strenger, aber Viktor könnte hier vielleicht tatsächlich eine Ausnahme machen. Tabea verließ aufgeregt das Büro und würde jetzt noch Chefinspektor Haberl anrufen. Am besten vereinbart sie gleich einen Termin, um ungestört mit ihm über ihre neuen

Erkenntnisse zu sprechen. Tabea war sich sicher, dass sie entscheidend zur Lösung beitragen würde. Viktor dachte noch kurz an das Nachwuchsführungskräfteprogramm. Junge Menschen mit Träumen, die in einem Kurs entsprechend anpassungsfähig gemacht werden. Die Kurstage konnten noch so merkwürdig sein, es war immer nur toll. Wirklich? Ängste überwinden als Thema war nicht jedermanns Geschmack, Feuerreifen waren da noch das geringste Übel. In den Abendveranstaltungen wurde dann die Wichtigkeit des Teams betont. Es durfte kein Einzelner ausscheren, sondern nur als Team wäre der Erfolg garantiert. Die gemachten Fotos sprachen teilweise Bände. Ängstliche Gesichter im Hochseilpark, Überheblichkeit bei den erfahrenen Kletterexperten, alles war möglich. Höhenangst wurde gar nicht in Erwägung gezogen, Platzangst im Übrigen auch nicht. Ein Besuch im Salzbergwerk war für einen zu viel. Mit erhöhtem Pulsschlag und sichtlicher Panik wurde er ins Freie gebracht. Natürlich war so etwas nicht gerade karriereförderlich, die Geschichte kursierte meist dann länger in einem Unternehmen. Ein weiteres Highlight betraf die Präsentations-Techniken. Es gibt einfach Menschen - das wusste Viktor aus seiner Erfahrung allzu gut - die hatten extremes Lampenfieber. Die Überwindung war nur schwer bis gar nicht möglich. Nichtsdestotrotz wurden diese bei Abschlussveranstaltungen auf die Bühne gehievt und mussten über fünf Minuten ihre Erfolge und ihre weitere Motivation erklären. Fast eine Woche zuvor war an Schlaf bei einigen nicht zu denken. Doch wie großartig war es, diese Angst dann überwunden zu haben. Viktor war sich nicht ganz sicher, ob die Angst überwunden oder ein neues Trauma kreiert wurde. Schön war auch der Termin mit dem Titel „Schwierige Gesprächen führen". Dabei wurden Videoaufzeichnungen benutzt und fiktive Gespräche geführt. So wurden Kündigungen ausgesprochen, Leistungsabfälle und hohe Krankenstände thematisiert. Da der Kursleiter das Ganze nicht zu Hundertprozent im Griff hatte - er kam auf Konzernempfehlung zu 2B1 - konnte die Veranstaltung wunderbar abgleiten. Es wurden dann - auch dank Videoaufzeichnung jederzeit - herrliche Parodien erstellt. Wie schön war es doch, einen Kollegen zu spielen und diese nachzuahmen. Dabei wurden die Schwachstellen gekonnt offengelegt, was aber dem Kursleiter zum Großteil verborgen blieb. Sicher hätte dieser 2-Tages-Kurs innerhalb von drei Stunden stattfinden können. Auch war der sehr starke Akzent des Vortragenden zum Verständnis der Teilnehmer sehr nachteilig. Was aber auch bei vielen Vortragenden auffiel, war das Eingehen auf die eigene Erfahrung bzw. auf die privaten Erlebnisse. Unaufgefordert konnten vom Vortragenden seine Schwierigkeiten in der Ehe, seine großartigen Erfolge als Berater und der letzte Urlaub zum Besten gegeben werden. Die Stunden vergingen deswegen nicht schneller. Viktor wünschte sich - sofern er bei diesen Veranstaltungen anwesend sein musste - eine „Forward-Taste", die sich leider nicht realisieren lassen hat. So hörte er manche Geschichte zwei- bis dreimal, interessanter wurde sie dadurch nicht. Egal, das Gespräch mit Tabea war gut verlaufen und Tabea wäre kritisch genug, auch das Nachwuchsführungskräfteprogramm zu hinterfragen. Vielleicht konnte Viktor mittels mehreren ehrlichen Rückmeldungen Verbesserungen vollziehen.

Nach dem Gespräch mit Tabea bat Johann Viktor telefonisch in sein Büro. Er sprach mal wieder über den Verdacht und wie Viktor gedenkt damit umzugehen. Er hätte das Gefühl das im Unternehmen bereits darüber gesprochen wurde und gerade in seiner Funktion als Personalchef müsste er über jeden Verdacht in dieser Hinsicht erhaben sein. Johann wiederholte sich zwar, aber Viktor wusste, dass er dieses Mittel bewusst zur Verstärkung einsetzte. Sollte Johann auch ihn loswerden wollen? Zwei

Fliegen mit einer Klappe schlagen? Wer könnte aber seine Abteilung HR leiten? Johann hatte in der Vergangenheit eng mit Veronika zusammengearbeitet und sie öfter gelobt. In Zusammenhang mit der anstehenden Jubiläumsfeier erkannte er auch neue Talente bei ihr und war regelrecht begeistert. Viktor kannte Johann so begeisterungsfähig gar nicht, aber als Nachfolge wäre Veronika jedenfalls nicht geeignet. In seiner Position ging es nicht um Jubiläumsfeiern, sondern um Strategie und kompetente Entscheidungen. 2B1 musste auch in der Zukunft die richtigen Mitarbeiter, zur richtigen Zeit am richtigen Ort haben. Dafür war Viktor zuständig, ein attraktiver Arbeitgeber sollte 2B1 auch in der Zukunft sein, Anziehungskraft für High Potentials ausstrahlen. Johann wies im Verlaufe des Gesprächs erstmals konkret darauf hin, dass sollten sich die Anschuldigungen als wahr erweisen, er Viktor nicht mehr halten könnte. Er würde es außerordentlich bedauern, aber er müsste ihn verstehen. Viktor war das klar, aber nur wie konnte er die Vorwürfe entkräften? Tabea und Sabine würden ihn vielleicht weiter verdächtigen, für Chefinspektor Haberl war er bereits schuldig gesprochen. Mit einen oder zwei Zeugenaussagen wäre ein Haftbefehl bei der Staatsanwaltschaft sicher durchsetzbar. Das wäre es dann gewesen. Selbst wenn im Gerichtsverfahren ein Freispruch erfolgen würde, eine Rehabilitation würde lange Zeit in Anspruch nehmen. „Irgendetwas wird schon dran gewesen sein" ist leider die zu befürchtende gesellschaftliche Beurteilung. Er würde wohl die Stadt wechseln müssen, um seiner Tätigkeit wieder nachgehen zu können. Wollte er dann überhaupt nochmals in der Geschäftsführung sitzen? Als Personalleiter tätig sein? Viel Geld verdienen? Große Autos fahren? Tolle Urlaube machen? Viktor war unsicherer denn je. Nachdem sie doch noch über einige anstehende Personalthemen gesprochen haben, ging Viktor zur Tür hinaus ohne auf die sowieso nicht authentischen Worte der Aufmunterung von Johann zu achten.

Tabea kontaktierte an diesem Abend Chefinspektor Haberl. Durch das Gespräch mit Viktor fiel es ihr wie Schuppen von den Augen. Chefinspektor Haberl war verblüfft. Eigentlich war es naheliegend, er würde heute noch dieser Sache nachgehen. Er dankte ihr und versprach, dass es wohl bald zu einer Festnahme kommen würde. Tabeas Selbstbewusstsein war nun merklich gestiegen, sie hatte das Gefühl, dass sie gestärkt aus dieser Sache hervorgehen würde und sich die Dinge wieder in ihrer Kontrolle befinden. Ein Kriminalfall, der kurz vor der Lösung stand und sie hatte dazu ein großes Stück beigetragen. Tabea dachte auch noch über etwas anderes nach. Sollte sie sich eine Auszeit nehmen, sie nannte es „Sabbatical". Eine Weltreise mit Markus war für Tabea ein schöner Gedanke. Sie könnte später immer noch Karriere machen. Und die ganze Geschichte - auch wenn die Aufklärung vielleicht wirklich kurz bevorstand - könnte so noch besser verarbeitet werden. Wollte sie wirklich in einem Konzern arbeiten? Konnte sie sich so anpassen? Ein halbes oder gar ein ganzes Jahr Auszeit würde vielleicht ihre Sicht ändern. Markus könnte sie begleiten, er wirkte zumindest flexibel genug. Wenn 2B1 auch Sabbaticals noch nicht anbieten würde, so könnte sie die Erste sein. Notfalls könnte sie auch kündigen und dann später wieder in das Berufsleben einsteigen. Ihre Capsule-Wardrobe wäre auch schnell gepackt und mehr brauchte Tabea nicht. Sie wollte heute noch Markus anrufen und ihm von ihrer Idee berichten. Sie würden mit dem Zug starten und zuerst Osteuropa bereisen. Anschließend wäre der Süden dran. Die vielen Eindrücke, die verschiedenen Menschen, tolle Lokale, aufregende Erlebnisse, all das könnte Tabea bevorstehen. Alternative wäre eine Karriere, die fast schon vorgezeichnet war. Umso so tiefer sie in ihre Idee eintauchte, umso klarer wurde ihr, dass sie fast schon die Koffer gepackt hat.

Für Chefinspektor Haberl wurde es noch ein längerer Abend bzw. eine längere Nacht. Der Hinweis von Tabea konnte an Wert nicht überschätzt werden.

Die Verhaftung

Viktor sprach heute Abend mit seiner Lebensgefährtin über seine Befürchtungen. Er hatte das Gefühl, dass sie ihm wirklich zuhörte. Er ging davon aus, dass Chefinspektor Haberl den nächsten Schritt setzen wird. Er könnte sich auch vorstellen, dass er verhaftet würde. Seine Lebensgefährtin war nach dieser Aussage schockiert. Eine Verhaftung? Nein, Viktor konnte doch nicht verhaftet werden. Er hatte ihr doch alle Beweismittel offen genannt, am besagten Abend hätte er doch ein Alibi. Viktor konterte, dass das Alibi im Büro nicht reichen würde, die Stempelzeiten könnten auch manipuliert worden sein. Über das echte Alibi wollte er mit seiner Lebensgefährtin unter keinen Umständen sprechen. Aber das Alibi war tatsächlich eine Schwachstelle, das wusste Viktor. Seine Lebensgefährtin machte den Vorschlag, er sollte für die Anwesenheit im Büro noch einen Zeugen „organisieren", wenn ihn schon keiner gesehen haben sollte, was für sie nur schwer vorstellbar war. Außerdem war als Indiz nur ein Drucker, zu dem auch viele andere Zugriff hatten. Viktor wusste, dass der Drucker tatsächlich nur von Personen aus dem Personalbereich bzw. im Personalbereich genutzt werden konnte. Wieder tauchte bei ihm die Frage auf: „Wer hat ein Interesse, mir so zu schaden?" Johann hatte in seiner Vergangenheit schon viele Tricksereien an den Tag gelegt. Tricksereien, die auch als Straftat bezeichnet werden könnten, waren da genauso dabei. Er brauchte nur an die Sache mit den Förderungen denken. Wieviel Gelder aus dem öffentlichen Fonds für Forschungsgelder geflossen waren, konnte Viktor nicht genau sagen, aber dass die Abrechnungen nicht der Wahrheit entsprachen, wusste er. Johann forderte immer wieder Arbeitszeitaufzeichnungen an. Bei der Überprüfung der Förderungen passten diese aber nicht mehr zusammen. Die Aufzeichnungen der Konstrukteure und Entwickler waren deutlich erhöht ausgewiesen worden. Selbst schienen Entwicklungen auf, die entweder bereits vorhanden waren oder überhaupt nicht in dieser Form umgesetzt wurden. Viktor sprach Johann darauf an, was zur Folge hatte, dass Johann sich nun direkt um die Förderungen kümmerte und der dafür zuständige Mitarbeiter nach einiger Zeit selbst kündigte. Für Viktor war es unglaublich, dass die Förderungen in Österreich nicht deutlich genauer und detaillierter geprüft werden. Im besten Falle handelte es sich um Wettbewerbsverzerrung, im schlechteren Fall um klaren Betrug. Nein, aber eine solche Inszenierung entsprach nicht ganz Johanns Handschrift, sicher könnte er jemand auf Viktor ansetzen, aber es gäbe viel diffizilere Methoden Viktor aus dem Unternehmen zu bringen. Viktor wusste, dass er irgendjemanden in die Quere gekommen sein müsste. Er wäre zu so etwas gar nicht fähig, oder? Seine Lebensgefährtin war von seiner Unschuld noch immer felsenfest überzeugt. Ihre Beziehung war in mancher Hinsicht nicht optimal, sie könnten regelmäßiger miteinander schlafen, aber Viktor hätte genug Möglichkeiten, ohne Ausübung von Druck oder Gewalt Frauen in sein Bett zu bekommen. Sie hatte auch schon Verdächtige im eigenen Freundes- und Bekanntenkreis ausgemacht, diese Ideen aber dann wieder verworfen. Sie hatten Neider, beide waren erfolgreich und viele wussten, dass sie nicht von Geldsorgen geplagt waren. Schöne Urlaube, teure Autos, sehr gute Jobs und ein Anflug von savoir livre war für die eine oder den anderen wohl zu viel, aber keinem würden sie es zutrauen, Viktor so anzugreifen. Außerdem wussten die Beiden nicht, wie sie an die Informationen kommen konnten, die eigentlich nur in der HR-Abteilung von 2B1 zur Verfügung standen. Zumindest war der Zusammenhang zu 2B1, die Chefinspektor Haberl als gegeben annahm, nicht von der Hand zu weisen. Viktor schlief in dieser Nacht schlecht, er träumte, wie er ein Mädchen in einem Park angriff, in sie eindringen versuchte und erst nach lautem Schreien von ihr losließ. Er wachte auf und war sehr froh, dass es ein Traum war. Steckte mehr in ihm, als er selbst ahnte. Würde er etwas verdrängen? Ja, im Verdrängen war er richtig gut. Lebenslügen? Soweit wollte Viktor nicht gehen. Davonlaufen? Ja, wenn es auch nicht die beste Lösung oft war. Seine Sorgen wurden größer. Viktor war froh, dass er sich den Rest der Woche freigenommen hatte. Er wollte einfach nicht im Büro von 2B1 den scheinheiligen Kollegen ins Auge blicken. Sie wussten bzw. ahnten bereits, dass Viktor bei den Ermittlungen als Verdächtiger aufschien. Johann würde das sicherlich nutzen, so wie er sich Viktor gegenüber in letzter Zeit verhalten hatte. Egal, er wollte auf andere Gedanken kommen und einige schöne Tage mit seiner Lebensgefährtin verbringen. Diese war gerade aufgestanden und beide beschlossen heute ohne Tai Chi - Vorprogramm ein Frühstück in ihrem Lieblingscafé einzunehmen. Sie genossen die gemeinsame Zeit und machten sich danach auf zu einem Spaziergang. Hübschere Damen zogen Viktors Aufmerksamkeit nur kurz in seinem Bann, meist ohne dass es seine Lebensgefährtin wirklich bemerkte. Früher war das noch anders oder seine Lebensgefährtin störte sich einfach viel mehr daran. Eine glückliche Beziehung, da war sich Viktor ganz sicher, setzt voraus, dass in erster Linie er selbst seine Partnerin glücklich machen musste und alles andere folgte. Während des Spaziergangs kam ihm noch ein Gedanke. Was wäre, wenn Tabea alles nur erfunden hätte. Sie wollte Karriere machen, Johann nutzte meist die jüngeren Mitarbeiter in dieser Richtung aus. Möglichst hoher Einsatz, ein Leben für die Firma und Mitarbeiter konnten die Karriereleiter hochklettern. Spezialaufträge, die sich oft am Rande oder außerhalb der Legalität befanden, konnten wahrlich als Turbo dienen. Eine eingeschworene Gemeinschaft, die sich gegenseitig immer wieder helfen würden und entsprechende Abhängigkeiten sorgten dafür, dass keine Krähe der anderen ein Auge auskratzen würde. „Was für eine schöne Welt", befand Viktor sarkastisch. Tabea fehlte aus Viktors Einschätzung diese Skrupellosigkeit, was sie auch als Verdächtige ausscheiden ließ. Sie war einfach eine junge, taffe Frau, die ihren Weg ging, vermutlich auch mit Leistung überzeugen wollte. Den klassischen Assistentinnenweg mit „Beine breit machen" und „Blowjobs" schien Tabea völlig zu Recht auszuschließen. Nicht alle Assistentinnen würde ihre Rolle so auslegen, aber Viktor war nun doch schon einige Zeit im Berufsleben und für ihn schien es eher die Regel zu sein, dass viele der Assistentinnen zumindest zeitweise ihrem Vorgesetzten intim näherkamen. Das alles wäre nicht so schlimm, wenn sie diese durch Sex erkaufte Macht nicht permanent und penetrant ausspielen würden. Das wichtig Nehmen der eigenen Person versuchte Viktor tunlichst zu vermeiden, er erahnte bereits, nein er wusste es, wie schnell alles vorbeisein konnte.

Chefinspektor Haberl besuchte 2B1 am nächsten Morgen mit einer kleinen Einheit. Es herrschte gehöriger Aufruhr bei 2B1, da auch Beamte in Polizeiuniform dabei waren. Ziel war die HR-Abteilung. Chefinspektor Haberl vermisste zwar Viktor, aber das war für seine Beweisführung zumindest jetzt noch nicht wichtig. Viktor bekam von alldem auch nichts mit, er verbrachte seine freien Tage mit abgeschaltetem Firmen-Mobiltelefon. Chefinspektor Haberl genoss förmlich den Trubel bei 2B1, die Diskretion wurde schlagartig über Bord geworfen. Selbst der CEO war sichtlich aufgeregt und herrlich überfordert. Chefinspektor Haberl ließ ihn von zwei Polizisten aus den Räumlichkeiten bringen und schloss mit dem Hinweis, es sollte ihm doch ein Glas Wasser gereicht werden. Vielleicht am besten im Cateringraum, dort könnte er sich gut beruhigen. Viel hätte nicht gefehlt und der CEO hätte wohl tatsächlich betriebsärztlichen Beistand benötigt.

Viktor hat für heute einen kleinen Ausflug mit dem Rad geplant, bevor am Wochenende wieder der Pflegeelternkurs ihre Anwesenheit erfordert. Das Frühstück nehmen sie allein ein. Es gibt Lachs, Marmelade, eingelegte getrocknete Tomaten und Joghurt, nicht zu vergessen die Zeitung. Sie lesen am Morgen gerne und genießen zwischen den Artikeln den Austausch. Beide hoffen, dass der gebuchte Urlaub doch noch angetreten werden kann.

Viktors Lebensgefährtin: „Sonst verschieben wir halt den Urlaub, vielleicht wäre dieser unter diesen Umständen sowieso nicht erholsam."

Viktor: „Ja, da hast du vermutlich recht. Ich habe zwar die Flüge schon gebucht, aber gegen eine geringe Gebühr kann ich diese sicher noch umbuchen."

Viktors Lebensgefährtin: „Irgendwie merkwürdig, dass du unter Tatverdacht kommen musst, damit wir wieder ernsthaft miteinander reden können."

Viktor: „Du weißt, wie ich das sehe. Alles hat seinen Grund und selbst das wird irgendwann mal Sinn ergeben, auch wenn ich jetzt echt nicht weiß, was dieser Sinn sein könnte."

Viktors Lebensgefährtin: „Ich glaube, dass du in deiner Firma nicht mehr glücklich bist. Ehrlich gesagt, brauchen wir auch das Geld gar nicht."

Viktor: „Da hast du sicher recht. Mit den ganzen Machenschaften von Johann habe ich tatsächlich meine Probleme. Menschlichkeit zählt dort nicht, jeder gegen jeden im Management. Johann ist einfach mit allen Wassern gewaschen und trickst, wann immer es notwendig ist. Sobald ich ihn darauf anspreche, wird er richtig ungut und zornig."

Viktors Lebensgefährtin: „Da balgen wir zwei uns lieber und verzichten auf den ganzen Firlefanz."

Das Gespräch wird durch die Klingel unterbrochen. Viktor geht zur Tür. Durch das Glas sieht er eine größere Gestalt und ahnt bzw. befürchtet vielmehr, um wen es sich handelt. Als er die Tür öffnet, erscheint Chefinspektor Haberl in Begleitung von zwei Polizisten.   Viktors Herz rast, gleich passiert das Unausweichliche. Chefinspektor Haberl eröffnet sofort: „Hallo, ich muss ihnen leider mitteilen, dass sie…". „Verhaftet sind", denkt Viktor weiter. „Sie haben das Recht zu schweigen…", wird ebenso gleich folgen, ist sich Viktor sicher. Was hat er sich nicht alles aufgebaut? Ein Haus, eine tolle Beziehung zu seiner Lebensgefährtin, vielleicht kommen sogar noch Kinder oder zumindest ein Hund dazu, ein toller Job. Das wird es jetzt gewesen sein. Aus. Vorbei. Der große Einsatz bei 2B1, für was? Dass Johann ihn loswerden will. Viktor erwartet keinen Dank, aber das hätte nicht sein müssen. Für was? Viktor bleibt bei dieser Frage hängen. Das Geld macht ihn auch nicht glücklich, gerade jetzt im Zuge seiner Verhaftung wird ihm das alles klar. Er braucht kein großes Auto, in dem er von der Außenwelt abgeschirmt wird, keine Villa, für die er jahrzehntelang eine Hypothek abbezahlen muss, keine Gourmet-Restaurants, keine Urlaube in Fünfsterne-Häuser, er braucht jetzt nur einen Menschen, der jetzt zu ihm steht: Seine Lebensgefährtin. Warum ist ihm das nicht schon viel früher eingefallen? Wie oft hat er zugunsten der Firma private Verpflichtungen nicht wahrgenommen oder ist zu spät gekommen? So viele Streitigkeiten, nur dass die Firma zufrieden ist. Blödsinnige Besprechungen, die zu nichts führen, er hat die Nase gestrichen voll. Wobei eine Kündigung jetzt nicht zur Debatte steht, wenn er in Untersuchungshaft sitzt. Für was? Für Johann, den er immer aus der Patsche hilft, wenn sein Redefluss stockt oder die vielen unangenehmen Dinge, die immer Viktor für ihn erledigen musste? Für sein Team, dass immer die Fahne nach dem Wind drehen wird? Viktor weiß oft, was er nicht will. Genau in dieser Sekunde, weiß er aber auch, was er will. Er will Beziehung. Beziehung zu seiner Lebensgefährtin. Wenn notwendig auch Beziehung zu Kindern - ja, Beziehung zu einem Hund wäre auch möglich. Beziehung zu Freunden und Bekannten. Laue Sommernächte im Garten genießen, die trotzdem nicht spießig sind. Anregende Gespräche, den Anderen ernst nehmen, die wahren Werte erkennen, zu Fuß einkaufen gehen, mit dem Rad Freunde besuchen, im See schwimmen gehen, Segeln lernen. Das will Viktor jetzt oder zumindest nach der Untersuchungshaft. Seine Unschuld wird hoffentlich durch ein faires Verfahren zu beweisen sein. Sonst könnte er immer noch auf haftmildernde Umstände plädieren, er ist schließlich bisher völlig unbescholten. Für was? Viktor spürt, dass es vielleicht zu spät sein könnte. 37 Jahre? Zu spät? Ja, zu spät unter diesen Umständen. Was hatte er noch bis vor Kurzem karrieretechnisch alles vor, wie wichtig war ihm das. Jetzt, alles anders, in diesem Moment. Ein einfaches, überschaubares Leben, mit Gefühl, das wünscht sich Viktor. Ein Wunsch, der vielleicht kurzfristig nicht erfüllbar ist. Viktor denkt kurz an seine Kindheit. Das Spielen mit seinen Freunden, die Lagerfeuer, das Zelten, die Gespräche mit seiner ersten richtigen Freundin. Er hat eine schöne Zeit verbracht. Damals wollte er Lehrer werden. Die Kreidetafel - noch kein Whiteboard, die Schulbücher, vielleicht auch die Autorität, das alles hat Viktor sehr gut gefallen. Irgendwann hörte die Freude an der Arbeit auf und Karriere bzw. Geld waren die neue Währung. Hat Viktor auf das falsche Pferd gesetzt? Er, der zumindest jetzt auch auf Geld verzichten könnte, dafür aber mehr an Authentizität braucht. Hatte Viktor Fehler gemacht? Ja, die Karriere hat ihn verblendet und der Preis scheint nun hoch zu sein. Zurück zum Wesentlichen, er spürt wie ein Glücksgefühl in ihm hochsteigt. Ein Glück, dass auf Einfachheit und auf das Wesentliche gerichtet ist. Wie könnte er die Untersuchungshaft gut nutzen? Vielleicht soll er nochmal ein Studium beginnen, etwas Neues probieren. Die Rechtswissenschaft hat ihm viel Freude bereitet, vor allem auch die Nebenfächer wie Soziologie und Rechtsphilosophie. Er könnte vielleicht Philosophie studieren. Vielleicht gibt es auch während der Untersuchungshaft so etwas wie Ausgang. All das und noch einiges Mehr geht ihm innerhalb von wenigen Sekunden durch den Kopf.   Chefinspektor Haberl hat wohl ganze Arbeit geleistet. Hat er ihn nun zur Strecke gebracht?

CI Haberl: „Hören Sie mir zu? Sie sehen irgendwie bleich aus. Geht es ihnen nicht gut?

Viktor: „Doch, doch. Es geht schon. Reden sie weiter."

CI Haberl: „Also, leider muss ich Ihnen mitteilen, dass sie…"

Viktor: „Verhaftet sind."

CI Haberl: „Nein, nicht doch, so ein Blödsinn. Dass sie in Zukunft leider ohne ihre Assistentin im Büro auskommen müssen. Wir haben Sie heute morgen verhaftet. Sie ist dringend tatverdächtig, nicht nur für die Taten bei Tabea und Sabine verantwortlich zu sein, nein, auch der alte Fall Martina geht vermutlich auf ihre Kappe."

Viktor: „Veronika ist verhaftet?"

CI Haberl: „Ja, heute morgen."

Viktor: „Wieso ausgerechnet sie?"

CI Haberl: „Das Motiv ist noch nicht ganz klar. Vermutlich war sie eifersüchtig auf die Mitarbeiterinnen. Sie dürfte ziemlich verliebt in sie sein."

Viktor war baff. Veronika, seine geschätzte Assistentin, der er immer in jeder Situation vertraute. Sie hat sich gegen ihn verschworen, auf heimtückische Weise. Fehlgeleitete Liebe als Motiv?

Viktor dämmerte es schließlich, nachdem er noch ein paar Worte mit dem Kommissar wechselte. Der Kommissar entschuldigte sich noch, dass er zwei Polizisten im Schlepptau hatte. Aber sie würden jetzt zu 2B1 fahren und Viktor lag so schön auf dem Weg. „Warum 2B1?", fragte Viktor. Chefinspektor Haberl würde Johann in Untersuchungshaft nehmen. Es ging um Förderbetrug in Millionenhöhe und er hatte im Zuge der Ermittlungen einen anonymen Tipp bekommen. Die spezialisierten Kollegen im Wirtschaftsdezernat würden anschließend die weiteren Ermittlungen übernehmen.

Veronika schätzte das Vertrauen zu Viktor immer. Einmal bei einer Feier waren sie sich mehr als üblich - im Nachhinein gesehen leider - nähergekommen. Das war ziemlich am Beginn seiner Tätigkeit als Personalleiter und Viktor dachte darüber auch gar nicht mehr nach. Viktor wäre nie auf die Idee gekommen, dass Veronika ihm irgendetwas Böses wollte. Sie arbeiteten immer eng zusammen, sie wusste alles über Viktor. Auch wenn mal die Beziehung zu seiner Lebensgefährtin nicht so gut lief. Chefinspektor Haberl deutete an, dass vermutlich es zuerst um das aus dem Wegräumen von Konkurrentinnen ging, dann aber um die Vernichtung Viktors. Das Motto von Veronika schien gewesen zu sein, wenn ich ihn nicht haben konnte, dann sollte ihn keine haben und vor allem sollte er so leiden wie sie. Viktor war klar, dass es in Konzernen vieles gab und er glaubte, er hätte schon alles erlebt. Aber das hier überstieg sogar seine Vorstellungen. Er, der große Personalleiter mit jahrelanger Erfahrung, konnte in seinem engsten Umfeld nicht erkennen, dass dort ein hinterhältiger Angriff auf ihn stattfand. Er merkte, dass er auf Veronika trotzdem gar nicht böse sein konnte. Ja, er hätte allen Grund dazu gehabt, aber sie tat ihm leid und er wusste, dass sie selbst damit in ihrem Leben klarkommen müsste.

Als er zu seiner Lebensgefährtin kam, fragte seine Lebensgefährtin, wer den geläutet hatte. „Chefinspektor Haberl", antwortete Viktor kurz, „sie haben Veronika verhaftet." „Deine Assistentin? Spinnen die jetzt komplett?", entrüstete sich seine Lebensgefährtin. Viktor versuchte, ihr die ganze Angelegenheit zu erklären. Veronika hätte sich wohl in ihn verliebt. Ob sie dazu einen Anlass gehabt hätte, wollte seine Lebensgefährtin gleich wissen. Nein, antwortete Viktor, sie tauschten sich zwar gerne über private Themen aus, aber mehr war da nicht. Mehr war da nicht, zumindest jetzt nicht mehr, dachte Viktor. Seine Lebensgefährtin wusste, dass Viktor vielleicht ein wenig flunkert, aber sie war jetzt einfach auch glücklich, dass Viktor nicht der Täter war und das nun auch ganz offiziell. Sie könnten endlich gemeinsam in den Urlaub fahren. Sie holte eine Champagner-Flasche aus dem Keller und brachte zwei Gläser. Viktor hatte jetzt ebenfalls Lust, die ganze Flasche zu leeren. „Und wenn es in Zukunft kein Champagner mehr ist?", fragte Viktor. Seine Lebensgefährtin lachte: „Der Diskont-Sekt ist beim letzten Mal Testsieger geworden! Außerdem sind wir doch auch ohne Sekt lustig genug."

Viktor war so erleichtert. Es war, als ob er von einer Sekunde zur anderen zehn Kilogramm abgenommen hätte. Das Gefühl überrollte ihn. Er fing an zu weinen und es war ihm nicht peinlich. Seine Lebensgefährtin nahm ihn in den Arm und küsste ihn. Viktor war zu Hause. Er überlegte lange, wie er mit den Vorkommnissen umgehen sollte. Sein Team würde ihn am Montag überfallen und die Neuigkeiten wären sicher das Gesprächsthema Nummer 1. Viktor ließ seine Zeit bei 2B1 nochmals vorüberziehen. Auch seine berufliche Laufbahn stand auf dem Prüfstand. Für was? Diese Frage war jetzt richtig präsent. Das Geld hatten sie bisher genossen, aber sie waren auch vorher glücklich, mit weniger Geld. Notfalls konnte er auch seine Besuche bei Angelique reduzieren, ganz aufzugeben war vielleicht noch nicht der richtige Zeitpunkt, schließlich würde er doch in der Privatwohnung einen Spezialpreis bekommen. Er wollte jedenfalls in Zukunft mehr Zeit mit seiner Lebensgefährtin verbringen. Was hatte er mit Veronika nicht alles besprochen, Autos, Wohnungseinrichtung, Urlaube, alles vergeudete Zeit. Zu ihm gestanden ist nur seine Lebensgefährtin, selbst als es ganz brenzlig wurde. Johann war eine reine Enttäuschung, seine Freunde letztendlich oberflächlich. Er sah sich zuhause um, so viele Gegenstände und so wenig Zeit. Golfschläger, die verkauft werden konnten. Ein Fahrrad, dass endlich mehr bewegt werden wollte. Ein Fernseher, der eigentlich nur Zeitverschwendung war. Viktor wollte neu beginnen. Ohne Zusatzversicherung, ohne Fernseher, ohne Golfschläger. Dafür mit Zeit, mit noch mehr Zeit und Gefühl. Er dachte an die von großartigen, österreichischen Liedermachern stammende Songzeile „Awarakadawara, wo san meine Hawara, wo san meine Freind, wenn die

Son net scheint". Und fand die für sich die richtige Antwort.

Er kam Montag ins Büro. Johann hatte ihn bereits unterwegs am Mobiltelefon angerufen und er sollte sofort zu ihm kommen, wenn er im Büro eintreffen würde. Viktor wunderte sich, weil er Johann eher im Gefängnis vermutet hätte. Vorwurfsvoll hatte Johann Viktor noch darauf hingewiesen, dass er ihn am Wochenende nicht erreichen konnte. Viktor kam ins Büro und sortierte seinen Schreibtisch. Veronikas Platz war seltsam leer, er schaute auf ihren Sessel und fühlte sich kurz sehr traurig. Er hatte schon einmal dieses tiefe Gefühl der Traurigkeit gehabt, als er vor zwei Jahren erstmals einen leeren Sessel bewusst gesehen hatte. Damals war eine junge Mitarbeiterin plötzlich verstorben. Leere Schreibtische und Sessel hatten seitdem für Viktor immer eine Traurigkeit an sich. Seine Laune wurde änderte sich, als ihm beim Sortieren der Unterlagen auch das Kündigungsschreiben von Tabea auffiel. Sie ersuchte um schnelle Auflösung des Arbeitsverhältnisses bzw. könnte sie sich auch eine Auszeit vorstellen, da sie mit ihrem Freund eine Weltreise machen wollte. Eine Weltreise? Er konnte Tabea verstehen und war nun selbst bereit für die nächste Aufgabe. Er ging zu Johann, der noch kurz telefonierte. Nach dem Telefonat betrat er sein Büro. Angekommen beim Besprechungstisch berichtete ihm Johann sofort vom Polizeieinsatz letzte Woche. Sie hätten von allen HR-Mitarbeitern und Mitarbeiterinnen DNA-Proben genommen. Der Chefinspektor hatte sich unmöglich benommen, es waren wieder einmal Polizisten in Uniform vor Ort. Von Diskretion versteht die Exekutive wohl nichts, katastrophal mit einem Wort. Ach ja, Viktor wäre sicherlich froh, dass sich der Verdacht nun doch nicht erhärtet hätte. Johann müsste Veronika natürlich helfen und meinte: „Das Ganze ist wohl nur etwas aus dem Ruder gelaufen und Veronika ist doch grundsätzlich eine tüchtige Mitarbeiterin, die selbstverständlich unsere Firmenanwälte kostenlos zur Verfügung gestellt bekommt. Wenn sie wieder bei uns ist, wäre es vielleicht besser, wenn sie nicht im HR-Bereich beginnt." Was für eine Erkenntnis für Johann, dachte Viktor. Johann ging davon aus, dass Veronika mit Hilfe der Firmenanwälte zumindest bei der unbedingten Haftstrafe unter zwei Jahre bleiben würde. Johann freute sich sichtlich bereits auf die Rückkehr. Veronika war ihm - so Viktors Einschätzung - richtig ans Herz gewachsen. Im Übrigen wurde er letzte Woche selbst verhaftet, teilte Johann Viktor mit. Das müsste sich Viktor mal vorstellen, der Chefinspektor hatte es tatsächlich fertiggebracht, ihn, Johann, den CEO zu „veeeerrhaaaafffteeeen". Bei „Verhaften" dehnte Johann das Wort ungewöhnlich lang aus, um die Brisanz nicht unerwähnt zu lassen, aber auch um Viktor die Zeit einer angemessenen Reaktion zu geben, sprich Empörung, Beileid und Unverständnis gegenüber der Exekutive. Es ging wie Johann weiter ausführte - Viktors Reaktion war für Johann völlig unzureichend, wirkte gar gleichgültig - um Förderungen. Seine Anwälte hätten aber ganze Arbeit geleistet. Sollte tatsächlich am Betrug etwas daran sein, so wäre dies die alleinige Verantwortung vom CFO, das konnten die Anwälte bestens darlegen. Johann würde maximal die Anträge unterschreiben und sich um die Details - wieder einmal - nicht im Geringsten kümmern. Der Konzern wäre schon informiert…, also business as usual. Viktor horchte nun schon nicht mehr zu: „Johann, bitte unterschreibe meine Kündigung.". Johann war kurz erstaunt, jetzt wo doch Viktor über jeglichen Verdacht erhaben ist. Johann wusste, dass Viktor hier nicht umzustimmen wäre, hatte aber auch keine ernsthaften Versuche unternommen. „Wohl von der Konkurrenz ein besseres Angebot bekommen", murmelte Johann. „Nein, nur vom Leben", antworte Viktor, was Johann aber nicht verstand. Sie einigten sich über die Auflösungsmodalitäten und Viktor konnte bereits sofort das Unternehmen verlassen. Für die Dauer der Kündigungsfrist erhielt er sein Gehalt weiter. Johann dankte ihm für sein Engagement und bedauerte sein Ausscheiden floskelhaft. Die Floskeln kannte Viktor schon zur Genüge. Letztes Weihnachten freute er sich über die Glückwünsche zum Fest von Johann, bis er darauf kam, dass jedes E-Mail von Johann die gleiche Signatur enthielt. Insgesamt hatte Johann Viktor auf diesem Weg persönlich 24 - vierundzwanzig - Mal in einzigartiger Weise frohe Weihnachten gewünscht. Ja, der Mensch im Mittelpunkt, das persönliche Miteinander, das wäre eben bei 2B1 das Wichtigste. Viktor gab seinen Firmenwagen, seinen Zeiterfassungs- und Zugangschip und seine elektronischen Geräte ab. Er verabschiedete sich von seinem Team, die er zu einem späteren Zeitpunkt alle zum Essen einladen würde. Dort könnte er ihnen die Hintergründe etwas erläutern. Als er auf der Straße stand, war ihm klar: Das Leben konnte beginnen. Beginnen? Viktor hielt es für einen Beginn. Er fühlte sich frei, lebendig. Sein Zuhause würde er zu Fuß in eineinhalb Stunden erreichen. Durch die Innenstadt vermutlich in zwei Stunden, plus Stopps in mindestens zwei Buchläden. Viktor rief noch kurz bei seiner Lebensgefährtin an und berichtete, dass alles wie geplant lief und er in drei Stunden bei ihr sein würde. Sie lachte und war ebenfalls erleichtert. Viktors Stimme klang wieder glücklich. Wenn er jetzt abgebogen wäre, hätte er Angelique besuchen können. Aber die schien er nun auch nicht mehr zu brauchen. Die Buchläden waren voll von Neuerscheinungen, Krimis, Ratgeber und vieles mehr. Viktor blätterte vergnügt in den Büchern. Von HR hatte er jedenfalls genug. Wenn ein wenig Gras über die Sache gewachsen ist, würde er vielleicht ein Buch über die Vorkommnisse schreiben, vielleicht einen Krimi. Das wäre gar noch ein Bestseller, aber wer würde so eine Geschichte für realistisch halten?

Selbst der Pflegeelternkurs und seine Teilnehmer erschienen ihm in einem neuen Licht. Ja, er war bereit, Verantwortung für Kinder zu übernehmen und für einen Hund war später immer noch Zeit. Aus einem Café drang die Musik „Take me to the magic of the moment, on a glory night, where the children of tomorrow share their dreams with you…", ein junges Mädchen sang hörbar mit, traf nicht immer die richtigen Töne, aber es war um soviel schöner als die gestreamte Musik aus seinem Firmenwagen. Er spürte das Leben und das Leben schien es ihm zu danken. Zwei Monate waren vergangen - Viktor hatte morgen Geburtstag. Er war derselbe, und doch war alles anders. Er ist zu Hause angekommen, bei sich, bei seiner Lebensgefährtin und nach dem Anruf des Jugendamtes auch bald bei einem Kind, einem zweijährigen, blonden, süßen Mädchen namens Jana.

Der Autor

Johann Gruber hat bereits viele Kurzgeschichten geschrieben und nun mit "Bewerben Sie sich nie!" seinen ersten Roman veröffentlicht.

Er arbeitete in verschiedensten Wirtschaftsunternehmen und verfügt über profundes Hintergrundwissen, das in den ersten Roman eingeflossen ist. Die Personen und die Handlung des Romans sind aber frei erfunden. Etwaige Ähnlichkeiten mit tatsächlichen Begebenheiten oder lebenden oder verstorbenen Personen wären rein zufällig und nicht gewollt.